에디션 **F**
05

이디스 워튼
단편선

제인의
임무

에디션 **F**
05

이디스 워튼
단편선

제인의
임무

The Mission of Jane

이디스 워튼 | 정주연 옮김

궁리
KungRee

The Mission of Jane

차례

맨스티 부인 방의 전망

.

 맨스티 부인 방에서 보이는 풍경은 전혀 대단할 것이 없었지만 부인에게만은 무엇보다도 아름답고 흥미로웠다. 부인의 방은 뉴욕의 한 하숙집 3층 구석에 있었다. 이 동네는 길가에 재 쓰레기통이 늦게까지 굴러다니고 도로 바닥은 여기저기 갈라져 있어서 퀸투스 쿠르티오스*가 와서 봐도 놀랄 정도였다. 부인은 큰 도매상에서 일하던 남편이 죽은 뒤 혼자 살게 되었다. 딸이 있었지만 결혼해서 캘리포니아에 살았고, 어머니를 만나러 멀리 뉴욕까지 올 형편이 아니었다. 어머니로서 부인은 서부에 가서 딸과 함께 살고 싶었겠지만, 오래 떨어져서 살다보니 이미 서로가 굳이 필요하지 않게 되었다. 그래서 이 모녀 사이에 남은 것은 의례적으로 몇 차례 주고받는 편지밖에 없었다. 딸은 대충대충 써서 보냈고 부인은 통풍으로 뻣뻣해져가는 오른손을 간신히 놀려 쓰곤 했다. 설령

---

 * 영국 낭만주의 시인 퍼시 비시 셸리의 시 <종달새에게> 중 한 구절―옮긴이

부인이 딸과 함께 살고 싶은 마음이 더 컸더라도, 심해진 병 때문에 3층 계단을 내려가 바깥으로 나가기도 두려운 지경이어서, 서부처럼 먼 곳은 출발도 못 하고 주저앉았을 것이 분명했다. 그리고 떠나지 못하는 이런저런 핑곗거리가 없어도 이제 뉴욕에서 혼자 사는 것이 당연해진 지 오래였다.

그렇다고 부인이 아주 외톨이는 아니었다. 친구들이 가끔씩 방으로 놀러와주었다. 하지만 시간이 지나면서 찾아오는 사람들도 점점 줄었다. 부인은 워낙 사교와는 거리가 먼 사람이어서 만나는 사람이라곤 남편이 죽기 전에는 거의 남편밖에 없었다. 부인이 오랫동안 곱게 간직했던 꿈은 시골에서 정원을 가꾸고 닭을 키우며 사는 것이었다. 하지만 세월이 흐르면서 그 꿈마저 희미해져서 이 노부인의 가슴속에는 식물과 동물을 좋아하는 느낌만 어렴풋이 남아 있었다. 부인이 창밖 풍경에 그렇게 집착하게 된 것도 그 느낌 때문이었을 것이다. 하지만 창밖 풍경은 아무리 좋게 봐주려고 해도 단번에 특별한 매력을 발견하기는 힘든 상태였다.

부인 방에서 밖이 제일 잘 보이는 위치는 바깥으로 둥그렇게 튀어나온 창가였고, 부인은 이곳에 아이비와 약간 시들해 보이는 구근들을 줄지어 키우고 있었다. 이 자리에서 처음 눈에 들어오는 것은 부인이 살고 있는 하숙집 마당이었는데 부인은 이곳으로는 별로 눈길을 주지 않았다. 하지만 창 바로 아래까지 올라온 가죽나무는 자주 바라보았고, 구부러진 가지에 매년 언제쯤 분홍색 하트 모양의 금낭화가 달리는지 알고 있었다.

부인의 관심은 그 너머 마당이었다. 맞은편 하숙집에 딸린 마당이어서 항상 어수선했고 매주 여러 옷가지와 낡은 식탁보가 널리곤 했다. 그럼에도 부인은 이 지루한 모습에서 감탄하며 볼거리를 찾아냈다. 마당들은 사실 쓸모없는 돌투성이 땅에 불과했다. 바닥의 갈라진 틈에는 잡초가 무성했고, 봄에는 빨랫줄에 빨래가 널릴 때를 빼고는 그늘도 드리우지 않았다. 맨스티 부인도 이런 모습은 싫었지만 식물들만은 사랑했다. 부인은 그 지저분한 모습에 익숙해져서, 깨진 병, 빈 병, 더러운 바닥 같은 것은 아무렇지 않았다. 부인에게는 눈앞에 펼쳐진 광경의 아름다운 면만 음미하는 행복한 능력이 있었던 것이다.

바로 잇닿은 땅에 4월이면 연한 연둣빛을 배경으로 새하얀 목련꽃이 피어났다. 5월이면 경계선 살짝 아래 울타리에 연보라색 등나무꽃 물결이 넘실거렸다. 저 멀리 칠엽수에는 부채처럼 넓적한 잎 위로 촛대 모양의 담황색 가지가 자라고 분홍색 꽃이 만발했다. 한편 6월이면 그동안 눈에 띄지도 않던 라일락이 생장을 가로막는 온갖 장애물을 물리치고 꿋꿋하게 살아남아 맞은편 마당 가득 달콤한 숨결을 불어넣었다.

부인은 자연의 아름다운 모습을 가장 사랑했지만 집과 그 집 거주자들의 사생활에서도 눈을 떼지 않았다. 맞은편 집 의사 방 창문에 최근 겨자색 새 커튼이 달렸는데, 정말 마음에 안 들었다. 반면 저 멀리 오래된 벽돌집이 페인트를 다시 칠하자 좋아서 어쩔 줄 몰랐다. 집주인들은 집 뒤쪽 창문으로 거의 나타나지 않고 하인들은 늘 눈앞에 왔다 갔다 했다. 시끄럽고 뒤숭숭한 여자들. 부인은 단정 지었다. 어떤 여자들인지 잘 알고 있었고 그린 여자들이 싫었다. 하지만 새로 칠한 집 얌전한 요리사를 보면 마음이 몹시 짠했다. 집주인에게 구박을 받고 살면서 해질 녘이면 길고양이들에게 몰래 밥을 주었다. 어떤 가정부는 보고 있기가 괴로웠다. 돌보는 앵무새를 이틀 동안 굶겼다. 사흘째 되던 날 부인은 통풍으로 굳은 손으로 이렇게 편지를 쓰기 시작했다. "부인, 댁의 앵무새가 사흘째 굶고 있답니다." 그때 막 그 건망증 심한 가정부가 씨앗 한 컵을 들고 창가에 나타났다.

하지만 부인이 좀 차분하게 생각에 잠길 때면 저 멀리로 좁다랗게 내다보이는 풍경이 가장 마음에 들었다. 어둠이 내리기 직전, 멀리 적갈색 사암으로 지은 첨탑이 서쪽 하늘의 노랗게 풀어진 햇빛 속에 녹아 사라지는 것처럼 보일 때면, 오래전 떠났던 유럽 여행의 아련한 기억에 기분 좋게 빠져들었다. 이제 희미한 첨탑이 꿈속 같은 하늘에 환영처럼 솟아 있던 모습만 기억에 남아 있다. 어쩌면 부인에게 예술가 기질이 있었는지도 모른다. 그래서 평범한 눈에는 보이지 않는 색의 변화를 모두 알아챌 수 있었다. 이른 봄의 연둣빛만큼이나 눈 오는 날 저녁 차가운 유황색 하늘에 겹쳐 보이는 검은 나뭇가지를 좋아했다. 또 3월 햇살 아래 추위가 풀릴 때 쌓인 눈 사이로 하얀 흡묵지 위에 잉크가 점점이 찍힌 것처럼 땅이 조각조각, 드러나 보이는 모습도 좋았다. 그보다도, 날카롭게 갈라져 있던 앙상한 나뭇가지들이 잎이 나기 전 물이 올라 살짝 부푼 모습이 더 좋았다. 멀리 공장 굴뚝에서 피어오르던 연기의 구불구불한 꼬리도 자주 지켜보았는데, 공장이 문을 닫아 연기가 나지 않게 되자 안타까웠다.

부인이 창가에 가만히 앉아만 있었던 것은 아니다. 책을 읽고 양말을 수없이 많이 짰다. 하지만 풍경은, 바다가 외딴 섬을 둘러싸듯 부인을 에워싸고 부인의 삶을 이루었다. 드물게 친구가 찾아왔을 때조차 뒷집 유리창 청소 광경을 보거나 근처 화단의 작은 연두색 싹 중에서 어떤 것이 히아신스고 어떤 것이 아닌지 구별해내느라 창에서 눈길을 떼기 힘들었다. 그래서 누군지도 모르는 친구의 손자 이야기에는 적당히 맞장구치는 시늉만 하곤 했다. 부인의 진짜 친구들은 마당의 주민들, 그러니까 히아신스, 목련, 녹색 앵무새, 길고양이를 먹이는 가정부, 겨자색 커튼 너머에서 밤늦도록 공부하는 의사였다. 그리고 더 깊고 아련한 사색의 친구는 해질 녘 허공에 솟아 있는 교회 첨탑이었다.

4월 어느 날, 부인이 늘 앉던 자리에 앉아 뜨개질감을 내려놓은 채 뭉게구름이 피어오른 푸른 하늘에서 눈을 떼지 못하고 있는데 문 두드리는 소리가 들리더니 하숙집 주인이 들어왔다. 부인은 주인 여자가 마뜩잖았지만 매번 점잖게 맞아주었다. 하지만 오늘은 푸른 하늘과 막 피어난 목련꽃 대신 샘슨 부인의 재미없는 얼굴을 보고 있기가 평소보다 훨씬 더 힘들었다. 그래서 창으로 고개가 다시 돌아가지 않도록 의식적으로 노력해야 했다.

"목련이 올해는 예년보다 빨리 피었네요, 샘슨 부인." 맨스티 부인이 평소 같으면 하지 않았을 말을 불쑥 꺼내고 말았다. 여태 자신이 빠져 있는 그 풍경에 대해 남들에게 말한 적이 거의 없었다. 그런 이야기에 친구들이 관심 있을 것 같지도 않았고 말로 표현할 능력이 부족해서 말을 해도 자신의 느낌을 있는 그대로 전달할 수 없을 것 같았다.

"목, 뭐라고요, 맨스티 부인?" 집주인이 맨스티 부인이 말한 목 무엇인가가 방 안에 있기라도 하다는 듯 두리번거리며 물었다.

"목련이요. 앞집, 블랙 부인 집 마당에 있는 목련 말이에요." 맨스티 부인이 다시 알려주었다.

"목련이 있어요? 거기 그런 게 있는지 몰랐네요." 샘슨 부인이 무심하게 말했다. 맨스티 부인이 샘슨 부인을 쳐다보았다. 세상에, 앞집 마당에 목련이 있는 줄을 모르다니!

"그런데 블랙 부인 얘기가 나와서 말인데요."라며 샘슨 부인이 말을 이었다. "그 집 증축공사를 다음 주부터 한다더라고요."

"증, 뭐라고요?" 이번엔 맨스티 부인이 되물었다.

"증축공사요." 샘슨 부인이 관심 없던 목련 쪽으로 턱짓을 하며 말했다. "블랙 부인이 집을 증축한다잖아요. 모르셨어요? 요기 바로 뒤를 마당 끝까지 증축한다던데. 난 이해가 안 되는게, 요즘처럼 힘든 시기에 집을 늘릴 여유가 도대체 어디서 났느냐는 거예요. 하기야 블랙 부인은 늘 뭔가 짓는 걸 너무 좋아하긴 했죠. 17번가에서 하숙집 할 때도 둥근 창인가 뭔가를 튀어나오게 짓는다고 거의 쫄딱 망했잖아요. 난 그 참에 부인이 정신을 차린 줄 알았는데, 그게 병 같은 건가봐요. 술병 같은 것처럼 말이에요. 여하튼 공사를 월요일부터 한대요."

맨스티 부인의 얼굴이 허예졌다. 말문이 막힌 채 앉아 있었지만 부인이 늘 말을 느리게 하는 편이어서 집주인 여자는 그러려니 했다. 마침내 맨스티 부인이 입을 열었다. "얼마나 높이 올린다던가요?"

"그 얘기가 제일 웃겨요. 본 건물 지붕까지 올린다잖아요. 그게 말이 돼요?"

맨스티 부인이 다시 할 말을 잃고 있다가 이렇게 물었다. "샘슨 부인에겐 큰 문제 아니에요?"

"문제긴 해요. 하지만 어쩔 수가 없죠, 뭐. 내가 알기론 누가 증축을 한다 하면 그걸 막을 방법이 없대요." 맨스티 부인도 그렇게 생각해서 입을 다물었다. "어쩔 수가 없어요." 샘슨 부인이 다시 말했다. "내가 교회 다니는 사람으로서 할 말은 아니지만요, 그 공사로 일라이자 블랙이 망해버려도 난 별로 안 불쌍할 것 같아요. 그럼, 난 이만 가볼게요. 부인이 이렇게 잘 지내고 계시니 다행이에요."

이렇게 잘 지낸다고! 잘! 혼자 남은 부인은 다시 창가로 향했다. 오늘 풍경은 너무도 아름다웠다. 뭉게구름이 둥실 떠 있는 푸른 하늘은 만물에 빛을 뿌렸다. 가죽나무는 연녹색으로 물이 올랐다. 히아신스는 봉오리를 맺었고 목련꽃은 하얀 석고 장미 같았다. 머지않아 등나무 꽃이 활짝 필 것이고 그다음엔 칠엽수 꽃이 필 차례였다. 하지만 이제 부인에게는 아무 소용이 없게 된다. 부인의 눈과 그 꽃들 사이에 벽돌과 모르타르로 장벽이 세워져 아무것도 보이지 않을 것이었다. 맨스티 부인은 저녁식사를 손도 대지 않고 내려보냈다. 저녁 해가 바람 속에서 박쥐색 황혼 속으로 사라질 때까지 창가를 떠나지 않았다. 그런 뒤 잠자리에 들었지만 밤새 누워만 있었다.

다음 날 맨스티 부인은 일찍 자리에서 일어나 창으로 다가갔다. 비가 내리고 있었다. 회색 거즈를 쳐놓은 듯 비스듬하게 내리는 빗줄기 속에서도 바깥 풍경은 여전히 매혹적이었다. 게다가 식물들에게 비가 아주 좋은 시기이기도 했다. 전날 봤을 때 가죽나무가 윤기가 없어 보였다.

"물론 내가 이사를 가도 돼." 맨스티 부인이 소리 내어 말하며 창에서 몸을 돌려 방 안을 휙 둘러보았다. 물론 부인이 이사를 가도 됐다. 아니면 그냥 풍경을 빼앗긴 채 살 수도 있었다. 하지만 어느 쪽도 견딜 수 없을 것 같았다. 방은 풍경만큼 중요하지는 않았지만 그래도 부인 인생에서 큰 부분을 차지했다. 부인은 그 방에서 17년을 살았다. 벽지의 얼룩은 물론이고 카펫의 찢어진 부분까지 모두 알고 있었다. 판화 장식품에 빛이 비치는 모습, 책장에서 낡아가고 있는 책들도 잘 알고 있었다. 구근과 아이비는 창가에 있은 지 오래되어 햇빛이 드는 쪽으로 비스듬히 기울어 있었다. "이사를 가기엔 다 너무 늙었어." 부인이 말했다

그날 오후에 날씨가 갰다. 갈라진 구름 사이로 촉촉한 푸른 하늘이 환하게 다시 내보였다. 가죽나무도 다시 반질반질해졌다. 화단 둘레의 흙은 비옥하고 포근해 보였다. 그날이 목요일이었고 월요일이면 증축공사가 시작될 것이었다.

일요일 오후, 블랙 부인이 방문자 명함을 한 장 받았다. 지하실에서 하숙생들 저녁식사를 차리고 있을 때였다. 검정색 테두리가 둘러진 명

함에는 맨스티 부인이라고 적혀 있었다.

"샘슨 부인 집에 사는 사람이니 우리 집으로 이사 오고 싶은 게지. 어쩌지, 우리 집은 내년에 증축이 다 돼야 방을 줄 수가 있는데. 다이애나, 부인에게 내가 금방 올라가겠다고 전해줘."

블랙 부인이 올라갔더니 작은 조각상과 덮개가 씌워진 각종 가구가 놓인 기름한 응접실에 맨스티 부인이 서 있었다. 이 집에서 차마 앉을 수가 없었던 것이다.

블랙 부인이 급히 몸을 숙여 명부를 펼치는데 명부에서 먼지가 훅 피어올랐다. 부인은 맨스티 부인에게 다가갔다.

"반가워요, 맨스티 부인. 앉으세요." 집주인은 여유 있는 목소리로 말했다. 집을 증축할 만한 돈이 있는 여자의 목소리로. 맨스티 부인은 어쩔 수 없이 앉았다.

"제가 당장은 어떻게 해드릴 수가 없네요, 부인." 블랙 부인이 말을 이었다. "저희 집이 현재는 만실이지만 곧 증축을 할 테니…"

"제가 말씀드리려는 게 바로 그 증축이에요." 맨스티 부인이 불쑥 말을 잘랐다. "저는 불쌍한 여자랍니다, 블랙 부인. 평생 행복을 모르고 살았어요. 우선, 제가 어떤 사람인지 말씀을 드려야 부인이 이해를 해주실 거 같네요."

블랙 부인은 깜짝 놀랐지만 마지막 문장을 듣고 어쩔 수 없이 차분하게 귀를 기울였다.

"전 제가 원하는 걸 가져본 적이 없답니다." 맨스티 부인이 이야기를 늘어놓았다. "늘 절망이 연달아 찾아왔지요. 오래전부터 시골에 살고 싶었어요. 간절하게 그런 삶을 꿈꾸었지만 절대 그 꿈은 이루어지지 않았어요. 집이라고 해봐야 볕이 잘 드는 창이 하나도 없어서 식물들은 모조리 죽어나갔고요. 딸은 몇 년 전 결혼해서 떠나버렸어요. 어차피 딸아이와 저는 좋아하는 게 다르긴 했죠. 그다음엔 남편이 죽어버리고 혼자 남게 됐어요. 그게 17년 전 일이에요. 그때부터 샘슨 부인 집에서 쭈욱 살고 있고요. 아시다시피 제가 좀 몸이 안 좋아서 외출을 자주 안 한답니다. 날씨가 좋을 때, 몸 상태가 아주 좋을 때만 나가곤 해요. 그러니까 이제 제가 왜 창가에 계속 앉아 있는지 이해하시겠죠? 3층 뒷방 창가에 말이에요."

"저, 맨스티 부인." 블랙 부인이 너그러운 목소리로 말했다. "저희 집 안쪽 방을 내드릴 수 있을 거예요. 새로 증축이…"

"아뇨. 전 이사 오고 싶지 않아요. 이사 못 해요." 맨스티 부인이 거의 고함을 질렀다. "제가 여기 온 건, 증축이 되면 제 방 창에서 아무것도 안 보일 거란 말씀을 드리기 위해서예요. 아무것도 안 보일 거라고요! 알아들으시겠어요?"

블랙 부인은 지금 자신이 만나고 있는 이 여자가 미쳤구나 생각했다. 그런데 미친 사람에게는 그냥 맞장구를 잘 쳐주고 달래야 한다는 말을 늘 들은 터라 그렇게 했다.

"어머나, 어째." 블랙 부인이 의자를 뒤로 살짝 빼면서 맞장구를 쳤다. "정말 안됐네요. 에구, 제가 그런 생각은 전혀 못 했어요. 증축 건물이 부인 방의 전망을 해칠 게 확실한데요, 맨스티 부인."

"이해하셨군요?" 맨스티 부인이 헉 하고 숨을 들이마시고 말했다.

"당연히 이해하고말고요. 증축 건은 정말 죄송해요. 하지만 이제 마음 놓으세요, 맨스티 부인. 우리가 잘 해결할 거예요."

맨스티 부인이 자리에서 일어나자 블랙 부인은 슬며시 문 쪽으로 갔다.

"해결한다는 게 무슨 뜻인가요? 제 말을 듣고 증축할 생각을 바꿀 수 있다는 말씀이세요? 아, 참, 블랙 부인, 이 말씀을 드려야겠네요. 제가 은행에 2천 달러를 가지고 있고요, 1천 달러를 부인에게 드릴 수 있어요. 그렇게 해도 될 거 같아요. 만약 부인이…" 맨스티 부인이 말을 멈췄다. 눈물이 뺨을 타고 흘러내리고 있었다.

"그래요, 그래. 맨스티 부인, 걱정 마세요." 블랙 부인이 계속 달랬다. "우리가 그 문제를 해결할 수 있어요. 죄송하지만 제가 지금은 더 이상 말씀을 못 나누겠어요. 지금 저녁식사 준비로 너무 바쁜 때여서요."

블랙 부인이 문손잡이를 잡자 맨스티 부인이 갑자기 팔목을 붙들었다.

"정확하게 대답을 안 해주셨잖아요. 제 제안을 받아들이신다는 말씀이세요?"

"저기, 제가 잘 생각을 해볼게요, 맨스티 부인. 진짜 생각해볼게요. 절대 부인을 힘들게 하지 않을 거예요."

"그래도, 내일이면 공사가 시작된다던대요." 맨스티 부인은 그냥 물러나지 않았다.

블랙 부인이 멈칫했다. "공사 시작되지 않을 거예요. 약속드려요. 제가 오늘 밤에 바로 공사업자한테 연락을 할게요." 맨스티 부인이 손아귀에 힘을 주었다.

"저를 속이시려는 건 아니죠?" 맨스티 부인이 물었다.

"어머, 그, 그럼요. 아, 아니에요." 블랙 부인이 말을 더듬었다. "어떻게 속일 수가 있겠어요, 부인."

맨스티 부인이 스르르 손에 힘을 풀고 문을 빠져나갔다. "1천 달러예요." 복도에서 발걸음을 멈추고 다시 말했다. 그런 뒤 집을 나와 계단 쇠난간에 몸을 기대고 다리를 절뚝이며 계단을 내려갔다.

"세상에나!" 블랙 부인이 현관문을 닫고 빗장을 지르면서 말했다. "저 늙은 여자가 미쳐버린 줄은 꿈에도 몰랐네. 너무 조용하고 얌전해 보이는데 말이야."

맨스티 부인이 그날 밤에는 잠을 잘 잤다. 하지만 다음 날 이른 아침 망치 소리에 잠을 깨고 말았다. 허겁지겁 창가로 가서 내다보니 블랙 부인 집 마당에 일꾼들이 잔뜩 있었다. 어떤 일꾼은 부엌에서 마당으로 벽돌 더미를 날랐고 또 다른 일꾼들은 각층의 구식 목재 발코니를 부수기 시작한 참이었다. 맨스티 부인은 자신이 속았다는 것을 깨달았다. 처음엔 샘슨 부인에게 하소연을 해볼까 생각했지만 평생 동안 익숙해진 절망감에 다시 사로잡혀 이내 침대로 돌아가고 말았다. 밖에서 벌어지고 있는 일을 눈 뜨고 볼 자신이 없었다.

그러나 오후가 되자 얼마나 엉망인 상황인지 알아봐야겠다는 생각이 들어서 몸을 일으켜 옷을 입으려 했다. 평소보다 손이 더 뻣뻣해서 후크

와 단추가 손가락을 피해 다니는 것 같아 무척 힘이 들었다.

창가에 앉아서 내다보니 일꾼들이 이미 발코니 윗부분을 다 제거한 상태였고 벽돌도 아침보다 두 배나 더 많이 쌓여 있었다. 부은 얼굴의 거친 일꾼 하나가 목련 꽃을 꺾더니 향기를 맡아보고는 바닥에 내동댕이쳤다. 또 다른 일꾼이 벽돌을 나르면서 그 목련을 밟고 지나갔다.

"조심해, 짐." 어떤 일꾼이 파이프 담배를 피우고 있는 다른 일꾼에게 말했다. "자네가 그 성냥을 저쪽 종이통들 옆에다 막 던져버리면 바로 불이 붙을걸. 가뜩이나 낡아빠진 데다가 종이로 된 것들이니 아주 활활." 맨스티 부인이 앞쪽을 내다봤더니 목재 발코니 아래에 종이통 여러 개와 쓰레기가 놓여 있었다.

한참 지나 작업이 끝나고 해가 기울었다. 일몰은 더할 나위 없이 아름다웠고 장밋빛 노을은 멀리 첨탑의 모양을 아름답게 바꾸어가면서 서쪽 하늘에 미적미적 머물렀다. 어두워지자 맨스티 부인은 블라인드를 내리고 늘 하던 대로 등불을 켰다. 부인은 늘 벽장 속 아연이 입혀진 선반에 등유 주전자를 올려두었다가 직접 등잔에 등유를 채우고 불을 붙였다. 방 안 가득 불빛이 들어차자 방 안은 평소처럼 평화로웠다. 책과 그림, 식물들도 부인처럼 또 한 번의 고요한 밤을 맞을 준비를 하고 있는 것 같았다. 부인은 늘 하던 대로 탁자 앞에 안락의자를 끌어다 놓고 앉아서 뜨개질을 시작했다.

그날 밤은 잠이 오지 않았다. 날씨가 나빠지더니 거센 바람이 불었고 바짝 내려앉은 구름에 별들이 가렸다. 부인은 몇 차례 일어나 창밖을 보앉다. 하지만 바깥은 아무것도 분간할 수 없이 어두웠고 보이는 것이라 곤 늦게까지 불이 켜진 창 몇 개밖에 없었다. 마침내 그 불빛까지 꺼지 자 그때를 기다리던 부인은 옷을 입기 시작했다. 얼마나 서둘렀던지 잠 옷 위에 얄팍한 가운만 하나 대충 걸치고 머리엔 스카프를 둘렀다. 그런 뒤 벽장을 열어 조심스레 등유 주전자를 꺼냈다. 성냥 뭉치를 호주머니 에 밀어넣고 한층 조심스럽게 방문을 열었다. 어두컴컴한 계단을 더듬 어 아래로 내려갔다. 아래층에서 가스등의 불빛이 어렴풋이 비쳤다. 겨 우 계단을 다 내려가 이번엔 칠흑같이 어두운 지하로 더 힘들게 내려가 기 시작했다. 하지만 지하에선 오히려 더 편하게 움직일 수 있었다. 소 리가 좀 나도 들을 사람이 없기 때문이었다. 그래서 그리 오래지 않아 마당으로 향하는 철문을 열 수 있었다. 밖으로 나가서 빨랫줄 아래를 더 듬더듬 지나가고 있을 때 차가운 돌풍이 맨스티 부인에게 몰아닥쳤다.

그날 오전 세 시 화재경보가 울려 블랙 부인 집 앞에 소방차가 달려 왔고 샘슨 부인 집 하숙인들은 창가로 달려가 블랙 부인 집 목재 발코니 가 타오르는 광경을 지켜보았다. 그중에는 맨스티 부인도 있었다. 창을 활짝 열어젖힌 채 얇은 가운만 하나 걸치고 창틀에 기대 있었다.

어쨌든 불은 금세 꺼졌다. 블랙 부인네 하숙인들이 너무 놀라 옷도 제 대로 못 입고 도망 나왔다가 다시 돌아가보니 의외로 창틀이 좀 깨지고 천장이 그은 것 말고는 별로 피해가 없었다. 알고 보니 그 화재의 가장 큰 피해자는 맨스티 부인이었다. 아침에 부인은 폐렴으로 숨을 제대로 못 쉬는 상태였다. 부인 나이에 가운 하나 달랑 걸치고 창밖으로 몸을 내밀고 있었으니 당연한 결과라고 다들 입을 모았다. 사람들은 부인이 많이 아픈가보다 생각하긴 했지만 의사 말만큼 그렇게 심각할 거라고는 예상하지 못했다. 그래서 그날 저녁 샘슨 부인 집 저녁 식탁에 모인 하숙인들은 몹시 놀라고 당황해 있었다. 누구도 맨스티 부인을 잘 알지 못했다. 하숙인들은 부인이 "사람들과 어울리려 하지 않았고" 남들보다 자기가 잘났다고 생각하는 것 같았다고 했다. 어쨌거나 자기가 사는 집에서 누군가가 죽어간다는 것은 불쾌하기 마련이었다. 어떤 부인은 다른 부인에게 이렇게 말했다. "이건 남의 일이 아니네요."

하지만 그건 맨스티 부인만의 일이기는 했다. 그리고 부인은 살 때처럼, 딱히 혼자는 아니지만 외롭게 죽어가고 있었다. 의사가 간호사를 붙여주었고 샘슨 부인은 발소리를 죽여가며 들여다보았다. 하지만 맨스티 부인에게 이들은 꿈속의 사람들처럼 아득하고 실체가 없었다. 부인은 하루 종일 한마디도 하지 않았다. 딸의 주소를 묻자 고개만 가로저었다. 간호사가 보니, 부인이 뭔지 모를 소리에 귀를 기울이다가 다시 잠이 들곤 하는 것 같았다.

다음 날 아침, 해 뜰 무렵 부인은 상태가 아주 좋지 않았다. 간호사가 샘슨 부인을 불러 함께 살펴보고 있을 때 맨스티 부인의 입술이 달싹거렸다.

"일으켜줘. 침대에서 나가야겠어." 부인이 작은 소리로 말했다.

간호사와 샘슨이 부축해 일으키자 맨스티 부인이 뻣뻣한 손가락으로 창문을 가리켰다.

"아, 창문 말이군요. 창가에 앉고 싶은가봐요. 부인은 하루 종일 저기 앉아 있곤 했죠." 샘슨 부인이 알아들었다. "그래도 괜찮겠죠?"

"이제 와서 아무려면 어떻겠어요." 간호사가 대답했다.

간호사와 샘슨 부인이 맨스티 부인을 창가로 데리고 가 의자에 앉혀주었다. 새벽이 오고 있었다. 환희에 찬 봄의 새벽이었다. 첨탑은 이미 황금빛으로 물들었고 목련과 칠엽수는 아직 어둠 속에 있었다. 블랙 부인 집 마당은 고요했다. 까맣게 탄 발코니 목재는 내려앉은 채 그대로였다. 불이 난 후 일꾼들이 돌아오지 않은 것이 분명했다. 하얀 목련 몇 송이가 석고 조각과 더 흡사한 모습으로 피어나 있었다. 전망을 막는 것은 아무것도 없었다.

부인은 숨 쉬기가 힘들었다. 점점 더 힘들어졌다. 창문을 열어달라고 말했지만 아무도 알아듣지 못했다. 가죽나무의 달콤한 향기가 퍼진 공기를 마실 수 있다면 더 나아질 것 같았다. 하지만 어쨌든 풍경만은 그대로였다. 첨탑은 황금빛으로 물들었고 진주색 하늘이 점차 푸른색을 띠며 생생해졌다. 동쪽에서 서쪽으로 빛이 비쳐들자 목련까지 환해졌다.

맨스티 부인의 머리가 뒤로 젖혀졌다. 미소를 머금은 채 죽었다.

그날 증축공사가 다시 시작되었다.

어떤 여행

.

여자가 머리 위의 어둠을 응시하며 침상에 누워 있자니, 머릿속에서 철컥철컥 내달리는 바퀴가 떠나지 않아 정신은 또렷하게 맑아지고 어딘가 깊은 구덩이 속으로 점점 빠져드는 것 같았다. 침대차는 밤의 정적에 잠겨 있었다. 물기 어린 유리창으로 어디선가 빛이 비쳐 들기도 했다. 창밖으로 펼쳐진 어둠이 재빨리 스쳐 지났다. 여자는 이따금 고개를 돌려 복도 건너편, 남편 침상의 커튼이 비뚜름하게 열린 틈을 보았다.

남편에게 필요한 것이 있는지, 자신을 부르는데 못 듣는 것이 아닌지 계속 조바심이 났다. 한 달 전부터 남편의 목소리가 너무 작아져서 여자가 듣지 못할 때가 있었다. 그러면 남편은 짜증을 부리곤 했다. 어린애 같은 짜증이 늘어난 것이 부부 사이의 미묘한 거리감을 나타내주는 것 같았다. 유리를 사이에 두고 마주 보고 있는 것처럼, 거의 손이 닿을 듯 가까이 있지만 들을 수도 서로를 느낄 수도 없는 상태였다. 부부는 더 이상 서로 통하지 않았다. 적어도 여자는 이런 거리감을 느꼈고, 남편이 말로는 표현 못 하지만 표정으로 그런 느낌을 나타내는 게 아닐까 생각하곤 했다. 거의 매번 잘못은 여자 탓이었다. 여자는 너무 건강해서 병 따위에는 영향을 받지 않았다. 여자는 남편이 억지를 부리는 것을 알면서도 자책하며 고분고분 따랐다. 말도 안 되는 남편의 횡포에도 뭔가 이유가 있겠거니 하고 어렴풋이 생각했다. 여자는 갑작스러운 변화에 전혀 준비가 되어 있지 않았다. 1년 전에는 부부의 맥박이 원기 왕성하게 함께 뛰었다. 둘은 미래가 끝없이 펼쳐지리라 너무도 확신했다. 하지만 이제 둘이 서로 발걸음을 맞출 수 없었다. 여자는 새로운 것을 바라고 행하면서 앞으로 쭉쭉 나아갈 힘이 있었다. 하지만 남편은 아내를 앞질러 가려 애썼지만 힘이 달려 뒤처지고 말았다.

두 사람이 결혼할 당시 여자의 삶은 부족한 것이 많은 상태였다. 그때까지 여자의 인생은, 싫다는 아이들에게 별로 도움도 안 되는 것들을 억지로 가르치던, 허연 회반죽이 발라진 교실처럼 텅 비어 있었다. 그런데 남편이 나타나서 그런 무기력한 상태를 깨뜨렸고 이루지 못할 일이 없을 것처럼 인생의 품이 넉넉해졌다. 그러나 언제부턴가 그 품이 좁아졌다. 인생이 여자에게 앙심을 품었다. 여자가 절대 날개를 펴지 못하게 했다.

처음에 의사들은 남편이 6주 정도 온화한 공기를 쐬고 오면 나을 거라고 했다. 그러나 남편이 돌아오자 이번에는 건조한 지방에서 겨울을 지내고 와야 한다고 했다. 부부는 멋진 신혼집에 결혼 선물과 새 가구를 버려둔 채 콜로라도로 갔다. 여자는 처음부터 그곳이 싫었다. 아는 사람이라곤 없었다. 있다고 해도 아무도 자신에게 관심을 주지 않았다. 좋은 신랑감을 어떻게 만났는지 물어볼 사람도, 새 드레스가 예쁘다고 말해 줄 사람도, 여자에겐 아직도 신기하기만 한 명함을 보고 부러워할 사람도 없었다. 게다가 남편은 점점 나빠지기만 했다. 여자는 자신이 너무도 극복하기 힘든 곤경에 처해 있어서 차마 싸워 이길 수 없을 것 같았다. 물론 남편을 여전히 사랑했다. 그러나 남편은 눈치채지 못하는 사이에 점점 다른 사람이 되어가고 있었다. 결혼할 때 그 남자는 강인하고 활동적이면서도 부드럽게 통솔하는 능력을 갖추고 있었다. 인생에서 큰 장애물을 뛰어넘는 것이 기쁨인 사람이었다. 그러나 이제 보호자는 여자였다. 남편은 성가신 일들로부터 보호받아야 하고 하늘이 무너져도 소고기 육수나 물약을 먹어야 하는 존재였다. 여자에게는 판에 박힌 병실의 일상이 혼란스러웠다. 시간에 딱딱 맞추어 약을 먹이는 일은 이해할 수 없는 종교 의식처럼 무익해 보였다.

때때로 따뜻한 동정심이 솟아올라, 자기도 모르게 남편을 원망했던 마음이 녹아내리기도 했다. 남편의 질병이라는 꽉 막힌 장애물을 사이에 두고 서로를 간절히 찾노라면 남편의 눈 속에서 예전 모습을 발견할 때도 있었다. 하지만 그런 순간들은 점점 드물어졌다. 어떤 때는 남편을 보고 깜짝 놀라기도 했다. 표정 없는 퀭한 얼굴이 낯선 사람 같았다. 목소리는 쉬고 작아져버렸다. 가느다란 입술에 미소를 띠었지만 그저 근육의 수축에 불과했다. 여자의 손은 자기도 모르게, 이전의 건강한 투박함을 잃어버린 채 축축하고 물렁물렁해진 남편의 피부를 꺼렸다. 마치

25

이상한 동물이라도 되는 양 남편을 몰래 지켜보았다. 그 사람이 자신이 사랑했던 그 남자라는 사실을 확인하기가 두려웠다. 자신을 괴롭히는 것에 대해 남편에게 이야기하면 두려움에서 해방될 것 같던 때도 있었다. 하지만 보통 때는 마음이 더 너그러워져서, 남편과 단둘이 너무 오래 지내서 그런 것이지 다시 집에 돌아가 활발하고 자신감 넘치는 식구들과 함께 지내면 달라질 거라고 생각하곤 했다. 그래서 마침내 의사가 집에 가도 된다고 했을 때 너무도 기뻤다. 물론 의사의 말이 무슨 뜻인지 알고 있었다. 남편도 알고 있었다. 남편이 죽을 거라는 뜻이었다. 하지만 부부는 그 진실에 희망이라는 예쁜 옷을 입혀놓았고, 여자는 떠날 준비를 하느라 너무 기쁜 나머지 어떤 때는 그 여행의 목적을 깡그리 잊은 채 내년 계획 이야기에 골몰했다.

드디어 떠나는 날이 왔다. 여자는 혹시 떠나지 못할 일이 생길까봐, 어찌 된 일인지는 몰라도 마지막 순간에 남편 때문에 못 가게 될까봐 너무 두려웠다. 의사들이 또 변덕을 부려서 못 가게 할까봐 불안했다. 하지만 아무 일도 일어나지 않았다. 역까지 차를 타고 갔고 남편을 열차에 앉히고 무릎에 담요를 덮어주고 등에 쿠션을 대준 다음, 창밖을 향해 손을 흔들며 그 전까지는 전혀 좋아하지 않았던 지인들에게 전혀 섭섭하지 않은 마음으로 작별 인사를 전했다.

첫 하루가 무사히 지났다. 남편은 몸을 약간 추슬러 창밖을 내다보기도 하고 열차에서 신기한 것들을 관찰하면서 즐거워했다. 둘째 날 남편은 지치기 시작했다. 어떤 주근깨 난 여자아이가 뺨이 불룩하게 껌을 씹으며 빤히 바라보자 남편은 짜증을 내기 시작했다. 여자는 그 아이 엄마에게 남편이 몹시 아프니 불편하게 하지 말아달라고 부탁했다. 아이 엄마는 그 말을 기분 나쁘게 받아들였고 열차의 다른 모든 엄마들도 마찬가지로 기분 나빠했다.

그날 밤 남편은 잠을 설치더니 다음 날 아침 체온이 확 올랐다. 그래서 여자는 남편이 나빠지고 있다고 확신했다. 그날 낮은 여행에서 으레 일어날 수 있는 사소하고 성가신 일들이 간간이 생기면서 천천히 흘러갔다. 기차가 덜컹거릴 때마다 남편이 지친 얼굴을 찌푸리는 것을 보고 있자니 급기야 여자 자신의 몸도 덩달아 힘들어졌다. 다른 승객들도 남편을 지켜보고 있어서, 여자는 자신이 남편과 그 수상쩍어하는 눈들 사이를 맴돌고 있는 것 같았다. 그 주근깨 난 여자아이는 파리처럼 남편 주위를 맴돌았다. 사탕과 그림책을 주어도 아이는 떨어져나가지 않았다. 아이는 다리를 꼬고 남편을 빤히 보았다. 승무원은 "무언가 해주어야 한다"는 인정 많은 승객들의 분위기에 부응해서인지, 지나가는 길에 뭐라도 도와주려고 했지만 딱히 할 일이 없었다. 챙 없는 모자를 쓴 어떤 남자는 자기 아내의 건강에 나쁜 영향이 미칠까봐 안절부절못하고 걱정하면서 투덜거렸다.

아무 일도 일어나지 않는 지루한 시간이 더디게 흘렀다. 해질 녘 여자가 남편 곁에 앉았는데 남편이 손을 잡았다. 여자는 그 감촉에 소스라쳤다. 남편이 아득히 먼 곳에서 여자를 부르고 있는 것 같았다. 아내는 멍하게 남편을 보았고 남편의 미소를 보자 몸 어딘가가 찔린 듯했다.

"당신, 많이 피곤해요?" 아내가 물었다.

"아니, 괜찮아요."

"곧 도착할 거야."

"그래요. 다 왔지."

"내일 이맘때면…"

남편이 고개를 끄덕였고 부부는 잠자코 앉아 있었다. 여자가 남편을 침상에 눕히고 자기 침상으로 기어들어갔다. 하루도 채 안 지나 뉴욕에 있게 될 것이라 생각하면서 기운을 차리려 애썼다. 가족들이 모두 역에 마중을 나오겠지. 여자는 왁자지껄한 사람들 속에 서 있을 그 태평하고 동글동글한 얼굴들을 그려보았다. 식구들이 남편에게 너무 요란스럽게 안색이 좋아 보인다는 둥, 금세 나을 거라는 둥, 그런 말만 하지 않으면 좋겠다고 생각했다. 환자를 오래 보아온 터라 가족들이 아무렇게나 던지는 말에 환자가 상처를 받을 수 있다는 것을 알고 있었다.

얼핏 남편이 부르는 소리가 들리는 것 같았다. 커튼을 열고 가만히 귀를 기울였다. 아니었다. 객차 저쪽에서 어떤 남자가 코를 고는 소리였다. 기름기가 잔뜩 낀 느끼한 소리였다. 여자는 누워서 자려고 했다. 남편 움직이는 소리가 났나? 여자는 불안해지기 시작했다. 정적이 소리보다 더 두려웠다. 남편이 소리를 내도 잘 들리지 않을 텐데, 지금 나를 부르고 있는 게 아닐까? 왜 자꾸 이런 생각만 드는 걸까? 사람들이란 으레 머릿속이 너무 복잡하면 최악의 가능성만 자꾸 떠올리는 경향이 있었다. 여자는 고개를 빼고 귀를 기울였다. 하지만 주변에서 나는 소리와 남편의 숨소리를 구별할 수 없었다. 일어나서 남편을 보러 가야 한다는 생각은 간절했지만, 불안해서 괜히 그런 생각이 드는 것 같았고 남편이 성가셔할 것 같기도 해서 그만두었다. 커튼이 규칙적으로 흔들리는 것을 보자 왠지 모르게 마음이 놓였다. 그리고 남편이 자신에게 밤에 기분 좋게 자라고 말했던 것이 떠올랐다. 더 이상 불안감을 한 순간도 더 견딜 수 없었는데 그 건강하지만 지친 몸 덕분에 불안을 내려놓을 수 있었다. 옆으로 돌아눕자 곧 잠이 들었다.

여자는 새벽에 일어나 꼿꼿하게 앉아 바깥을 바라보았다. 기차는 음울한 하늘을 배경으로 헐벗은 언덕들이 옹기종기 늘어선 지역을 내달리고 있었다. 마치 천지창조의 첫째 날 같았다. 객차 안 공기가 답답해서 창을 열어 매서운 바람을 들였다. 손목시계를 보니 일곱 시였다. 곧 사람들이 술렁일 때였다. 옷을 입고 엉클어진 머리를 매만진 다음 천천히 단장실에 들어갔다. 세수를 하고 옷매무새를 가다듬고 나니 기분이 가벼워졌다. 아침에는 늘 생기가 넘쳤다. 거친 수건으로 닦은 뺨은 예쁘게 달아올랐고 관자놀이 옆 머리카락은 젖어서 위로 똘똘 말려 올라가기 시작했다. 온몸 구석구석에서 생기와 탄력이 넘쳤다. 열 시간 정도 후면 집에 도착해 있을 것이다!

여자는 남편 침상으로 향했다. 아침 우유를 먹을 시간이었다. 새벽인데다가 창 블라인드가 내려져 있고 커튼으로 막힌 공간이어서 남편이 옆으로 누워 있다는 것만 알 수 있었다. 여자에게서 등을 돌리고 누워 있었다. 여자가 남편 위로 몸을 기울여 블라인드를 올렸다. 그러다가 남편의 손을 건드렸다. 차가웠다.

가까이 몸을 숙여서 남편 팔에 손을 올리고 이름을 불러보았다. 움직임이 없었다. 더 크게 불렀다. 남편 어깨를 쥐고 살짝 흔들었다. 남편은 가만히 있었다. 남편 손을 다시 잡아보았다. 죽은 사람 손처럼 흐느적거리며 여자의 손에서 빠져나갔다. 죽은 건가?

여자가 숨을 죽였다. 남편 얼굴을 보아야 했다. 몸을 남편 쪽으로 기울이고 피부가 닿는 느낌에 꺼림칙해하면서 손을 남편 어깨에 얹고 몸통을 돌렸다. 남편의 머리가 뒤로 젖혀졌다. 얼굴은 작고 매끈해 보였고 눈은 움직임 없이 여자 쪽을 향해 있었다.

한동안 남편을 그대로 붙들고 있었다. 그러니까 서로 마주 보고 있는 모양새였다. 여자가 뒤로 움찔 물러났다. 소리를 지르고 누군가를 불러 남편에게서 도망치고 싶은 생각뿐이었다. 하지만 어떤 힘센 손이 여자를 붙들었다. 하느님 맙소사! 남편이 죽은 사실이 알려지면 다음 역에서 내려야 할지도 몰랐다.

언젠가 여행 중에 목격한 비슷한 상황이 떠올라 섬뜩했다. 어떤 부부의 아이가 기차에서 죽자 부부는 바로 기차에서 쫓겨났다. 여자는 그 부부가 승강장에 서 있는 모습을 보았다. 둘 사이에 아이의 시신을 둔 채서 있었다. 여자는 멀어져가는 기차를 좇던 그 멍한 눈길을 잊을 수가 없었다. 그런데 이제 남의 일이 아니었다. 머지않아 어떤 낯선 역 승강장에 남편의 시신과 함께 서 있게 될지도 몰랐다. 안 돼! 너무 끔찍했다. 궁지에 몰린 짐승처럼 부들부들 떨렸다.

그렇게 겁에 질려 서 있는데 기차가 점점 속도를 줄였다. 퍼뜩 깨달았다. 기차가 역에 정차하는구나! 텅 빈 승강장에 서 있던 그 부부가 다시 눈앞에 떠올랐다. 여자는 블라인드를 거칠게 내려 남편의 얼굴을 가렸다.

여자는 현기증이 일어 침대 가장자리에 걸터앉았다. 남편의 몸에 닿지 않으려고 조심했다. 커튼을 쳤더니 무덤 같은 여명 속에 갇힌 것 같았다. 생각을 해야 해. 어떻게든 남편이 죽었다는 사실을 숨겨야 했다. 어떻게 하지? 머리가 돌아가지 않았다. 계획도 떠오르지 않고 다른 생각도 할 수 없었다. 커튼을 움켜쥐고 하루 종일 그 자리에 웅크리고 있어야겠다는 생각밖에 없었다.

승무원이 여자의 침대를 정리하는 소리가 들렸다. 승객들이 움직이기 시작했다. 단장실 문이 열렸다 닫혔다. 여자는 일어나려고 했다. 너무도 힘들게 일어섰다. 복도로 나가 커튼을 꽉 닫았다. 그런데 기차가 움직이자 커튼이 살짝 벌어져 옷에서 핀을 하나 뽑아 커튼을 여며 꽂았다. 여자는 이제 안전했다. 주위를 둘러보니 승무원이 있었다. 여자를 보고 있는 것 같았다.

"남편분이 아직 안 일어나셨습니까?" 승무원이 물었다.

"예, 아직이요." 여자의 목소리가 떨렸다.

"말씀하시면 바로 드리려고 우유를 준비해두었습니다. 일곱 시에 가져다 드리라고 하셨지요?"

여자가 말없이 고개를 주억거린 뒤 슬며시 자리로 돌아갔다.

여덟 시 반에 기차가 버팔로에 도착했다. 승객들은 다 옷을 갈아입었고 침상도 다 접혀 있었다. 승무원은 이불과 베개를 나르며 여자를 힐끔거렸다. "남편분 안 일어나십니까? 저희는 가능하면 일찍 침상을 정리해야 하는데요."

여자는 두려워서 오싹해졌다. 기차가 막 역에 들어서고 있었다.

"아, 아직 안 일어났어요." 여자가 더듬거렸다. "우유를 갖다줘야 일어날 거 같네요. 가져다주시겠어요?"

"그럼요, 기차 출발하면 바로 가져다드릴게요."

기차가 출발하자 승무원이 우유를 가져왔다. 여자는 우유를 받아들고 멍하게 우유잔을 바라보며 앉아 있었다. 여자는 느릿느릿 이 생각을 하다가 또 저 생각을 했다. 마치 그 생각들이 소용돌이치는 강에 뚝뚝 떨어져 놓인 징검돌 같았다. 정신을 차려보니 승무원이 눈치를 보며 서성이고 있었다.

"제가 가져다드릴까요?" 승무원이 말했다.

"아, 안 돼요." 여자가 소리치며 일어섰다. "남, 남편이 아직 자고 있어요. 예, 자고 있을 거예요."

여자는 승무원이 지나갈 때까지 기다렸다가 커튼의 핀을 뽑고 슬그머니 커튼 뒤로 미끄러져 들어갔다. 희끄무레한 어둠 속에서 남편의 얼굴이 여자를 향해 있는 것이 보였다. 얼굴은 대리석 가면 같았고 눈은 돌멩이처럼 박혀 있어서 무서웠다. 여자는 손을 뻗어 눈을 감겼다. 그런 다음 자신이 아직 손에 우유를 들고 있다는 것을 알아챘다. 우유를 어떻게 하지? 창을 열고 내버려야겠다고 생각했다. 하지만 그러려면 남편

쪽으로 몸을 많이 기울여 남편 얼굴 가까이에 제 얼굴을 가져가야 했다. 여자는 그냥 마셔버리기로 했다.

빈 잔을 들고 자리에 돌아와 있으니 얼마 뒤 승무원이 잔을 가져가려고 왔다.

"침상은 언제 접을 수 있을까요?" 승무원이 물었다.,

"아, 지금은 안 되겠어요. 아직 안 돼요. 남편이 아파서요. 아주 많이 아파요. 그냥 누워 있게 두면 안 될까요? 의사가 되도록 오래 누워 있으라고 했거든요."

승무원은 머리를 긁적였다. "글쎄요. 많이 아프시다면야…"

승무원은 빈 잔을 가지고 가면서 다른 승객들에게 커튼 쳐진 침상의 승객이 많이 아파서 일찍 일어날 수 없다고 설명했다.

승객들이 여자에게 동정하는 눈빛을 보냈다. 여자의 어머니뻘인 어떤 부인이 친근하게 웃으면서 옆에 다가와 앉았다.

"남편분이 편찮으시다면서요. 안 됐네. 우리 식구들 중에도 아픈 사람이 굉장히 많았어요. 그래서 부인한테 도움을 줄 수 있을 거 같네요. 내가 남편을 좀 봐도 될까요?"

"아, 아니요. 안 되요. 남편을 힘들게 하면 안 돼요."

그 부인은 거절을 당하고도 기분 나빠하지 않았다.

"그럼요, 물론 힘들게 하면 안 되죠. 그렇지만 부인은 간병 경험이 그다지 많아 보이지 않는걸요. 그래서 내가 도와주려는 거예요. 남편이 지금처럼 많이 아플 땐 어떻게 하세요?"

"음, 잠을 자도록 둬요."

"너무 많이 자는 것도 건강에 썩 좋지는 않아요. 약은 먹였어요?"

"아, 예."

"깨워서 약을 먹인 건가요?"

"그랬어요."

"또 언제 약을 먹어야 하죠?"

"두 시간 정도 지나서요."

부인은 실망한 것 같았다. "저기, 나라면 약을 더 자주 먹였을 거 같아요. 우리 집에선 그렇게 했거든요."

그때부터 많은 얼굴들이 여자를 추궁하는 것 같았다. 승객들이 식당칸으로 가려고 지나갔는데, 여자는 그 승객들이 복도를 지나갈 때 닫힌 커튼을 수상쩍어하며 흘끔거리는 모습을 보았다. 눈이 붉어지고 턱이 뾰족한 어떤 남자는 가만히 서서 커튼 주름 사이 경계선을 뚫어지게 보았다. 그 주근깨 난 아이가 아침밥을 먹고 오더니 버터 묻은 손으로 지나가는 승객들을 붙들고 수선을 떨었다. "아저씨가 아프대요." 승무원은 승차권을 검사하러 한 번 다녀갔다. 여자는 자리에 웅크리고 앉아서 창밖으로 스쳐 지나는 나무와 말을 보았다. 그것들은 끝없이 펼쳐진 파피루스에 쓰인 뜻 모를 상형문자 같았다.

이따금 기차가 정차하면 새로운 승객이 객차에 올라 닫힌 커튼을 차례로 바라보았다. 점점 더 많은 사람들이 지나가는 것 같았다. 많은 얼굴들이 여자의 머릿속에서 들끓는 이미지들과 기이하게 뒤섞이기 시작했다.

그날 오후에는 그 모호한 얼굴들 사이에서 어떤 뚱뚱한 남자가 툭 튀어나왔다. 남자는 뱃살이 접혀 있고 입술은 허옇고 반들반들해 보였다. 맞은편에 앉을 때 보니 꼬질꼬질한 흰색 타이에 검정색 사제복을 입고 있었다.

"남편분이 오늘 아침에 몹시 편찮으시다면서요?"

"예, 그래요."

"아이구, 아이구! 걱정이 많으시겠습니다." 사제가 빙그레 웃자 금니가 드러났다. "질병만큼 큰일이 세상에 어디 있답니까. 제 얘기 한번 들어보시겠어요? 아주 근사한 생각이랍니다. 죽음은 인간의 무딘 감각이 느끼는 망상에 지나지 않는다는 거지요. 영이 다가올 때 자신을 열어두고 신성한 힘이 작용하도록 스스로를 내맡기면 질병과 죽음은 더 이상 존재하지 않는 겁니다. 부인께서 남편분이 이 작은 팸플릿을 읽도록 설득해주시면…"

여자 주변의 얼굴들이 다시 흐릿해졌다. 여러 종류의 약을 한꺼번에 복용하는 것이 더 나은지, 차례차례 따로 복용하는 것이 더 나은지를 놓고 노부인과 주근깨 난 아이의 어머니가 열띤 논쟁을 벌이는 소리가 먼 기억처럼 흐릿하게 들렸다. 노부인은 약물의 상승 작용이 시간을 절약해준다고 주장한 반면, 아이 엄마는 한꺼번에 먹으면 어떤 약이 효과가 있는지 알 수 없다고 받아쳤다. 둘의 목소리는 안개 속에서 들리는 선박 경고음처럼 웅웅거리며 울렸다. 승무원이 몇 번인가 여자에게 무언가

를 물어보았는데 여자는 무슨 말인지 알아듣지도 못했고 어떻게 대답
했는지 기억도 나지 않았다. 하지만 승무원이 그냥 돌아간 걸 보면 어찌
어찌해서 적당히 대답한 모양이었다. 노부인은 두 시간이 지날 때마다
남편에게 약을 먹이라고 알려주었다. 누군가가 열차에서 내리고 또 다
른 누군가가 탔다.

　머리가 빙빙 돌았다. 생각이 휩쓸고 지나갈 때 그 생각을 붙들어보려
고 필사적으로 노력했다. 하지만 자신은 가파른 절벽에서 미끄러져 내
려가고 있는 듯했고 생각들은 그 절벽에 있는 작은 나무들처럼 자꾸 멀
어져갔다. 그러다가 갑자기 정신이 맑아지더니 뉴욕에 도착해서 일어
날 일이 머릿속에 생생하게 그려졌다. 남편의 몸은 차디차게 굳어버렸
고 누군가가 남편이 아침에 죽었다는 것을 알게 될 것을 생각하니 몸서
리가 쳐졌다.

　다급하게 생각을 이어갔다. "내가 놀라지 않는 걸 보면 사람들이 뭔
가 수상하다고 생각할 거야. 나한테 물어볼 텐데 내가 사실대로 말해도
안 믿어줄 거야. 아무도 나를 안 믿을 거야! 그러면 큰일이야." 그래서
이렇게 되뇌었다. "몰랐던 척하자. 몰랐던 척해. 사람들이 커튼을 걷으
면 남편에게 자연스럽고 차분하게 다가가는 거야. 그다음에 비명을 질
러야지." 비명을 지르기가 너무 힘들 것 같았다.

　새로운 생각이 점점 더 생생하고 끈덕지게 몰려왔다. 여자는 그 생각
들을 떼놓고 억누르려 했지만 생각들이 와글와글 여자를 에워싸고 말
았다. 여자가 가르치던 아이들처럼 말이다. 어느 더운 날 오후 너무 지

쳐서 아이들이 떠들도록 내버려두었을 때 같았다. 머릿속이 점점 더 뒤죽박죽이 되었고 자신이 하기로 한 행동을 잊어버릴까봐, 무심코 말을 내뱉거나 표정을 제대로 못 지어서 들킬까봐 두려워 멀미가 날 지경이었다.

"몰랐던 척해야 돼." 여자는 계속 중얼거렸다. 그 말은 이미 의미를 잃어버린 뒤였는데, 마법의 주문이라도 되는 양 기계적으로 계속 중얼거렸다. 그러다가 마침내 이렇게 말했다. "뭐였지? 기억이 안 나."

자기 목소리가 너무 크게 들리자 여자는 놀라 주위를 둘러보았다. 하지만 아무도 못 들은 것 같았다. 두리번거리다가 남편 침상의 굵게 주름이 잡힌 커튼에 눈길이 멎자 반복되는 아라베스크 무늬를 뚫어져라 바라보았다. 무늬는 복잡해서 따라잡기가 힘들었지만 눈길을 돌리지 않았다. 곧 두꺼운 커튼이 투명해지고 남편의 얼굴, 죽어 있는 남편의 얼굴이 보였다. 여자는 눈을 돌리려고 했지만 몸이 말을 듣지 않았다. 머리가 고정 장치에 끼워져 있는 것 같았다. 마침내 불안과 떨림을 떨치고 고개를 돌렸다. 하지만 소용이 없었다. 눈앞에 남편의 얼굴이, 그 작고 맨질맨질한 얼굴이 떠 있었다. 여자의 앞에 땋은 머리 가발을 쓴 여자가 앉아 있었는데, 남편의 얼굴이 그 여자 앞 허공에 둥둥 떠 있는 것 같았다. 여자는 자기도 모르게 얼굴을 밀어내려고 손을 뻗었다. 남편의 매끄러운 피부가 손에 닿는 것 같았다. 울음을 억누르고 엉거주춤 자리에서 반쯤 일어났다. 가발 쓴 여자가 쳐다보기에, 자기를 이상하게 여길까봐 제대로 일어나 반대쪽에서 여행 가방을 들어 올렸다. 가방을 열어 들여다보았다. 처음 손에 닿은 물건은 남편의 작은 휴대용 술병이었다. 서둘러 출발하며 마지막에 찔러 넣은 물건이었다. 여자는 가방을 닫고 눈을 감았다. 남편의 얼굴이 다시 나타났다. 여자의 눈동자와 눈꺼풀 사이에, 빨간 커튼 앞의 밀랍 가면처럼 대롱대롱 매달려 있었다.

여자는 몸을 부르르 떨며 정신을 차렸다. 기절했었나? 잠이 들었던 걸까? 시간이 꽤 흐른 것 같았다. 하지만 아직 한낮이었고 사람들도 좀 전과 같은 자세로 앉아 있었다.

별안간 허기가 느껴져 생각해보니 아침부터 먹은 것이 없었다. 음식 생각을 하다니 말도 안 된다고 생각했지만 또 어지러울까봐 불안했다. 가방에 비스킷을 넣은 것이 떠올라 꺼내 먹었다. 마른 비스킷에 목이 메자 남편의 휴대용 술병에 담긴 브랜디를 홀짝 마셨다. 목이 타들어가는 느낌이 들었다. 그 느낌이 신경을 내리누르던 묵직한 통증을 줄여주어서 오히려 괜찮았다. 그다음엔 뜨뜻한 느낌이 슬슬 올라왔다. 마치 누군가가 살살 부채질을 해주고 있는 것 같았다. 그리고 여자를 옥죄던 두려움이 손아귀를 풀더니 여자를 휘감고 있던 정적을 지나서 멀어져갔다. 정적이 호젓하고 적막한 여름날처럼 여자를 편안하게 해주었다. 여자가 잠이 들었다.

자는 동안 내내 기차가 맹렬하게 달려가는 것을 느꼈다. 기차는, 여자를 가차 없이 험하게 휩쓸고 가, 어둠과 공포 그리고 알 수 없는 미래에 대한 두려움 속에 자신을 몰아넣는 인생과 같았다. 별안간 모든 것이 멈추었다. 소리도 진동도 없었다. 이제 여자가 죽을 차례였을까. 남편

옆에 온화한 얼굴로 똑바로 누워 있었다. 너무도 고요하구나! 다가오는 발소리, 자신들을 데려갈 사람들이 오는 소리가 들렸다. 갑작스럽게 시작된 진동이 오래 계속되더니 잇달아 크게 몇 차례 흔들렸다. 그런 다음 어둠 속으로 고꾸라지는 느낌이 들었다. 이제 죽음의 어둠이 닥쳤다. 부부는 검은 회오리바람 속에서 나뭇잎처럼 빙빙 돌았다. 격렬한 소용돌이 속에는 수없이 많은 죽은 자들이…

여자는 공포에 질려 잠에서 깨어났다. 오랫동안 잠들었던 것 같았다. 겨울 햇빛이 바래버렸고 불이 켜져 있었다. 객차가 어수선했다. 여자가 정신을 차려보니 승객들이 외투와 가방을 챙기고 있었다. 많은 머리 가발을 쓴 여자가 탈의실에서 다 시들어버린 아이비가 담긴 병을 들고 나왔고, 그 크리스천 사이언스교 사제는 커프스를 뒤집고 있었다. 승무원은 복도를 골고루 비질하며 지나갔다. 금색 띠를 두른 모자를 쓴 사람이 여자에게 남편의 승차권을 보여달라고 딱딱하게 말했다. "화물이요!"라고 외치는 소리가 들렸다. 승객들이 승차권을 내밀면 검표기의 금속이 쩔렁거리는 소리도 들렸다.

이내 거무튀튀한 벽이 창을 가리더니 기차가 할렘 터널을 통과했다. 여행이 끝났다. 곧 여자의 가족들이 역의 인파 속에서 잔뜩 들뜬 얼굴로 앞으로 나올 것이었다. 심장이 팽팽해졌다. 최악의 공포가 다가왔다.

"남편분 일어나시게 하는 게 낫겠지요?" 승무원이 여자의 팔을 살짝 건드리며 물었다.

승무원은 남편의 모자를 솔로 열심히 털고 있었다.

여자가 모자를 보고 무슨 말인가를 하려고 했다. 그런데 갑자기 객차 안이 어두워졌다. 여자가 뭔가 잡으려고 버둥거리면서 팔을 위로 쳐들었다가 엎어졌고 여자의 머리가 죽은 남자의 침상에 부딪혔다.

인간의 몰락

.

리냐드 교수가 휴가를 지내고 기운이 솟아 돌아온 것은, 메인에 있는 숲의 공기가 좋았던 덕분이라기보다는 그 휴가의 동행 덕분이었다. 눈썰미 좋은 리냐드 부인조차 남편이 혼자 간 줄 알았지만, 사실 아무도 모르는 동행이 있었다. 그리고 교수의 심장이 심하게 두근거린 것은 그 여행의 정점에서였다. 교수가 바람을 피우고 있었으니까. 그것도 아이디어와 말이다.

실험을 해보지 않은 사람은 새로운 아이디어를 발견하는 기쁨을 모를 것이다. 리냐드 교수는 대신 세기의 연애 주인공이 되게 해준다고 해도 그 기쁨은 절대 포기하지 않을 것이다. 여자가 아무리 좋아도 여행을 함께 하려면 짐이 많아 거치적거릴 수도 있고 양심의 가책도 들 것이다. 당장에는 자리를 많이 차지하고 나중에는 불편하게 겹쳐지게 마련이다. 하지만 아이디어는 머릿속에서 거의 공간을 차지하지 않고 시야도 넓혀준다. 이 동행자는 순간순간 잘 처신했다. 교수가 특급열차에 몸을 싣고 약간 갑갑한 아내의 관심 빈경에서 벗어났을 때 아이디어가 교수 맞은편에 와서 앉아 있었다. 둘은 공범으로서 은밀한 눈길을 기분좋게 주고받았다. 그러나 집안의 지인이 옆자리에 옮겨와 앉아 대학교 이야기를 꺼냈을 때 아이디어는 순식간에 사라졌다. 그러니 교수가 혼자 여행했다는 것은 아무도 의심할 여지가 없었다.

교수는 처음부터 아이디어가 가장 좋은 여행 친구라고 생각했지만, 그 외도의 즐거움을 제대로 느낀 것은 숲속에 혼자 있을 때였다. 8월의 길고 시원한 낮 동안 교수는 향기로운 숲속에서 솔잎을 깔고 누워 하늘을 바라보고 있었다. 그러다가 낮은 하늘처럼 가까이에서 자신을 내려다보는 눈을 발견했다. 그 눈이 얼마나 근사했던지! 초롱초롱 맑으면서도 속을 짐작할 수 없고, 깊은 사고에서 우러나온 생생하고 발랄한 웃음이 끊임없이 넘쳐나다니! 20년 동안 아주 정확하고 확실한 눈만을 마주해온 교수로서 속을 알 수 없는 대상에 빠져들자니 너무도 짜릿했다. 이때까지 교수의 정신적 외도조차 견고하고 빈틈없는 가정의 테두리에서 벗어난 적이 없었다. 하지만 이때 결혼 후 처음으로 6주 동안의 자유가 생겼고 교수는 가슴 가득 자유의 기운을 채운 채 집으로 돌아가는 길이었다.

교수의 가정생활에 문제가 있었다는 뜻은 아니다. 오히려 가정이 너무 완벽해서 도망칠 필요가 없었다. 사실 속박당하고 있는 남편이 행복하며, 사소한 불화의 기미가 자유로 가는 길이 되는 경우가 많으니까.

교수는 결혼에서 얻고자 했던 바로 그것을 얻었다. 삶을 편안하게 받쳐 주는 것. 감정적 갈등을 잘 해결하지 못하는 편이었기 때문에 가정이라는 유대의 현실적 의무를 소홀히 하지 않으려고 세심하게 주의를 기울였다. 리냐드는 자신의 상황에 대해 이른바 사회학적 관점을 취하고 있었다. 그래서 겸손하게 자신을 하나의 벽돌로 여겼고, 그 벽돌들이 토대를 이루고 현실이 그 토대에 바탕을 두고 있다고 생각했다. 만약 리냐드 부인이 곤충학에 관심이 있었거나 획득형질 유전 논쟁에서 의견을 표출했다면 교수가 결혼을 좀 더 개인적인 것으로 생각했을지도 모른다. 하지만 교수는 부부 관계에 모자라는 것이 있다고 생각하지 않았고, 누군가가 물었다면 여자가 굳이 자기 딱정벌레에 관심을 갖지 않았으면 좋겠다고 딱 잘라 말했을 것이다. 교수의 진짜 삶은 사고의 우주에 있었다. 그 우주에 드나드는 사람에게 그곳은 그 앞에 드리워진 어떤 아름다운 커튼보다 훨씬 더 아름답고 다양한 것들이 있는 마법의 공간이었다. 교수의 커튼은 소박하고 단조로운 패턴의 좁은 띠였다. 하지만 그것을 걷기만 하면 왕국으로 들어갈 수 있었다.

이 보이지 않는 우주에는 매혹적인 것들이 가득했다. 교수는 술탄이라도 된 듯 아이디어라는 후궁들의 방을 차례차례 거쳤다. 하지만 교수를 매혹했던 사랑스러운 존재들 중 가장 나중에 사랑하게 된 아이디어가 가장 믿음직한 모습을 하고 있었다. 여태까지 좋아했던 애인들은 대부분 약간 엄숙하고 진지하고 고상해서 여성 토론클럽에 어울리는 유형이었다. 하지만 새 애인은 웃음을 품고 있었다. 다시 말하면 길고 고

단한 하루의 끝에 짓는 안도의 미소 같은 것이었다. 일에 지쳐서 자신이 공들여 해놓은 일을 볼 때 자기도 모르게 터져 나오는 허탈한 웃음 같기도 했다. 교수는 늘 열심히 연구했다. 교수는 자신의 아이디어에 너그러운 친구였지만 깐깐한 업무 감독관이기도 했다. 아이디어들에게 여러 가지 일이 주어졌지만 무엇보다 교수 가족을 부양해야 했기 때문이다. 정육점과 빵집에 돈을 내고 잭의 학비를 대고 밀러선트의 옷도 사야 했다. 교수의 가정은 수수한 편이었지만 교수 부인의 기준에 맞추기는 늘 빠듯했다. 리냐드 부인은 전혀 까탈스러운 사람이 아니었다. 남편의 학식을 자랑스러워했고 기꺼이 밀러선트에게 옷을 접어 입히고 잭의 양말을 꿰매었으며 자신은 매년 똑같은 솔기가 반짝이는 검정색 실크 드레스를 입고 대학교 연회에 참석했다. 어쩌다가 적충류의 윤리적 행동에 대한 리냐드 교수의 탁월한 논문이 언급되거나 아메바의 무의식적 대뇌작용 연구가 인용되는 것을 위안으로 삼을 뿐이었다.

하지만 남편이 잭과 밀러선트에게 너무 무관심해 어머니로서 안타까웠던 때도 있었다. 리냐드 부인이 철도회사 중역과 결혼했더라면 아들의 용돈을 올려주고 딸에게 새 모자를 사주거나, 다른 여자들이 입는 모피 옷을 가질 수 있었을 테니까 말이다. 이런 불만에 대해 교수는 전혀 관심이 없었다. 사실 사람들이 왜 새 모자를 사고 싶어 하는지 이해하지 못했다. 그리고 용돈 얘기라면 자신은 대학에서 잭보다 훨씬 더 적은 돈을 쓰면서 어찌어찌해서 현미경도 샀고 '표본'도 몇 개 수집했다. 잭은 이런 비싼 취미도 없지 않느냔 말이다! 그러나 교수가 이해를 못하기는 했지만 아버지의 의무를 저버리지는 않았다. 가족의 요구를 충족하기 위해 열심히 일했다. 결국 병에 걸려 연구를 완전히 그만두게 된 것도 바로 그 가족의 요구를 충족하기 위해 일한 탓이었다.

연구를 그만두었다고 해서 연구에 대한 생각을 그만둔 것은 아니었다. 그리고 이례적으로 연구를 중단하고 나자 교수는 자신의 연구 분야를 전체적으로 훑어볼 수 있게 됐다. 마침내 베틀에서 고개를 들었고 자신이 짜고 있는 태피스트리 앞에 설 수 있었던 것이다. 오랫동안 몰두해 직조했던 패턴을 처음으로 약간 멀리 떨어져서 보면서 대중의 눈에 그것이 어떻게 비칠지 생각해보게 되었다. 사실 그런 생각은 교수가 할 일이 아니었다. 교수는 그 우주라는 직물의 실 속에서 일하는 수많은 직공 중 한 사람일 뿐이었다. 그래서 교수는 그 직공들이 만들어낸 패턴의 전체적인 인상을 느껴보려고 했다.

리냐드 교수가 처음 현미경을 들여다보기 시작했을 때 이 과학자에게 관심을 보여주는 사람은 몇 안 되는 학교 동료들뿐이었다. 이들은 자신들의 성향에 따라 동조하거나 반대했다. 어쨌든 이들은 그 분야 전문 용어에 정통했고 연구의 출발점을 잘 알고 있었다. 하지만 25년이 지나자 더 큰 대중이 이 소규모 집단을 집어삼켰다. 이제 다들 과학책을 읽고 견해를 밝혔다. 과학을 처음으로 받아들인 것은 여성과 성직자 들이었다. 그리고 이제 교실과 유치원으로 넘어갔다. 일상생활이 과학 원리를 바탕으로 관리되었다. 신문에 '과학 지면'이 생겼다. 간호사들이 위생학 시험을 보게 됐고, 새로운 심리학에 따라 아이를 먹이고 달랬다.

과학 연구에 여전히 이단의 분위기가 있기 때문에 사람들은 계속 매력을 느꼈다. 대중은 전통의 벽을 부수고 금지된 지식의 과수원에서 포식했다. 리냐드 교수가 젊은 시절 섬기던, 차마 다가가기 힘들었던 그 여신이 이제 시장에서 매력을 뽐냈다. 하지만 그 여신은 교수가 섬기던 대상이 아니라 진짜 신성의 가면을 쓰고 변장한 사이비 과학이었다. 사이비 여신에게는 나름의 제의와 문헌이 있었다. 사이비 사제들이 쓰고 신자들이 수백만 권 구매한 신성한 책들이 있었다. 그 책들 중 가장 유명한 작품에는, 고대의 도그마와 현대의 발견이 애매한 초월주의의 각광을 받으면서 서로 껴안은 모습으로 묘사되었다. 그리고 그런 묘사는 늘 목적을 달성했다. 그즈음 교수는 대중적 모델을 바탕으로 한 책 몇 권을 우연히 읽게 되었다. 그것들을 읽고 교수는 화가 치미는 동시에 웃음이 터져 나왔다. 분노는 금세 사그라졌다. 교수는 이 많은 사이비 문헌이 진리를 모독하지 못했다고 생각했기 때문이다. 하지만 웃음은 사그라지지 않고 교수의 아이디어로 남았다. 그 신성하고 너무도 훌륭한 아이디어는, 과학을 엉터리로 이해한 사람들을 풍자해서 여신의 원수를 갚자는 것이었다. '대중' 과학책에 대한 풍자글을 쓰기로 했다. 상투어에는 상투어를, 오류에는 오류를, 잘못된 비교에는 잘못된 비교를 갖다 대고, 자신의 뛰어난 학식을 아주 무식해 보이게 사용해서 대중들조차 그 점쟁이들을 비웃는 데 동참하게 만들 것이었다. 그리고 그 비웃음은 정신적 근육의 팽창에 그치지 않아야 했다. 무지의 벽을 허무는 나팔소리가 되어야 했다. 아니라면 적어도, 거인의 이마에 던져지는 작은 돌멩이라도 되어야 했다.

2

교수는 명함을 내밀면서 자신의 명함이 그 출판사의 신전에 바로 들어갈 수 있게 해줄 거라고 생각했다. 하지만 젊은 직원은 자신의 이름을 보고도 바로 움직이지 않았다. 힐브리지 대학 리냐드 교수라는 이름은 대중서적 공급업자들에게는 특별한 의미가 없는 듯했다. 하지만 그 출판사 사장이 교수의 오래된 친구였다. 그래서 그 명함이 절차라는 느린 물길을 타고 사장실까지 둥둥 떠가자마자 사장이 나와 교수를 맞았다.

반갑게 맞아주는 걸 보고 나니 교수는 사장 네드 하비스에게 원고를 넘기기로 한 판단이 옳았다는 확신이 들었다. 교수와 하비스는 힐브리지에 함께 다녔는데, 학창시절 그 출판업자는 그 대학 망나니 중 최고였다. 하지만 그런 학생들이 모두 선량한 시민, 상냥한 남편이자 아버지가 되는 법이다. 교수는 삶이 사람을 길들인다는 것을 잘 알고 있었다. 제멋대로 굴던 친구들 대부분이 신중한 사업가가 되거나 소심한 월급쟁이가 된 것을 보았다. 하지만 하비스는 믿을 만하다고 거의 확신했다. 탁월한 풍자 감각과 상대적 가치에 대한 예리한 감식력이 20년 세월 속에서도 거의 무뎌지지 않았을 것 같았다.

친구의 외모는 약간 당황스러웠다. 마치 대중소설을 잔뜩 먹고 살이 찐 듯했다. 게다가 그 살에는 태평스러운 주름이 가득했다. 100쇄 출간의 제물로 바쳐질 뽀얀 여주인공들의 기나긴 행렬을 넙죽 사무실로 들이는 모습을 눈에 보는 것 같았다.

그럼에도 불구하고 친구의 환영에 안심이 됐다. 하비스는 아직도 젊은 시절처럼 분방했고 교수가 머뭇거리고 있을 때 과거 이야기를 스스럼없이 끄집어내주어서 교수는 선뜻 원고를 내밀 수 있었다.

"뭐지? 자네가 우리 업계에서 뭔가 하고 있다는 뜻은 아니지?"

교수가 빙긋 웃었다. "자네 과학책도 가끔 출간하지?"

출판업자의 태평스러운 주름이 약간 내려앉았다. "흠, 책 나름이긴 한데, 자네가 우리 출판사에서 책을 내기에 너무 과학적일까봐 걱정인 거지. 우리야 가벼운 과학책으로 좀 벌고 있기는 하지만 제대로 된 무거운 건 아니라서. 자네 원고라면 내가 당연히 특별대접을 하겠지만, 자네한텐 좀 더 학술적인 출판사들이 나을 거야."

교수가 아주 편안하게 미소를 지으며 뒤로 기대어 앉았다.

"그래, 한번 검토해봐. 자네한테 적당할 것 같긴 한데."

"그럼, 당연히 내가 출판은 해준다니까. 그런데 고료가 많…"

"고료는 상관없어."

출판업자는 고개를 젖히고 웃었다. "과학이 그렇게 돈이 되는지 전혀 몰랐네. 이제 보니 우리 대중소설가들이 쥐꼬리만큼 받고 제일 열심히 일하고 있었군."

"과학은 돈과 상관없는 거야." 교수가 바로잡아주었다. "그래서 자네가 이걸 출판해줬으면 하는 거고."

"그거 엄청 고맙군, 친구. 당연히 자네 이름이 먹히는 독자층이 있을 거야. 게다가 우리 회사 전문 분야가 아닌데 이렇게 책을 내면 참신해서 더 좋을 수도 있고. 우리 둘 다에게 좋겠지." 생각에 잠긴 듯 출판업자의 주름이 깊어졌는데 교수가 간다고 인사를 하자 기운이 나는 듯 표정이 밝아졌다.

2주일이 채 지나지 않아 하비스가 교수를 시내로 다시 불렀다. 교수는 이 두 번째 만남을 많이 기대하고 있었다. 대학 시절 하비스의 요란한 웃음소리가 귓가에 들리는 듯했고, 친구가 원고를 읽는 모습을 보며 만족스럽게 미소를 짓는 자신의 모습을 그려보았다. 하비스의 구미를 더 돋우기 위해, 영리하게 비밀을 털어놓지 않고 끝까지 진지한 척하길 잘했다는 생각에 뿌듯했다. 대학을 졸업한 후 생각만으로 이렇게 즐거운 일은 없었다.

이번에는 명함을 내밀자마자 안내를 받았다. 성공한 소설가처럼 극진하게 사무실로 모셔지자 하비스가 교수의 양손을 덥석 잡았다.

"이건, 책을 내주겠다는 뜻인가?" 교수가 짐짓 모른 척하며 물었다.

"책을 내주냐고? 내지, 암, 출간해. 이미 인쇄에…아, 자네와 의논도 안 하고 먼저 인쇄부터 시작했는데, 괜찮지? 고료도 전혀 문제가 없을 거야. 그리고 가을에 내놓으려면 시간이 빠듯해. 이 친구야, 왜 나한테 미리 말을 안 했나?" 하비스가 나무라는 듯 낮은 목소리로 말하며 자신의 안락의자를 밀어주었다.

교수는 싱긋 웃으며 의자에 털썩 앉았다. "미리 알면 자네가 재미없을까봐."

"그래, 정말 재미있기는 했네." 하비스가 최고급 시가 상자를 꺼냈다. "이번 책은 최고의 베스트셀러가 될 거야. 정말 너무 의외였네. 그러니까 자네가 나한테 가지고 온 건 정말 잘한 일이야."

"그래, 잘됐군." 교수가 차분하게 말했다.

하비스가 아주 기분 좋게 웃었다. "아마 자네는 확신이 있었겠지. 하지만 난 전혀 예상 못 했어. 게다가 자네 취향이 전혀 아니잖나."

교수가 슬슬 웃으면서 안경을 벗어 닦았다.

"대학 때라면 그렇게 생각했겠나?"

하비스가 빤히 쳐다보았다. "대학 때? 그땐 자네가 그야말로 인습 타파의 화신이었잖아."

꽤 오랜 침묵이 흘렀다. 교수가 안경을 다시 쓰고 친구를 보았다. "그랬나?" 짧게 말했다.

"그랬나라고?" 상대가 계속 빤히 쳐다보면서 말을 따라 했다. "아, 알겠어. 인습 타파자라서 지금 이런 거로구나. 극단을 오가는 경향 같은 게 있잖아. 그렇지, 흔히들 변하지. 사실 나도 변했고, 대중들도 다 달라졌지. 하지만 왠지 자네는 안 그럴 거 같았는데."

누군가가 이들 가까이 있었다면 겉으로는 칭찬하고 있지만 그 이면에 쓸쓸함이 깔려 있음을 눈치챘을 것이다. 하지만 교수는 너무 들뜬 나머지 그런 희미한 기미는 알아챌 수 없었다.

"나는 안 그럴 거 같았다고? 내가 뭘 안 그럴 거 같았어?" 교수가 숨가쁘게 말했다. "자넨 도대체 이게 뭐라고 생각하나?" 교수가 둘 사이에 놓인 원고를 주먹으로 툭 쳤다.

하비스의 얼굴은 다시 편안하게 주름진 상태로 돌아와 있었다. 그는 그 원고에 따뜻한 눈길을 주었다.

"음, 자네의 변명. 자네의 신념 고백이라고 해야겠지. 자네가 어느 편을 향하고 있는지는 분명히 알고 썼을 거잖아. 자면서 썼을 리는 없으니까."

"그럼, 너무도 멀쩡한 정신으로 썼지." 교수가 머뭇거리며 말했다.

"그러면서 왜 나를 이상하다는 듯한 눈으로 보는 거야?" 하비스가 안심시키려는 듯 친구의 낡은 코트 소매에 손을 올리고 몸을 앞쪽으로 기울였다. "오해하지 말게. 자네가 과거와 달라졌다고 비난할 의도는 전혀 없어. 관점의 변화 말고 도대체 뭐가 성장이겠어? 사람이 스무 살 때와 지금 우리 나이에 똑같은 시각으로 인생을 바라보아야 하는 건 아니잖아? 자네가 좀 변했다는 건 자네도 인정하지 않나. 그러니까 자네가 그쪽에 동조하는 거잖아."

하지만 교수는 가슴을 활짝 펴고 벌떡 일어나더니 사무실이 들썩거릴 만큼 웃어젖혔다.

"어이구, 세상에. 내 원고가 정말 그런 뜻으로 보여?" 교수는 숨 가빠했다.

하비스는 본능적으로 자기 책상의 전자 벨을 흘긋 보았다. 응급상황을 위해 마련해둔 것이었다.

"진정해." 하비스가 달래듯 말문을 열었다.

"아, 나 좀 웃게 내버려둬." 교수가 부탁했다. "금세, 금방 진정될 거야. 사람 부르려고 벨 누를 필요 없네." 교수는 의자에 다시 앉아서 의자 팔걸이를 붙들고 침착하려 애썼다. "대학 때 이후로 이렇게 웃어본 건 처음이야." 터져 나오는 웃음 사이에 그가 말했다. 그러더니 갑자기 낮게 탄성을 내지르면서 일어섰다. "그런데, 전적으로 그렇게만 읽힌다면 실패한 거야." 교수가 외쳤다.

하비스는 약간 어색하게 담배 끝을 들여다보았다. "리냐드." 마침내 그가 입을 열었다. "무슨 뜻인지 모르겠어."

교수는 힘들게 빠져나온 웃음의 소용돌이에 다시 빨려들고 말았다. "하지만 그게 그 조롱의 핵심이라고!"

하비스가 못 알아듣겠다는 눈빛으로 교수를 보았다. "뭐가?"

"어, 자네가 그걸 못 봤다는 거, 이해를 못 했다는 거."

"내가 뭘 이해 못 했는데?"

"그러니까, 그 책이 의도한 것 말이야." 교수는 웃음을 멈추고 출판업자를 가만히 바라보며 앉아 있었다. 그러고는 이렇게 말을 이었다. "내가 표적보다 멀리 쏜 게 아닌 한."

"내가 표적이면 못 맞춘 게 분명해." 하비스가 시계를 흘끔 보면서 말했다.

교수는 그 눈길의 의미를 이해하고 일어서며 말했다. "그 책은 조롱이야."

하비스가 빤히 쳐다보았다. "조롱이라고? 그게 진지하지 않다는 뜻인 거지?"

"나한텐 안 진지한데 자네는 진지하게 받아들인 것 같군."

"나한테 말을 안 해줬잖나." 출판업자가 억울하다는 듯 말했다.

"그랬지, 말을 안 했지." 교수가 말했다.

하비스는 둘 사이에 놓인 원고를 보며 앉아 있었다. "내가 그런 난해한 유머를 잘 이해하는 편은 아니지." 여전히 뚱하게 말했다. "자네는 물론 아주 소수의 독자들을 대상으로 하고."

"어, 극소수지." 교수가 원고로 손을 뻗으며 인정했다.

하비스는 차근차근 생각을 이어가고 있는 것 같았다. "자네가 풍자적 해석을 고집할 때만 극소수지."

"내가 고집한다는 건, 무슨 말인가?"

출판업자가 보일 듯 말 듯 미소를 지었다. "음, 그 책을 그렇게 안 읽게 한다면 어떨까 이 말이지. 나처럼 아무것도 모르고 읽는다면 어떨까?"

"그럼?" 상대가 솔깃한 채 작은 목소리로 말했다.

"대부분이 나처럼 읽을 거야." 하비스가 딱 잘라 말했다. "내가 바로 평균 독자야. 그게 내가 하는 일인걸. 20년 동안 그렇게 되려고 훈련해 왔거든. 다른 일처럼 그것도 힘든 일이었어. 문제는 제대로 하는 거야. 속이거나 타협하지 않는 게 중요하다네. 출근해서만 출판업자고 나머지 시간엔 아마추어인 사람들이 있어. 그런 사람들은 절대 성공하지 못해. 일에서도 종교와 마찬가지로 믿음이 필수라네. 그런데 지금 그 이야기를 하려는 건 아니고, 이 책을 진정한 것으로 취급해도 좋다면 내가 성공시킬 수 있네."

교수가 손을 원고 위에 그대로 얹어둔 채 가만히 서 있었다.

"진정한 것이라고?" 교수가 친구의 말을 되새겼다.

"진지한 작품 말이야. 자네의 신념을 표현한 책. 대중들은 자신만의 신념을 지키는 사람을 추종하는 법이야. 이 책은 대중적 흥미에 딱 들어 맞아. 자넨 대단한 걸 가지고 있어. 희망과 열정으로 가득 차 있는 작품 이지. 거기다 경건한 어투로 쓰였고, 명언집에 있을 법한 근사한 문장들 도 있고 말이야. 유명한 목사들이 설교하면서 인용하면 딱 좋겠어. 대중 들을 붙잡기에 더할 나위 없이 좋아. 지금 이대로 완벽하단 말이야. 단 어 하나 글자 한 자도 고치지 마. 내가 제대로 잘하도록 맡겨놓기만 하 면 대중소설처럼 많이 팔 수 있어."

3

교수는 원고를 그대로 둔 채 하비스의 사무실을 나왔다. 자신이 너무 도 괴상한 상황에 빠진 것 같았다. 조롱의 범위를 넓힌 탓이었다. 하비 스 말대로 그 책은 애초대로라면 아주 제한된 범위의 독자를 위한 것이 되겠지만 이제 세상 사람 모두를 대상으로 하게 되었다. 선택받은 소수 는 이해할 것이고 대중들은 이해하지 못할 것이다. 그러니까 그 책의 목 적은 두 가지였다. 그렇지만 여하튼 상황은 전혀 달라지지 않았다. 글자 하나 바뀌는 것이 없었다. 달라지는 것은 출판업자의 관점과 평론가들에게 흘릴 '정보'밖에 없었다. 교수는 그저 입을 꾹 닫고 진지해 보이기만 하면 됐다.

그 언쟁을 통해 교수에게 중요해진 것은, 하비스가 제시한 큰돈을 벌 가능성이었다. 그 책이 그대로 풍자로 남는다면 작가에게 한 푼도 가져다주지 못할 것이고 실상 출판 비용도 작가의 주머니에서 나와야 했다. 하비스가 단언했듯 굳이 위험을 무릅쓰고 그 책을 출판할 출판사가 없을 것이기 때문이다. 하지만 그 책이 신념의 고백, 지금껏 냉철한 결정론에 경도돼 있는 것 같았던 저명 생물학자가 신념을 바꾸었다는 고백이라면 작가와 출판사에 꾸준한 수입을 가져다줄 수 있었다. 이 제안을 받았을 때 교수는 재정적으로 난처한 상황이었다. 건강이 나빠졌고 전에 없이 휴가를 갔다 오느라 강의료를 많이 주는 강의를 못 맡아서 수입이 줄었다. 그러니 하비스가 선인세로 1천 달러를 제안했을 때 그 책이 가져다줄 비밀스러운 즐거움을 거부할 수 없었다. 교수는 조롱의 의도를 그대로 가지고 출간하는 것이었다. 그 책의 진짜 의도를 누설하지 않기로 서약했지만 언젠가 대중이 자신의 의도를 알아채게 만들 수 있다고 생각하고 있었다. 교수의 동료들이라면 바로 알아챌 것이었다. 그리고 교수가 아무리 심각한 얼굴을 해도 동료들은 그것이 조롱이라는 것을 모를 리 없었다. 그리고 그 책이 하비스의 예언대로 대성공을 거두어도 다행히 작가의 전문영역에는 눈에 띄는 타격을 주지 않을 터였다. 리냐드 교수는 생물학자로 주로 알려져 있었다. 특정 딱정벌레의 구조와 습성 연구에서 가장 뛰어난 권위자였다. 하지만 아주 가까운 사람들을 빼고는 아무도 인간의 운명에 대한 이론이 그런 특수한 연구에서 도출된 것을 알지 못했다. 리냐드는 자신의 평판을 좌우할 사람들의 눈에 거슬리지 않고 기독교 삼위일체에 대한 논문도 발표할 수 있었을 것이다. 게다가 그 사람들은 자신의 책을 슬쩍만 보기만 해도 비밀을 눈치챌 수 있을 거라고 교수는 계속 확신하고 있었다. 그런 생각이 너무 확고해서 왜 그 영악한 하비스가 그렇게 책의 의도를 금세 들킬 위험을 감수하려 했는지 궁금하기도 했다. 그러나 하비스는 아무리 소문이 급속히 퍼지는 시대라도 연구실의 의견이 거리까지 그렇게 빨리 전해지지는 않을 것이라고 생각했을 것이다. 어쨌든 교수는 그 문제로 이러쿵저러쿵하지 않을 생각이었다.

교수가 입을 다물었던 결정적인 이유는 책이 이미 인쇄 중이었기 때문이었다. 교수는 인쇄 과정에 대해 거의 알지 못했지만 인쇄라는 단어가 무언가 돌이킬 수 없다는 느낌, 알지 못하는 기계의 올가미에 걸렸다는 느낌을 주었다. 만약 그 일에 대해 생각할 시간이 많았다면 꺼림칙해서 망설이다가 결국 그만두었을지도 모른다. 하지만 망설일 수 없는 상황이어서 어쩔 수 없었다.

4

리냐드 부인은 신문을 즐겨 읽지 않았다. 그러니 어느 날 부인이 저녁식사 후《뉴욕 인베스티게이터》를 들고 남편에게 간 것은 특별한 일이었다. 부인의 표정이 그 행동에 진지함을 한층 더했다. 부인은 표정이 풍부한 편은 아니지만 그래서 오히려 표정을 읽기가 쉬웠다. 이때는 대학총장이 집에 식사하러 왔을 때와 비슷한 얼굴이었다.

"여보, 왜 나한테 말 안 했어?" 부인의 목소리가 약간 떨렸다.

"무슨 말?" 교수가 벗어진 머리 가장자리까지 붉히면서 대답했다.

"당신 책 나온 거 말이야. 피즈 부인이 신문 안 갖다줬으면 모를 뻔했잖아."

남편은 으음 하고 신음하며 안경을 닦았다. "아, 그 소식을 들었구나." 남편이 힘없이 말했다.

리냐드 부인이 남편을 빤히 바라보았다. "여보, 새뮤얼, 내가 이 신문을 못 보길 바란 거야?" 남편이 잠자코 있자 부인은 입이 근질근질해서 이렇게 덧붙였다. "당신은 그 책이 얼마나 칭찬받는지 모르나봐."

교수가 머뭇거리며 신문을 받아 들었다. "피즈가 좋게 얘기했대?"

"피즈 교수? 피즈 부인이 그런 말은 안 하던데."

리냐드 교수는 안심하듯 한숨을 쉬었다. 그 책은 하비스의 계획대로 가을 시즌에 맞추어 나왔다. 시기도 잘 잡았고 시장도 잘 잡았다. 출판업자는 노련한 전략가처럼 작전을 펼쳤다. 적들을 완전히 포위했다. 모든 신문과 잡지가 『더 바이탈 씽The Vital Thing』 광고를 매복시켰다. 이미 몇 주 전 그 위대한 전략가가 공격전선을 꾸리기 시작했다. 처음에는 과학과 문학 평론계에 그 출간 예정작이 비중 있게 언급되도록 했고 그다음에는 일간지가 후속 공격을 펴게 했다. 대중은 매 순간 그 광고를 피할 수 없었다. 700만 명이 적어도 하루에 한 번은 리냐드 교수의 책 출간 임박 소식을 접했다. 광고지엔 이런 질문이 실렸다. "『더 바이탈 씽』 읽어보셨습니까?" 광고지가 대중소설 책갈피에서 떨어졌고 자동차로 가득한 거리 바닥을 하얗게 덮었다. 그 질문은 큰 활자로 찍혀 철도 매점에서 여행자를 덮쳤고, '고가' 철도역 벽에서 여행자들을 맞이했으며, 이제 곧 그 올라가는 계단에 걸려 조용한 지방에 활기를 주던 비누와 주방광택제 광고를 대신할 것 같았다.

출간일, 교수는 연구실에 틀어박혀 있었다. 광고가 부르짖는 소리가 귓가에서 사라지지 않아, 광고 내용을 피해 귀를 틀어막고 싶을 뿐이었다. 다시 자의식이 발동해서, 하비스가 써준 수표가 『더 바이탈 씽』 초판을 다 사들일 수 있는 액수였다면 기꺼이 그렇게 했을 것이었다. 하지만 점점 돌이킬 수 없다는 생각에 압도당했다. 그래서 아내가 가지고 온 《뉴욕 인베스티게이터》를 객관적인 호기심을 가지고 읽었다. 서평은 길었고 발췌가 많이 돼 있었다. 대충 보아도 그 발췌 부분들로 '명문집'을 만들기 좋은 것 같았다. 비평가는 저자에 대한 감사로 글을 시작했다. "퇴폐적인 허무주의가 투덜거리며 합창을 해대는 바람에 오랫동안 침묵을 지킬 수밖에 없었던… 호소력 있는 낙관주의와, 인간의 운명과 선의 우월성에 대한 신념의 노래를 분명한 목소리로 불러준 것에" 감사하면서 "그런 목소리가 도덕주의자가 아니라 과학자에게서 나와 우리에게 도달한 것은 바람직한 일이다. 무기력한 연구실의 분위기에서 믿음과 재건을 외치는 영광스러운 목소리가 나온 것은 더더욱 바람직한 일이다."라고 이어갔다.

그 서평은 대단히 세심하고 철저했다. 그 책이 《뉴욕 인베스티게이터》의 "주례사 비평가"에 간 것은 의심의 여지없이 하비스의 수완 덕분이었다. 교수는 자신의 오류들이 떡하니 드러나 있는 것을 보고 깜짝 놀랐다. 그 평론가의 손길 아래 오류들은 근사하게 진리로 분장해 있었다. 교수는 이제 비로소 하비스가 그 책으로 돈을 못 번다면 안타까운 일이라고 했던 까닭을 이해하기 시작했다.

《뉴욕 인베스티게이터》가 하비스의 표현대로 "선두에서 달렸고" 다른 언론들이 뒤를 따랐다. 비평계의 잡역부들이 첫 비평의 주장을 따라하게 두는 것이, 어떤 전문가가 새롭게 '잘'하도록 만드는 것보다 더 쉬웠다. 하지만 교수가 대중을 사로잡은 것은 분명했다. 하비스가 기분 좋게 지적한 대로, 비평계에서 아무리 노력했어도 그 책을 그렇게 바로 국민들의 마음속에 심어줄 수는 없었을 것이기 때문이다. 하비스는 약간 겸손하게 자신의 공을 낮추면서, 처음부터 이미 앞으로 쭉 나가 있는 책을 뒤에서 밀 필요가 없는 법이라고 했다.

"내가 이미 이렇게 될 줄 알고 있었다는 건 알아주길 바라네." 하비스는 스스로가 자랑스러운 듯 말했다. "사람들이 자네를 좋아할 걸 알고 있었지. 메인에서 샌프란시스코까지, 사람들이 모두 자네의 글을 인용할 걸 알고 있었다니까. 대중소설만큼 잘 팔리잖아? 아니, 더 나아. 더 오래 이렇게 계속 갈 거야."

"그럴까?" 교수는 약간 걱정되는 듯 말했다. 일시적인 성공은 받아들일 수밖에 없었지만 그 책이 영원하다는 생각을 하면 두려웠다.

"그럼! 자네는 모든 곳에 다 맞아. 과학, 신학, 자연사, 전부. 그리고 요즘 인기가 많은 최신 분야에도 맞아. 있잖아, 그 릴랙스 시리즈와도 아주 잘 맞는데, 그 시리즈는 수백만 권 넘게 팔리거든. 게다가 자네 책은 아주 말랑말랑해. 꽃과 아이들에 관한 너무도 아름다운 부분이 있잖아. 자네처럼 나이 먹고 공부밖에 모르는 작가가 그렇게 정서가 풍부하다니. 그, 얼어붙은 땅을 뚫는 눈송이 나오는 대목 있잖아, 사실, 나 그 부분에서 훌쩍거렸어. 그리고 내 아내는 『더 바이탈 씽』을 읽더니 자네가 《잉글눅Inglenook》의 '힘내세요' 칼럼을 써야 된다고 떠들고 다녀." 하비스는 고개를 젖히고 껄껄거리다가 문득 생각난 듯 이렇게 말했다. "아차차, 작가 선생. 판매가 더뎌지기 시작하면 누군가를 시켜서 자네 책에 반박하는 글을 쓰게 할 거야. 그러면 또 10만 정도까지는 쭉 갈 수 있어."

그런 다음 교수에게 이 믿음의 계약금으로 수표를 더 써주었다.

5

리냐드 부인이 문 두드리는 소리에 《잉글눅》에서 온 여자가 멈칫했다. 여자는 《잉글눅》 크리스마스 특별판에 서재에 앉은 교수 사진을 실으려고 끈질기게 교수를 설득하는 중이었다. 교수는 자신이 절대 꺾이지 않을 거라 생각하고 있었다. 하지만 아내를 보며 전에 없이 미소를 띤 교수의 얼굴에는 이미 그 고집이 수그러드는 기미가 비쳤다.

《잉글눅》에서 온 여자는 전문가답게 그 기미를 바로 알아챘지만 자기 공책에 고무밴드를 채우면서 명랑하게 말했다.

"다시 연락드리죠, 교수님."

교수는 여자가 돌아가는 것을 보고 잘됐다고 생각했는데 불쑥 아내가 이런 질문을 던졌다. "저 잡지에 인터뷰하면 돈 주는 거지, 새뮤얼?"

교수는 아내를 빤히 보았다. "직접 주지는 않아." 아내의 표정을 살피며 말했다.

아내는 한숨을 쉬며 앉았다. "그러면 간접적으로는 준다는 말이야?"

"왜 그래, 여보? 일전에 하비스가 준 수표 갖다줬잖아."

교수는 아내의 눈물에 붙들리고 말았다. "당신은 애들한테 너무 매정해! 그 애가 이상해진 것도 다 당신 성공 탓이야."

"아이? 누구? 내 성공이 왜? 얼른 이야기해, 수전."

"누구긴 잭 말이지. 갚지도 못할 돈을 빌린 우리 아들. 당신은 애한테 할 말이 없어. 당신 책이 성공해서 아이가 과도한 관심을 받았으니까. 당신 책 때문에 우리 애들이 너무 다른 상황에 처했어. 밀러선트 말로는 애들이 어딜 가든 다들 처음엔 '너희 『더 바이탈 씽』 저자와 어떤 관계야?'라고 묻는대. 물론 우린 당신 책이 아주 자랑스러워. 하지만 당신이 그 책을 쓸 때는 예상 못한 의무가 생긴 거야."

교수는 좀 전에 《잉글눅》의 카메라로부터 잘 지켜낸 책상과 거기 놓인 편지 묶음과 신문을 바라보며 앉아 있었다. 유명 주간지 이름이 찍힌 봉투를 집어 들었다.

"《잉글눅》은 얼마나 도움이 될지 모르지만 이건 확실해."

리냐드 부인의 눈이 어머니의 욕심으로 반짝였다.

"그게 뭔데?"

"《우먼스월드》'가로등을 돌며' 칼럼 중에 '과학적 설교 시리즈'를 연재하는 거야. 내가 알기론 그 잡지가 주간지 중에서는 제일 많이 팔리고 고료를 판매부수에 비례해서 줘."

리냐드는 잭이 빚을 얼마나 졌는지 묻지도 않았다. 일전에 하비스가 준 수표 두 장으로 집안 문제가 너무도 간단하게 해결되는 것을 본 터라, 이번에도 자연스럽게 돈을 더 가져오겠다고 약속하고 아내를 방에서 내보냈다. 교수는 하비스가 『더 바이탈 씽』의 후속작을 내자고 했을 때 펄쩍 뛰며 거절했었다. 『더 바이탈 씽』이라는 사기꾼을 그냥 두고 보는 소극적 지지 외에는 아무 일도 하지 않으리라 맹세했었다. 하지만 아내에게서 벗어나고 싶은 유혹이 마지막 가책을 이겨버렸고 한 시간도 채 지나지 않아 '과학적 설교' 일을 맡았다.

교수는 매정한 사람이 아니었다. 가족을 행복하게 해주려고 기꺼이 노력했다. 그래야 가족이 자신의 일에 방해가 되지 않기 때문이기도 했다. 하지만 『더 바이탈 씽』의 성공은 이런 소극적인 만족감 이상의 것을 가져다주었다. 그 성공으로 존재감이 커졌고 다른 삶을 향한 문이 열렸다. 교수는 50년 동안 도덕적으로 살아오면서 여자라고는 단 두 가지 유형밖에 알지 못했다. 애정을 느끼지만 멍청한 결혼한 여자와, 심각하고 지적인 결혼 안 한 여자였다. 교수는 전자가 훨씬 더 마음에 들었다. 이야기를 나누기에도 그쪽이 좋았다. 하지만 사교 수단으로서의 여자는 알지 못했다. 그리고 성공의 조류에 떠밀려 세상으로 나올 때까지 자신의 구분에 문제가 있다는 사실을 몰랐다. 이제 비로소 제3의 유형이 존재한다는 사실을 깨닫고 몹시 놀랐다. 멍청하지 않고 애정이 가며, 심각하지 않으면서 지적인 여자가 존재했다. 그렇다고 교수가 감정적으로 흔들리거나 했다는 말은 아니다. 그저 새로 알게 된 사람들이 자신에게 개인적인 관심을 가지는 훈훈한 분위기에서 교수도 마음을 터놓게 된 정도였다. 가벼운 분위기에서 진지한 이야기를 나누고 가족이 아닌데도 사적으로 가까워지자 즐거웠다.

이런 새로운 분위기에서도, 그러니까 모든 문제를 가벼이 다루고 뭔가 강조해서 말하면 무례해 보이는 편한 분위기에서도, 교수는 어쩌다가 자신의 책이 언급되면 견디기가 힘들었다. 그러나 처음에는 불편했지만 점차 책에 대한 언급을 습관처럼 편하게 듣게 되었고 예쁜 여성들에게 "어떻게 책을 쓰게 되었는지" 이야기해주는 데도 익숙해졌다.

그러는 동안 '과학적 설교'가 성공을 거두어 집안 일이 술술 풀렸다. 공책에 고무밴드를 채우며 다시 보자던 여자는 《잉글눅》에 교수의 사진뿐 아니라 생생한 인터뷰까지 성공적으로 덧붙였다. 그 사진으로 교수는 『더 바이탈 씽』의 성공으로도 누려보지 못한 광범위한 명성을 얻었고 유명인사가 되었다. 교수는 이제 자신의 역할에 익숙해져서, 파업에서부터 이슬람 종교개혁에 이르기까지 온갖 주제에 대한 100달러짜리 인터뷰에 집 재무부에서 좋아할 만큼 재빨리 응했다. 곧 교수의 얼굴은 잡지 광고면에도 등장했다. 열성 독자들이 교수가 아침에만 먹는 음식, 『더 바이탈 씽』을 쓸 때 사용한 잉크, 손 씻을 때 쓰는 비누, 힘을 북돋워준 영양제가 무엇인지 알아냈다. 이런 것들이 알려지면서 교수는 수백만 독자에게 더더욱 사랑을 받았고 교수의 얼굴은 잡지와 신문에서부터 비스킷 포장지와 초콜릿 상자에 이르기까지 실릴 수 있는 곳에는 다 실렸다.

6

그동안 교수는 줄곧 이중생활을 하고 있었다. 『더 바이탈 씽』의 저자로서 대중적 성공의 열매를 수확하는 동시에 탁월한 생물학자로서 연구를 계속했다. 함께 연구하는 학자들 말고는 아무도 관심이 없는 분야였다. 그때까지는 두 가지 일에 열중하면서도 작업의 질이 낮아지지는 않았다. 응접실에 앉아 『더 바이탈 씽』으로 이야기를 시작해서 흑인음악과 다과로 넘어가는 오후를 보낸 후, 열의에 가득 차 연구실로 돌아가는 식이었다. 교수는 동료들이 자신의 책에 대해 어떻게 생각하는지 이미 오래전에 관심을 끊었다. 자주 만나는 동료들 중에 『더 바이탈 씽』을 들먹이는 사람은 거의 없었다. 교수는 동료들이 입을 다물고 있는 이유가 그 책이 못마땅해서라기보다는 관심이 없어서라는 것을 잘 알고 있었다. 동료들은 교수가 딱정벌레를 어떻게 생각하는지에는 대단히 큰 관심이 있었지만 신에 대해 어떻게 생각하는지에는 사실상 전혀 관심이 없었다.

교수도 동료들과 똑같았다. 우연이 자신에게 안겨준 성공을 키워나가는 이유도 바로 그 성공이 자신의 진짜 소명을 위해 다양한 도구들을 이용할 수 있게 해주기 때문이었다. 교수는 책과 실험도구가 부족하다는 게 어떤 것인지 누구보다 잘 알고 있었다. 그리고 『더 바이탈 씽』은 그 도구들을 나오게 할 마법 지팡이였다. 얼마 전부터 교수는 위대한 발견의 가장자리에 있었다. 불확실성이라는 심연을 가로질러 놓인 가설이라는 널빤지 위에서 균형을 잡고 있었던 것이다. 그 가설은 수년에 걸쳐 우직하게 증거를 수집한 결과물이었는데, 그 가설을 입증하려면 비교와 분류만 하는 데에도 수개월 이상이 걸릴 것 같았다. 하지만 그 여정의 끝에 어렴풋이 성공이 보이기 시작했다. 교수는 최종적인 증명이 가능하다는 것을 확신하고 있었다. 과학자들은 증명 때문에 자신들의 일생이 전제와 결론 사이의 쉼표에 지나지 않는다고 느끼곤 했다. 하지만 교수는 가설의 발표가 필요한 지점에 이미 도달해 있었다. 이제 가설을 발표하고 동료의 평가를 받으면 그 가설의 최종적 가치를 확인할 수 있었다. 그리고 이런 내적 확신을 굳혀줄 사람은 교수가 비밀을 털어놓을 수 있는 유일한 친구였다.

피즈 교수, 그러니까 리냐드 부인에게 『더 바이탈 씽』의 성공을 알려준 여자의 남편이 바로 리냐드의 과학적 작업을 함께 하고 있었다. 하지만 『더 바이탈 씽』에 대해서는 말한 적이 없었다. 피즈는 세상일과 담을 쌓고 지냈기 때문에 리냐드의 책이 온 세상에 다 피져 있이도 그 책에 대해 모를 수 있었다. 여하튼 리냐드의 과학적 성과에 대한 평가에 그 책의 존재가 영향을 줄 것 같지는 않았다.

"자네가 책 한 권에 그걸 다 담아야 해, 리냐드." 피즈 교수가 간단히 말했다. "자네는 뭔가 대단한 걸 가지고 있는 게 분명해. 하지만 그걸 확인하려면 다른 사람들에게 그걸 보여줘야 해. 이렇게 하지. 만사 다 제쳐놓고 내일 바로 작업에 들어가. 무조건, 이제 책을 써야 해."

무조건, 이제 책을 써야 해! 교수는 그 말에 통증과 황홀감이 뒤섞인 어떤 감정을 느끼며 흔들렸다. 그 의미를 생각하니 거의 눈물이 날 지경이었다. 그러나 이 말에서 떠오른 것은 다름 아닌 하비스였다. "자넨 대단한 걸 가지고 있어." 그 출판사 친구가 『더 바이탈 씽』을 읽고 처음 한 말이었다. 똑같은 말이지만 두 사람이 한 말의 의미는 얼마나 다른가! 교수를 가운데 놓고 두 힘이 최후의 전투를 벌이고 있었다. 이제 교수는 그 결과를 의심하지 않았다.

"그래, 그래. 쓰겠어. 피즈!" 교수가 동료에게 손을 뻗으며 말했다.

다음 날 교수는 하비스를 만나러 시내에 나갔다. 새로 나올 『더 바이탈 씽』 보급판의 인세를 선불로 부탁하려고 했다. 대학의 보충 강의를 그만두고 1년 동안 집필에 몰두하기로 결심했다. 그러려면 돈이 더 필요했다. 『더 바이탈 씽』이 돈을 마련해주리라 생각했다.

출판업자는 평소와 다름없이 리냐드를 맞았다. 하지만 선불에 대해서는 평소와 달리 선뜻 대답하지 않았다.

"우리도 당연히 자네가 원하는 대로 해주고 싶어. 하지만 리냐드, 당분간 신판은 안 찍기로 했어."

"안 찍는다고?"

"그래. 우리 출판사가 『더 바이탈 씽』을 아주 성공시켜놓았으니 이젠 자네도 뭔가를 할 차례라고 생각지 않나?"

교수는 우두커니 친구를 바라보다가 물었다. "내가 뭘 해야 하지?" 그런 뒤에 힘주어 덧붙였다. "뭘 더 한단 말이지?"

"다른 책을 써서 그 책에 새 생명을 살짝 불어넣는 거야. 영구운동하는 건 없잖아, 안 그래? 게다가 빨리 뜬 책이 천천히 뜬 책보다 더 빨리 죽는다는 게 업계 법칙이야. 우린 『더 바이탈 씽』을 18개월 동안이나 계속 밀어줬어. 이제 그만 밀어야 해. 이젠 그 책이 그다지 생생하지 않아. 신판은 전혀 전망이 없어. 아아, 완전히 죽어버렸다는 뜻은 아니고, 빈사 상태인 거지. 그걸 되살릴 유일한 사람이 바로 자네야."

교수는 계속 친구를 바라보고 있었다. "나는, 그러니까, 내가 뭘 할 수 있는 거야?" 교수가 머뭇거렸다.

"그 말은 하겠다는 뜻이지? 비슷한 걸 쓰면 돼. 더 나은 책을. 그냥 쓰면 돼. 방법은 자네가 잘 알잖아. 대중은 자네한테 절대 싫증을 안 내겠지만 누가 끼어들어서 자네를 방해하게 둘 수는 없잖아. 그러니까 다른 책을 또 써야 해. 두 권을 쓰면 세트로 판매할게. 더 바이탈 씽 시리즈로 말이야. 휴가철에 엄청난 인기를 끌 수 있을 거야. 10월에 새 책이 나오게 맞춰서 써봐. 계약서에 서명만 하면 선금을 두둑히 챙겨줄게."

교수는 잠자고 앉아 있었다. 너무도 진인힌 제안이었다.

하비스가 놀란 눈으로 교수를 바라보았다.

"왜 그래? 내 말에 뭔가 문제가 있나? 자네는 계속 글을 쓸 거잖아?"

교수가 자리에서 일어났다. "아니, 그만둘 거야." 담담하게 대답했다.

"그만둔다고?"

"그만두고 나서 진짜 책을 쓸 거야. 진지한 책을."

"어이구! 다들 『더 바이탈 씽』이야말로 진지하다고 생각하는걸."

"그래 알아. 하지만 내 말은 다른 것 말이야."

"예전에 좋아하던, 그 딱정벌레인가 뭔가를 말하는 거야?"

"그래." 교수가 엄숙하게 말했다.

하비스도 마찬가지로 진지하게 바라보았다. "그렇구면. 우리와 같이 일을 못 하겠다니 안타깝네. 그래도 자넨 『더 바이탈 씽』으로 그 건전한 놀이를 즐길 만큼 돈을 벌어두었으니 좋겠군. 돈이 더 필요하면 돌아와. 단, 너무 오래 있다가 오면 안 돼. 다른 사람이 기회를 차지해버릴 테니까. 인기란 계속 유지되는 게 아니잖아. 그리고 더 크게 성공한 상품일수록 더 빨리 사라지는 법이니까."

하비스는 고개를 바짝 쳐든 채 일부러 다정하고 가볍게, 타이르는 어투로 말했다.

교수는 일어서서 문을 향해 가다가 주춤거리더니 뒤를 돌아보았다.

"새 책이 언제까지 나와야 한다고 했지?" 망설이며 물었다.

"10월이라고 했지. 하지만 한 달 더 미뤄줄게. 더 미룰 필요는 없잖아, 안 그래?"

"그러면 지금 선금을 좀 받을 수 있을까? 실험기구를 사야 해서 말인데."

하비스가 다정하게 손을 내밀었다. "말만 하게, 친구. 수표 써줄 테니 잠깐만 기다려. 11월까지 열심히 써서 새 원고를 우리한테 넘기면 바로 『더 바이탈 씽』보급판을 낼 수 있을 거야. 얼마면 돼?" 하비스가 수표책에 손을 올리며 물었다.

거리에서 교수는 불안하고 약간 멍한 표정으로 주위를 둘러보며 서 있었다.

"어쨌든 6개월만 미루는 건데, 뭐." 교수가 혼잣말을 했다. "그러면 새 기구를 사서 연구를 더 잘할 수 있게 돼."

어떤 여자가 마차를 타고 가는데 『더 바이탈 씽』을 들고 있기에 교수는 모자를 들어 올리고 미소를 지어주었다. 얼마 전에 그 책에 이런 말을 썼었다.

노동은 즐거운 것 *Labor est etiam ipsa voluptas.*

제인의 임무

·

1

저녁을 먹다가 맞은편에 앉은 아내를 쓱 훑어본 레스버리는 아내의 외모가 어딘지 모르게 달라 보인다고 느꼈다.

"여보, 당신 정말 멋져 보여. 가운 새로 샀구나?" 남편이 물었다.

아내는 쓸 데 없이 새 가운을 샀다고 비난하는 남편을 되려 못마땅하게 여기는 듯한 표정이었다. 그래서 남편은 보통 때와 달리 옷이 달라진 것이 아니라 드러나지 않은 더 중요한 무언가가 달라졌다고 생각했다. 그때 마침 아내의 겁먹은 듯 미묘하게 붉어진 얼굴 때문에 그런 심증을 굳혔다. 열여덟 살처럼 귀엽게 얼굴을 붉히는 모습을 보면, 아내가 아직 유치하게 굴어서 오히려 좋았다. 아내의 몸은 정신을 앞지르는 특권을 부여받지 못해서, 소녀 같은 몸과 정신이 영원히 같은 속도로 나아갈 것 같았다.

"무슨 소린지 도통 모르겠는데." 부인이 말했다.

아내가 매번 모른다고 할 때마다 레스버리는 아내에게 자신에 대한 새로운 불만이 생긴 것이라 생각했다. 하지만 기분이 나쁘다기보다는 그저 궁금해서 사근사근하게 말했다. "난 또 당신이 하도 빛이 나기에 다이아몬드를 단 줄 알았지."

부인은 한숨을 내쉬더니 다시 얼굴을 붉혔다.

남편이 이렇게 말을 이었다. "당신, 옷가게를 털어 온 게 분명해. 불법의 즐거운 기운이 철철 흐르는 걸 보니까 말이야."

아내가 남편을 빤히 보았다. 이번에는 '불법의'라는 단어 때문이었다. 남편의 단어는 늘 당혹스러웠다. 무슨 뜻으로 쓰는지 알 수 없는 그런 단어들은 어쩐지 부적절한 것 같았다.

"그러니까 말이지," 남편이 덧붙였다. "당신은 아주 부끄러운 무언가를 하고 있는 중이지."

아내가 이렇게 쏘아붙이자 남편은 깜짝 놀랐다. "내가 왜 부끄러워해야 하지?"

레스버리는 싱긋 웃으면서 뒤로 기대앉았다. 더 나아가서 좋을 것이 없겠다는 생각이 들 때면 늘 아내의 말을 듣는 편을 택했다.

"그래?" 레스버리가 말했다.

부인은 점점 숨이 차오르고 목소리가 높아졌다. "당신은 또 비웃겠지. 당신은 모든 걸 다 비웃잖아!"

"그래야 내 비웃음이 좀 무뎌지잖아, 안 그래?" 남편이 끼어들었는데 아내는 듣지 못하고 말을 이었다.

"무엇이든 비웃는 것이 가장 쉬운 법이지."

"아하, 그건 소프로니아 숙모님 말씀이군." 레스버리가 재미있어하며 웅얼거렸다.

아내가 인용하는 경구들은 대부분 친정에서 배운 것이었는데 레스버리는 그 경구의 출처를 추측하면서 얄궂은 재미를 느꼈다. 아내는 과거를 자랑스러워했고 그런 문장들도 아직 쓸모가 있으니 굳이 폐기할 필요가 없다고 생각했다. 게다가 몇 가지는 너무 마음에 들어서 필요할 때 써먹으려고 증조할머니가 남기신 크라운 더비 그릇처럼 소중하게 잘 모셔두었다. 특히 소프로니아 숙모라는 분에게서 사실상 새것만큼 유용한 경구들을 튼튼한 상태로, 그것도 세트로 물려받았다. 반면 남편이 인용하는 것들은 늘 새로 바뀌었다. 예전에 아내는 남편의 경구가 늘 바뀐다며 핀잔을 주면서 왠지 뿌듯해하곤 했다. 하지만 이미 오래전에 이런 대답을 들은 뒤로는 입을 다물었다. "여보, 난 부자는 아니지만 하나의 경구를 두 번 써먹지는 않으려고 노력해."

그래서 아내는 남편의 도덕적 결함을 찾아내려고 곰곰이 생각해보았다. 가장 명백한 결함은 남편이 도무지 진지하지 않다는 것이었다. 하지만 이번 경우 남편의 조롱을 되받아치지 않은 데는 저의가 있었다.

"난 부끄러울 게 전혀 없다니까 그러네!" 아내가 바람에 깃발을 흔들기라도 하듯 힘차게 다시 말했다. 하지만 차분한 분위기에 깃발은 힘없이 처지고 말았다.

"그 말로"라며 레스버리가 판결을 내리듯 말을 시작했다. "당신이 부끄러워해야 한다는 사실, 결론적으로 내가 허락하지 않을 일을 하면서 평소와 달리 좋아하고 있다는 사실을 유추할 수 있군."

아내는 심각하게 곧바로 맞받아쳤다. "틀렸어." 아내가 말했다. "당신은 그걸 허락할 필요가 없거든. 내가 이미 허락했으니까."

"그랬군." 레스버리가 술잔을 내려놓으면서 말을 내뱉었다. "당신이 벌써 문제를 다 해결해놓았다, 그 말이군?"

"응. 그 말이야."

"되게 궁금하네. 그래서 그게 뭔데?"

아내는 남편을 가만히 바라보았다. "아기."

아내의 말에 거의 놀라는 일이 없는 남편도 이번에는 달랐다.

"아기라고?"

"응."

"그러니까, 사람 말이야? 사람 아기?"

"당연하지!" 아내가 소리쳤다. 마치 자기 같은 고상한 여자가 집 안에 개는 들이겠냐는 듯 화를 냈다.

어리둥절해하던 레스버리가 빙그레 웃기 시작했다. "내가 허락하지 않을 아기라는 거군? 음, 내가 추상적으로는 아기를 별로 안 좋아하긴 해. 추상적인 아기를 말하는 거지?"

이번에도 아내는 그 부적절한 단어, '추상적'에 눈살을 찌푸렸다. 하지만 이미 기쁨이 최고조인 상태여서 그 정도 장애물에는 끄떡도 없었다.

"최고로 예쁜 아기를 말하는 거야." 여자가 작게 말했다.

"아, 그럼 구체적인 아기를 말하는 거로구나. 존재하는 것. 이 험난한 세상에서 고통스럽게 숨을 쉬는…"

"내가 본 아기 중에 제일 건강한 아기란 말이야!" 아내가 화가 나서 바로잡아주었다.

"뭐? 아기를 봤다고?"

부인의 얼굴이 이번에도 비밀을 누설하는 듯 붉어졌다. "그래, 보고 왔어."

"그러면, 그 제일 건강한 모범 아기는 누구 아기지?"

이 대목에서 남편은 혼란스러워졌다. "내 아기지." 아내가 단호하게 말했다.

남편은 의자에 기대앉으며 잘 알아들을 수 없는 발음으로 말했다. "당신… 아기라고?"

"우리! 우리 아이지." 아내가 고쳐 말했다.

"세상에!" 남편은 부인의 맑은 눈 속에서 제정신이 아닌 기미가 조금이라도 있기를 바라며 살펴보았지만 전혀 없었다. 부인의 눈은 처음에 자신을 놀래켰을 때처럼 초롱초롱하고 숨김이 없었다.

남편은 아내가 웃기려고 그러는 것이라 생각했다. 안 웃긴 농담이 가장 수수께끼 같은 법이니까 말이다.

"농담하는 거지?" 남편이 기어들어가는 목소리로 물었다.

"음, 아니면 좋겠어. 난 진짜이기를 간절히 바라거든."

남편은 이제 농담이 농담으로 남아 있는 세상의 경계에 서서 웃음기를 거두었지만 여전히 부드럽게 말했다. "하지만 이미…"

"우리 아기라니까. 당신이랑 내 아기." 아내의 목소리가 떨렸고 눈동자도 함께 떨렸다. "난 항상 너무도 원했어… 너무 안타까웠어… 없다는 게."

"알고 있어." 레스버리가 천천히 말했다.

사실 레스버리는 모르고 있었다. 그러고 보니 아내가 아이에 대해 그렇게 생각하고 있다는 걸 전혀 몰랐다는 것이, 빤히 들여다보이는 아내의 속내를 모를 수 있다는 것이 이상했다. 마치 아내 마음속에 있는 비밀의 샘을 건드려버린 것 같았다.

잠시 침묵이 흘렀다. 부인은 눈물을 글썽였고 약간 떨고 있었는데, 남편은 난처하고 약간 짜증스러웠다.

"당신 외로웠었나봐." 남편이 말문을 열었다. 평범한 눈으로 자신을 보았던 아내가 이제 낯선 사람처럼 느껴져 이상했다.

"가끔." 아내가 대답했다.

"미안해."

"당신 잘못이 아니야. 남자들에게는 할 일이 너무도 많잖아. 똑똑한 여자들, 아니면 아주 예쁜 여자들도. 이것도 할 일이긴 한데, 어떨 땐 저녁상을 준비하고 나면 다음 날까지 아무것도 할 일이 없는 것 같았어."

"아." 남편이 낮게 탄성을 질렀다.

"그건 당신 잘못이 아니었어." 아내가 단호하게 말했다. "당신한테 말한 적은 없지만 2층 앞쪽 방에 꽃봉오리 무늬 벽지를 고르면서 계속 생각했지.”

“벽지?”

“그래, 벽지. 예쁜 벽지는 아기에게, 아기가 잠에서 깨어나는 방에 어울린다고 생각했어. 물론 그건 몇 년 전 일이지만. 그런데 그 벽지가 좀 비싸긴 했는데… 아직도 색이 안 바래고 그대로야…” 아내가 횡설수설하더니 입을 다물었다.

“색이 안 바랬다고?”

“응. 그래서 나는… 그 방을 아무도 안 쓰니까… 소프로니아 숙모도 돌아가셨고… 내가… 당신이… 어쩌면… 있잖아, 줄리안, 당신이 작은 침대에서 막 깨어난 아기를 봤어야 해!”

“누구를 봐, 어디서? 2층에 아기가 있었던 적이 없잖아.”

“그랬지. 아직은 없지.” 아내가 웃으며 말했다. 요즘 보기 드문 웃음이었다. 예전 아내의 매력이었던 아이처럼 유쾌하고 명랑한 웃음이었다. 남편은 요즘 아내에게 웃을 일을 만들어주지 못했구나 생각했다. 아니, 아내는 너무도 단순한 것이 필요했다. 그러니 아내를 즐겁게 해주기는 너무도 쉬웠다. 남편은 자신이 덜 단순해서 그렇다고 생각했다.

“앨리스,” 남편이 약간 근엄하게 말했다. “도대체 무슨 말이야?”

아내는 잠깐 머뭇거렸다. 아내가 용기를 내려고 엄청나게 노력해하는 것이 느껴졌다. 아내가 느릿느릿 진지하게 말했다. 마치 미사에서 기도문을 낭독하는 것 같았다.

“아이가 없으니 나는 너무 외로워. 그래서 입양을 생각했어… 아기는 병원에 있어… 생모는 죽었대… 그러니까 내가… 그 아기를 쓰다듬어 주고 옷을 입히고, 무언가 해줄 수 있어… 너무도 순한 아기야… 아무 간호사나 붙잡고 물어보면 다들 그렇게 말할 거야… 울거나 떼쓰며 당신을 힘들게 하는 일은 절대, 절대로 없을 거야."

2

레스버리는 놀란 마음을 진정시키고 아내와 함께 병원에 갔다. 아내의 소망을 저버릴 수 없었다. 물론 그 일로 가장 큰 타격을 받을 사람은 자신이었다. 클럽에서는 놀림거리가 될 것이고 쏟아지는 질문에 일일이 대답하고 설명해야 할 것이었다. 이제 양아버지라는 우스꽝스러운 역할을 맡게 되었는데, 속죄한다고 생각하고 받아들였다. 얼른 과거를 되짚어보니 인정하고 싶지는 않지만 자신보다 모자란 사람들을 무시하며 살아온 것이 분명했다. 멍청한 사람들을 용납하지 못했는데 이제 자신이 멍청한 죄로 벌을 받게 되었다. 머리를 마구 돌려, 결혼과 이 황당한 부모 역할 사이의 기억을 되살려보니 자신답지 않게 멍청한 짓을 저지를 조짐이 이미 많이 있었다. 그렇다고 이제 아내가 멍청하지 않다는 뜻은 아니었다. 아내는 진짜 멍청하고 머리가 나쁘고 융통성이 없었다. 하지만 꼭꼭 숨겨진 아내의 마음속에서 일어났을 갈등과 본능적으로 그 원초적인 감정에 휘둘렸을 것을 생각하면 연민을 느끼지 않을 수 없었다. 아이가 있으면 아내가 더 행복할 것이라고 늘 생각은 했었다. 하지만 적극적으로 생각해보지 않았다. 오래전부터 아이가 있으면 여자가 행복할 거라 생각했었고, 여자들이라면 덮어놓고 그러려니 했다. 아내가 너무도 평범한 보통의 여자였기에 아내도 그렇겠거니 한 것뿐이었다. 그러나 레스버리는 이런 일반화된 생각이 전통이 경험을 누르고 승리한 전형적인 예라고 생각했다. 어머니가 되는 것이 원시 여성의 가장 중요한 기능이었던 것은 당연했다. 원시 여성의 신체 전체가 그 목적 하나를 위해 작동했다. 하지만 진화 과정에서 양성 모두의 역할이 이미 다양하고 복잡해져 있었으니, 그런 진부한 생각이 크리스마스 동화와 아주 개인적인 경험을 다룬 예술 작품 외에서 여성의 생각에 특별한 영향을 줄 것이라고 진지하게 생각해본 적이 없었다. 하지만 이제 보니 그런 생각이 살아남아 있었다.

실제로 레스버리는 새로운 상황에 급히 적응하는 중이었다. 레스버리에게 결혼 생활은 실패였지만, 가끔씩 있는 감정적 일탈만은 허용하고 아내에게 엄격하게 충실했다. 그래서 오랫동안 다른 여성과의 성관계를 자제하는 것을 중요한 부부의 의무로 여겼다. 자제가 늘 쉽지는 않았다. 세상에는 결혼을 했어야 하는데 하지 않은 여성들이 놀라울 만큼 많았기 때문이다. 레스버리도 유혹을 받았다. 하지만 유혹을 피하고 대신 다소 고상한 것에서 위안을 얻었다. 그 세계는 범위가 협소한 대신 사소한 것들에 특별히 관심을 기울여서 눈에 잘 띄는 것들이 섬세하게 나듬어져 있있다. 그곳은 세련된 음영과 아름다운 비율의 세계였고, 충동으로 발을 잘못 디디는 일은 거의 일어나지 않았다. 그런 연회에 아내를 초대한 적은 당연히 없었다. 아내는 음식이 입에 맞지 않다 할 것 같았고 다른 참석자들도 아내 마음에 들지 않았을 것이었다. 하지만 레스버리는 아내가 원하는 것을 잘못 알고 있었다. 그래서 그때까지 아내의 요구를 충분히 만족시켜주고 있다 생각했고, 결과적으로 문 앞에 거지가 와 있는 줄 모르고 마음껏 식사를 즐긴 꼴이었다. 그러나 이제 자기 인생의 창문에 기대어 있는 아내의 굶주린 얼굴이 보이기 시작했고, 스스로의 결함을 인식하면서 느낀 동정심을 아내에게 베풀기로 했다.

병원에 도착한 후에도 생각은 활발하게 이어졌다. 이제 아내를 새로운 눈으로 보았다. 그전에 아내는 그냥 거부로 똘똘 뭉쳐 있었다. 창문 없는 벽과 잠긴 문밖에 없는 미로였다. 벽 너머엔 아무것도 없었고 문을 열어도 어디로도 갈 수 없는 상태였다. 레스버리는 그간 여러 번 손으로 더듬어보고 귀를 대어 확인해보았다. 그런데 이제 레스버리는 고대 폐허의 내실에 들어간 여행자가 된 기분이었다. 건물이 통째로 다 허물어졌는데 어떻게 된 일인지 내실은 손상되지 않은 채 남아 있고 벽에는 그 건물의 과거 모습을 짐작케 하는 벽화가 그려져 있었다.

아내가 어떤 병동으로 들어가더니 흰색 침대 곁에 섰다. 침대에 아기가 누워 있었고 간호사는 아이가 한 살이라고 알려주었다. 하지만 레스버리의 눈에는 확실히 알 수 있는 게 없는 한 조각 생명일 뿐이었다. 레스버리 부인이 누군지 모르는 그 작은 조각에 몸을 기울였을 때 부인의 얼굴에 황홀한 기운이 솟아났다. 코레조의 작품《예수 탄생》속 아이의 몸에서 생겨나 어머니의 얼굴로 번지는 기운과 같았다. 부인을 환히 빛나게 하고 황홀하게 한 것은 하나의 빛이었다. 부인이 레스버리의 질문에 고개를 들었지만 둘의 눈길이 마주쳤을 때 레스버리는 이제 아내가 자신을 보고 있지 않다는 사실을 깨달았다. 오래전부터 자신에게 아내가 그랬듯, 아내에게 자신이 보이지 않게 되었다. 질문을 간호사에게 돌릴 수밖에 없었다.

"아기 이름이 뭡니까?" 레스버리가 물었다.

"제인이에요." 간호사가 대답했다.

3

레스버리는 처음에는 법적인 입양에 반대했다. 하지만 왜 그런지 몰라도 아내가 법적으로 입양이 완료되기 전에는 자신의 아이라고 느끼지 못한다기에 바로 뜻을 굽혔다. 하지만 단 한 가지 문제에 대해서만은 굽히지 않았다. 그 갈 곳 없는 존재의 이름을 바꾸는 일이었다. 부인은 당장 이름을 바꾸어야 한다며 뮤리엘과 글래디스 사이에서 갈등했다. 마치 두 개의 모자를 놓고 갈팡질팡하는 여인 같았다. 그러나 레스버리는 포기하지 않았다. 다른 편견들은 다 접었지만 이것만은 고집했다.

"그래도 제인은 너무 끔찍해." 레스버리 부인이 버텼다.

"아니, 아기가 끔찍하다고 생각할지 안 할지 우리로선 모르잖아. 제인으로 자라도 돼."

아내가 비난하듯 외쳤다. "간호사 말로는 이 아기가 제일 예쁘다고 했어."

"간호사들이야 매번 그냥 그렇게 말하는 거겠지." 레스버리가 지지 않고 말했다. 반대의 확고한 발판을 잘 디디고 있는 한 얼마든지 버틸 준비가 돼 있었다.

"그 아이를 제인이라고 부르는 건 너무 잔인해." 레스버리 부인이 애원했다.

"뮤리엘이라고 하는 건 말도 안 돼."

"간호사 말로는 아기 엄마가 분명 귀부인이라던데."

레스버리는 움찔했다. 아이 부모에 대한 생각을 떨쳐버리려고 줄곧 애쓰고 있었던 것이다.

"그렇다면 간호사가 그 사실을 입증할 수 있어야지." 레스버리는 점점 화가 치솟는 것을 느끼면서 말했다. 어떻게 자신이 이런 말도 안 되는 일에 엮일 수 있는 것인지 의아했다. 자신의 모습을 상상해보자 처음으로 이 일이 너무 고약하다는 생각이 들었다. 이런 상상이었다. 오후에 아마씨와 진통제 냄새가 나는 집에 돌아오고, 저녁식사에 맞춰 옷을 갈아입으려고 2층에 올라가면 매일 아기 울음소리가 자신을 맞이하는 상상. 클럽 단골인 적이 없었는데 이제는 클럽에 죽치고 앉아 있는 자신의 모습이 보였다.

그런 최악의 상상은 실현되지 않았다. 아기는 놀라울 만큼 건강했고 놀라울 만큼 조용했다. 아기가 먹는 약은 방 밖에 냄새를 풍길 만큼 독하지도 않았다. 게다가 레스버리가 안식처에 돌아왔을 때 수양딸이라는 연분홍색 존재는 신경을 거스를 일을 전혀 하지 않았다. 문제가 아주 없지는 않았다. 하지만 그 정도는 일상생활이 바뀌면서 당연히 일어나는 일이었다. 게다가 아내와 유모들 사이의 갈등이었고, 제인은 마치 그 갈등을 꾸짖기라도 하듯 침착하게 가만히 어른들을 바라보았다.

아내에게 미안한 마음에 충동적으로 입양을 한 뒤, 레스버리는 아내의 성격이 어떻게 변할지 촉각을 곤두세우고 지켜보았다. 하지만 아내가 변할 거라고 생각한 것 자체가 잘못이었다. 오히려 원래의 성격이 더 강화되었다. 아내는 물에 던져진 마른 스펀지 같았다. 불어나기는 했지만 본래 모습을 바꾸지는 않았다. 과학적인 관점에서 아내의 내재된 본능이 양어머니로서의 의무에 어떻게 반응하는지 궁금했다. 아내는 이런 상황에 대한 짤막한 격언들을 수도 없이 알고 있었다. 여성은 자기 내부에서, 기나긴 세월 전해 내려온 동물적 모성의 전형과 완성을 발견하는 법이었다. 그래서 이 작은 여성도 쥐를 보면 비명을 지르고 도둑이 들까봐 신경을 곤두세우며 아이에게 자기 음식을 내어주는 동굴 속 어머니의 전형이 되었다.

아내가 이어받은 모성이 실생활에서 나타난 양상을 철학적으로 관찰하기는 그리 쉽지 않았다. 레스버리는 아내가 자기주장이 확고해지고 결단력이 강해진 것을 보고 깜짝 놀랐다. 아내는 이제 남편의 인생에서 부정하는 역할이 아니었다. 오히려 곤란할 만큼 긍정하는 경향을 보였다. 아내는 어머니로서의 인식을 점점 더 넓혀 가족 관계에서 남편의 자리까지 다 정해두었다. 레스버리는 자기도 모르게 어느 순간 제인의 아버지가 돼 있었다. 레스버리는 전혀 예상치 못했던 이런 상황을 이해하기 위해 온갖 철학을 다 동원해야 했다. 하지만 남는 것이 없지는 않았다. 아내가 수년 만에 처음으로 확실하게 행복해했기 때문이다. 그리고 이제야 그런 결과가 나온 것은 자신이 그동안 노력을 게을리한 탓이라는 생각이 들자, 입양이라는 난처한 상황을 체념하고 받아들이게 되었다.

처음에는 외부에서 그저 상황을 방관하는 자신, 참여자가 아니라 관찰자로 남으려는 자신을 책망했다. 잠깐이지만, 가족소설에서 으레 등장하듯, 온 가족이 지켜보는 가운데 요람 위로 나온 아이의 손을 잡아주는 상상을 했던 적이 있다. 하지만 그런 접촉이 일어나지 않은 유일한 이유는 그 요람이 다른 데서 가져 온 것이었기 때문이다. 레스버리는 그 어린아이가 싫지는 않았다. 아이는 아직 가상의 존재, 하나의 사실이라기보다는 물음표였다. 하지만 아이와 가까이 있는 것이 불쾌하지 않았고, 아이가 띄엄띄엄 말하고 뒤뚱거리며 걷는 모습에 내적 자아를 감싸고 있는 메마른 막이 풀어지는 것 같은 순간이 있었다. 그러나 그렇게 자기도 모르게 아이에게 끌리는 순간에도 아내와 더 가까워지지는 않았다. 레스버리가 이전에 만들어놓은 아내의 자리에 아내는 더 이상 맞지 않았다. 그 자리를 넓히기에 이미 너무 늦어버렸다. 이제 아내는 넘쳐 나와 다른 자리를 차지했다. 레스버리는 거기 잠기지 않으려고 버둥거렸다. 벽을 하나씩 차례로 허물고, 사생활을 하나씩 포기했다. 하지만 아내의 인격은 점점 더 팽창했다. 이제 아내는 더 이상 혼자가 아니었다. 아내는 아내 자신과 제인으로 이루어져 있었다. 계속 정체성이 기괴하게 융합하더니 아내는 아내 자신, 남편, 제인이 되었다. 그렇게 해서 레스버리는 자신이 만들어놓은 틈에 아내를 끼워 맞추기는커녕 자신이 가정의 가장 작은 방에 대충 끼워 맞춰지고 말았다.

4

레스버리는 줄곧 아내가 행복하면 자신도 괜찮은 거라고 위안했다. 그러나 아이가 열 살이 되자 아내의 행복에 의문이 생겼다.

제인은 이상할 만큼 착한 아이였다. 입양 후 8년 동안 아이 때문에 골치를 앓을 일이 전혀 없었다. 물론 다른 아이들처럼 병치레를 하기는 했다. 그러나 누군지 모르지만 친부모에게 건강한 체질을 물려받은 아이는 촌충, 수두, 백일해를 잘 이겨냈다. 어쩌다 병에 걸리면 레스버리 부인이 대신 앓아주기라도 하듯 아이와 함께 체온이 오르내렸고, 제인이 재채기라도 할라치면 부인은 당장 관이라도 짜는 듯이 슬퍼했다. 하지만 제인은 매번 금세 나아서 그런 걱정을 무색하게 했다. 아이의 삶이 건강한 몸과 선한 행동의 균형을 이루며 튼튼한 배처럼 앞으로 순조로이 나아가고 있었는데도 레스버리 부인은 그만큼 만족하지 못했다. 처음에 레스버리는 아내가 만족하지 못하는 것이 여자들의 모순성 중 하나라고 생각했다. 여태 인생을 내려다보며 훈계질 할 때 자주 써먹던 편견 목록에 있는 항목이었다. 하지만 이내 돌아가는 상황을 파악하고 보니 좀 더 관대하게 볼 수밖에 없었다.

그때까지 아내는 제인을 기우는 데 남편의 역할을 하찮게 여겼다. 아이의 양육비를 대고 주제넘게 앞에 나서지만 않으면 된다고 생각했다. 그러나 시간이 흐르면서 남편을 달리 보기 시작했다. 제인의 교육을 맡아야 하는 것이 바로 남편이었다. 레스버리 부인은 공부와 관련해 자신의 약점을 순순히 인정했다. 심지어 약간 뻔뻔하게 대놓고 말했다. 아내는 자신이 똑똑한 척하지 않는다고 말하곤 했는데 그 주장은 부인할 수 없었다. 그러나 이제 자신의 한계를 인정하는 데 주저하지는 않지만 그렇다고 그렇게 당당하지도 않은 것 같았다. 아내는 제인의 교육 문제를 두고 아이에 대해 너무 놀라워하고 있었다. "난 원래 멍청했잖아." 아내가 레스버리에게 전에 없이 겸손하게 말했다. "그래서 제인한테 어떤 게 좋을지 내가 모를 수 있어. 제인은 놀랄 만큼 똑똑해. 그러니까 기회를 충분히 주고 싶어." 아내는 난처한 듯 남편을 바라보았다. "내가 어떻게 해야 될까?"

레스버리는 기꺼이 아내를 돕기로 했다. 정신의 창고 구석에, 아이가 없어서 오래전부터 거추장스러운 짐처럼 굴러다니던 녹슨 교육 이론이 있었다. 그 이론을 꺼내서 다시 정비한 다음 제인에게 적용했다. 남편은 아내가 아이의 지적 능력을 과대평가한 것이 아니라는 걸 바로 알아챘다. 제인은 특출하게 똑똑했다. 아이답지 않게 생각이 분명해서 그 경험 부족 교육자는 의욕이 솟았다. 집중력이 좋아서 가르치는 것을 모두 머리에 새기는 것 같았다. 레스버리는 아내가 최고의 교사들을 고용하는 일을 도와주었고, 그 후에도 한동안 의붓딸의 교육에 관심을 잃지 않았다. 그러나 점차 관심이 줄어들고 말았다. 제인의 생각이 배우는 것과 비례해 함께 커지지 않았다. 아이의 말랑말랑한 머리는 지식을 보관하는 그릇에 불과했다. 일종의 냉장고처럼 무언가를 넣어두었다가 쉽게 꺼낼 수 있었다. 내용물은 그대로 잘 보관되었지만 꽁꽁 얼어 있었다. 게다가 아이가 자기 냉장고 용량에 과도한 자부심을 품게 되어, 그 내용물을 꺼내 남들을 공격하곤 했다. 부인은 딸이 색슨 7왕국의 멸망 연도를 모른다며 유모를 놀리는 소리를 우연히 들었는데, 그다음에 딸이 부인에게 수많은 사건을 연대순으로 알려주는 바람에 부인은 놀라고 주눅이 들었다. 제인은 자신이 암기하고 있는 날짜들이 어떤 의미를 갖는지에는 관심이 없었다. 다른 아이들이 우표나 구슬을 모으듯 날짜를 모을 뿐이었다. 부인은 제인이 신동이라고 생각했다. 하지만 레스버리는 아내가 칭찬하는 아이의 재능 때문에 모녀 사이가 점점 멀어지는 모습을 속으로 안타깝게 여기며 지켜보았다.

"아이가 내가 감당하기엔 너무 똑똑해지고 있어." 제인의 역사 재능을 한 차례 경험하고 난 뒤 아내가 남편에게 말했다. "하지만 당신 수준엔 잘 맞아 말동무가 될 테니 너무 다행이야."

레스버리는 속으로 난감했다. 제인이 말동무가 되는 것이 달갑지 않았다. 제인이 착한 아이이기는 했다. 하지만 아이의 착한 행동은 어딘지 모르게 형식적이고 기계적이었다. 마치 자신의 능력을 보여주기 위해 거치는 도덕적 건강 체조 같았다. 게다가 무엇이 옳은 것인지를 일찍 알게 되면서 자연히 어른들을 가르치고 충고하려 했다. 우선 레스버리 부인을 손아귀에 넣었고, 그다음 하인들을 가르치기 시작했다. 그 결과 집안의 조화로운 분위기는 처참하게 깨졌다. 그리고 마지막으로 레스버리를 향했다. 레스버리가 담배를 너무 많이 피우고 침대에서 책을 읽으면 시신경에 해롭다는 사실을 통계자료를 들이대며 증명해 보였다. 또 교회에 잘 나가지 않는다고 마구 비난했고 두서없는 독서의 폐해를 지적했다. 규칙적인 학습이 정신 집중력 향상에 도움이 된다고 충고했으며 생각이 이랬다저랬다 하는 것이 노화의 신호라고 넌지시 알려주기도 했다.

양어머니에게도 마찬가지로 딱 맞는 충고를 했다. 더 맛있는 비프스톡 제조법을 가르쳐주었고 카펫의 위생에 더 관심을 기울이라고 했다. 세균과 채소 곰팡이에 대해 정신없이 늘어놓았고 커튼과 사진 액자가 동물성 유기체의 온상이라는 사실을 증명해 보였다. 식품들의 영양성분을 외우고 있었고 탄수화물과 인산염의 비율을 엄밀하게 맞춘 새로운 요리법을 개발했다. 그동안 요리사 네 명이 나갔고 레스버리는 클럽에서 저녁을 먹는 습관이 생겼다.

레스버리가 처음 한두 번은 제인의 열정을 억눌러보려고 했지만 아내의 기분을 상하게 할 뿐이었다. 제인은 끄떡도 않았고, 아내는 자신을 딸에게서 보호하려고 하기만 하면 화를 냈다. 아내는 남편이 제인의 지적 동반자라는 생각을 본인의 열등감에 대한 위안으로 삼는 것 같았다. 그래서 레스버리는 제인의 버릇을 고치려는 노력이 실패해도, 최대한 점잖게 견디면서 아내의 환상을 지켜주려고 노력했다.

5

제인이 성장해가면서, 레스버리는 혹시 아내가 아직도 아이의 이름을 뮤리엘이라고 고치지 않은 것을 후회하고 있는지 궁금해하며 가끔 자책했다. 제인은 못생기지 않았다. 오히려 일종의 독특한 지성미가 있었다. 이목구비는 반듯했지만 하나하나 조사하듯 뜯어봐야 예쁜지 알 수 있었다. 조화의 은총을 받지 못했던 것이다.

레스버리 부인은 딸이 사교계를 향해 첫발을 내디디자 감격하고 자랑스러워했다. 사람들이 혹시 제인의 지성에 사로잡히지 않는다고 해도 얼굴에는 반할 것이라고 생각했다. 하지만 제인의 뽀얀 얼굴은 전혀 치명적인 매력을 발하지 못했다. 젊은 남성들이 제인의 입술에서 공리를 알아채고 제인의 눈에서 백과사전을 감지했는지, 아니면 그 외모에 본능적으로 끌리지 않은 탓인지, 어머니의 엄청난 노력에도 불구하고, 그리고 레스버리가 지갑을 닳도록 여닫았음에도 불구하고 제인은 첫 사교 무대에서 무참하게 낙오하고 말았다. 더 딱한 젊은 여자 몇이 제인에게 관심을 보였고, 젊은 남자 한두 명이 다른 여성들을 만날 목적으로 집에 왔다. 하지만 그것도 오래가지 않아, 제인은 명단에 있어서 그냥 초대받기만 하는 사교계의 들러리가 되고 말았다.

레스버리 부인에게 이 낙오는 큰 타격이었다. 하지만 제인이 너무 똑똑해서 그런 것이라고 자위했다. 제인도 그렇게 생각하는 것 같았다. 아니라도 어쨌든 자신이 실패했다는 생각은 내비치지 않았다. 제인은 사교계를 짐짐 더 좋아하면서 지지지 않고 꿋꿋하게 몇 번의 겨울을 시냈다. 그동안 레스버리 부인은 무관심한 파티 개최자들에게 친절을 퍼부으며 이리 뛰고 저리 뛰었다. 레스버리는 그 두 사람을 보고 있으면 뭔지 모르게 애처로우면서도 짜증스러웠다. 한 사람은 회유하려 하고 또 한 사람은 인기라는 얻기 힘든 보상을 위해 지치지 않고 열정적으로 노력했다. 게다가 레스버리에게 그 노력 과정에서 손해를 보는 쪽이 보이기 시작했다. 제인이 아니라 아내였다. 아내가 실패의 희생자였다. 제인은 어머니에게 '화풀이'를 하며 노골적으로 위안을 받았다. 아내를 보호해주고 싶었지만 지난 경험에 비추어 자제했다. 그런데 제인에 대한 원망이 최고조에 이르렀을 때 제인이 그 노력을 스스로 그만두자 레스버리의 마음이 누그러졌다.

제인이 그만둔다고 말은 하지 않았다. 하지만 초대에 가지 않고 드레스 값 청구서가 줄어들자 눈치를 챘다. 바로 그때, 아내가 제인이 자선활동을 시작했다고 알려주었다. 그리고 오래지 않아 제인에게서 사실을 확인했다. 처음에 레스버리는 잘됐다고 생각했다. 하지만 제인이 집에 머무는 시간이 길어지자 이내 부담스러워졌다. 제인은 낮에는 때때로 자선활동 때문에 집을 비웠지만 저녁에는 늘 집에 있었다. 처음에는 레스버리 부인이 제인과 함께 응접실에 머물렀고 레스버리는 서재에서 담배를 피웠다. 하지만 곧 제인이 서재로 와 레스버리와 함께 시간을 보내게 되자 레스버리는 자신이 자선활동의 대상이 된 것일까 의심하기 시작했다.

레스버리 부인이 그 의심을 확인해주었다. "제인이 요즘 아주 속이 깊어졌어." 부인이 말했다. "자기가 그동안 당신을 너무 홀대했다고 그걸 만회하려고 노력 중이라네. 그러니 잘 좀 받아줘." 부인이 아무것도 모른다는 듯 덧붙였다.

그러니 레스버리는 딸의 자선을 받아들일 수밖에 없었다. 그리고 자신이 딸과 보낸 시간만큼 아내가 편안했을 거라고 생각했다. 아내가 은근히 고마워하는 듯한 눈빛을 보냈다고 느끼기까지 했다.

그러나 레스버리는 그냥 보통 인간이어서 아내 대신 당해주는 것도 한계에 도달했는데 때마침 근사한 일이 일어났다. 부부가 나중에 생각해보니 어떻게 그런 일이 일어났는지, 누가 처음 알게 됐는지 전혀 알 수가 없었다. 하지만 어느 날 레스버리 부인이 부부가 짐작만 하고 있던 일을 조심스레 입 밖에 냈다.

"그 청년이 여기 오는 건 당연히 엘리스 때문이지." 엘리스라는 젊은 여성은 제인의 매력적인 친구였는데 이미 다들 남자들이 엘리스 때문에 방문한다는 것을 알고 있었다.

레스버리는 애써 부정해보았다. "내가 보기엔 아니야." 딱 잘라 말했다.

"그치만 엘리스가 아주 예쁘다고들 하잖아." 레스버리 부인은 믿지 않았다.

"그거야 어쩔 수 없지만." 레스버리도 지지 않았다.

레스버리는 아내의 눈이 어렴풋이 반짝이는 것을 보았다. 하지만 부인은 아무렇지 않게 말했다. "버드는 엘리스랑 아주 잘 어울릴 거야."

레스버리는 웃음을 참기가 힘들었다. 아내는 미리 말해서 초를 칠까 봐 조심하는 게 너무도 분명했다.

몇 주 동안 두 사람 다 그 이야기를 꺼내지 않았다. 그러다가 레스버리 부인이 다시 그 화제를 건드렸다.

"엘리스가 떠난지 한 달 됐네." 부인이 말했다.

"그렇게 됐나?"

"그런데 버드는 그 전이랑 똑같이 집에 자주 오는 거 같지."

"그렇군." 레스버리가 일부러 무관심한 듯 말했다. 아내는 급히 말머리를 돌렸다.

윈스탠리 버드는 과도하게 예의 바른 청년이었다. 예절이 사막의 오아시스처럼 솟아났다. 항상 응접실의 기사를 자처했고 그 가장 존재감 없는 여성이 다가오자 응접실 가구같이 굴었다. 버드의 얼굴은 예술 작품에 나오는 포동포동한 천사 같아서 이런 역할에 도움이 되지 않았다. 하지만 그 얼굴이 이상적인 남성의 얼굴처럼 보인 순간이 있었다. 버드의 착한 일은 범위가 너무 넓어서 누구를 대상으로 하는지 알기가 힘들었다. 그러지 않아도 망토를 너무 차별 없이 펼쳐주어서 그 행동의 의미를 해석하기가 어려웠는데, 무뚝뚝한 제인 때문에 착한 일을 더 많이 하게 되었다. 제인 때문에 예의가 폭발했다.

처음에는 온 집안이 버드의 호의로 가득 찼다. 하지만 점차 가장 감동적인 행동은 제인에게만 해준다는 것이 확실해졌다. 레스버리와 부인은 숨을 죽이고 먼 산을 보았다. 버드가 자주 찾아오는 걸 모르는 척했고, 젊은이를 혼자 너무 오래 있게 하지 않으려고 애썼다. 부부의 판단은 간접적 관찰의 결과였다. 감히 대놓고 들여다볼 수가 없었다. 그래서 희귀종 나비를 뒤쫓는 과학자처럼 행동했다.

버드를 모른 체하려다 보니 레스버리의 관심은 자연히 제인에게 쏠렸다. 그리고 제인은, 이 중대한 순간에도, 놀라울 따름이었다. 부모가 자신들의 감정을 드러내지 않으려고 무진 애를 쓰고 있는데 딸은 전혀 숨길 것이 없는 것 같았다. 열의도 없고 놀라지도 않는 것처럼 보였다. 딸이 너무도 완벽하게 무심해서 레스버리는 아이가 너무 둔한 것이 아닐까 슬슬 걱정이 되기 시작했다. 하마터면 제인에게 이제 잡아야 한다고 말할 뻔했다.

한편 버드가 집에 오는 횟수는 구애의 열의에 따라 늘어났다. 버드의 예절 바른 행동이 강렬하고 생생하게 빛을 발했고, 제인은 자신이 청혼의 '클라이맥스'로 치닫는 불꽃놀이의 중심에 있다는 것을 알게 되었다.

어느 날 밤 레스버리 부인은 딸이 잠자리에 들고 난 후 남편에게 그 소식을 전했다. 부인은 무심한 척하며 말했고 남편도 대수롭지 않다는 듯 들었다. 두 사람은 자신들이 너무 기뻐서 꼴사납게 날뛸까봐 자제하는 듯했다. 하지만 레스버리는 아내의 말을 다 듣고 이렇게 묻지 않을 수 없었다. "걔네가 날은 잡았대?"

레스버리 부인의 얼굴에 놀란 기색이 역력했다. "도대체 생각이 있는 거야? 버드가 청혼한 게 다섯 시야."

"아, 그렇지. 그래. 그렇다고." 레스버리가 더듬거렸다. "그래도 요즘 애들은 약혼하고 금세 결혼이잖아."

"약혼!" 아내가 근엄하게 내뱉었다. "약혼은 안 해."

레스버리가 담배를 떨어뜨렸다. "뭐라고?"

"제인이 숙고 중이야."

"숙고 중이라고?"

"한 달 동안 고민하겠다고 했대."

레스버리가 숨이 턱 막혀 뒤로 기대앉았다. 너무 똑똑해서 그러는지, 좀 이상한 건지 알 수가 없었다. 부인도 어떻게 해야 할지 몰라 난감해하며 이렇게 말했다.

"난 서두르라고 하고 싶지는 않지만."

"그건 그렇지." 레스버리가 순순히 맞장구를 쳤다.

"그래도 제인한테 버드는 젊으니까 충동적으로 좋아했다가 금세 식을 수도 있다고 했어."

"그렇지, 그래. 그랬더니 제인이 뭐래?"

"자기가 가치 있는 사람이면 기다릴 가치도 있다고."

6

숙고 기간은 버드보다 미래의 장인 장모에게 더 큰 정신적 고통이었다.

레스버리 부인은 이러저러한 꾀를 내어 그 시련 기간을 줄여보려고 했지만 제인은 꼬떡도 없었다. 레스버리는 매일 아침 식탁에 내려오면서, 낙담한 신랑감이 청혼을 취소하겠다고 보낸 편지가 와 있을 거라고 생각했다.

드디어 결정의 날이 되었고 레스버리 부인은 그날 저녁 기쁨을 억누른 채 서재에 들어갔다. 부부는 잠시 말없이 서 있었다. 그런 다음 레스버리 부인이 머뭇머뭇 이렇게 말하며 그 좋은 소식을 전했다. "그건 끔찍한 일이겠지? 제인과 헤어져야…"

레스버리는 자기도 모르게 손을 내저어 아내에게 그만하라는 신호를 보냈지만, 그러고 나서 보니 아내가 정말 슬퍼하고 있었다.

"당연하지, 당연하지." 레스버리가 똑같은 대답을 반복하며 섭섭함을 달랬다. 하지만 제인 때문에 누구보다 힘들었던 것은 아내였는데!

레스버리는 제인이 자신들과 함께 지내는 마지막 몇 주 동안은 순하게 굴 테니 그간 힘들었던 것은 다 잊히리라고 생각했다. 하지만 행복하다고 해서 제인이 순해지지는 않았다. 단 한순간도 통제권을 풀지 않았다. 오히려 새로운 통제의 대상이 생겼다. 버드도 다른 사람들처럼 제인의 명령을 받게 되었다. 제인이 결혼도 하기 전에 약혼자에게 힘을 휘두르려 하자 레스버리는 걱정이 되었다. 버드에게 인간적으로 큰 관심은 없었지만 제인의 남편이 될 사람이다보니 측은한 마음이 들었다. 놀랍게도 아내 역시 그렇게 느끼고 있었다.

"버드가 제인이 좀 까탈스럽다는 걸 알게 될까봐 걱정이네." 결혼 준비 문제로 저녁 내내 한바탕 격렬한 언쟁이 벌어진 뒤 부인이 말했다. "제인이 좀 양보를 해야 하는데. 버드가 식장에서 진회색 프록코트 말고 검정색을 입고 싶어 하…" 부인이 말을 끊고 레스버리를 난처하게 바라보았다.

"어떡하지?" 레스버리가 말했다.

"당신이 좀 설명을 해주는 건 어때? 제인이 항상 그러는 건 아니…"

레스버리가 두 손을 펼쳐 들고 말을 막았다. "당신이 걱정하는 건 뭐야? 버드가 제인에 대해 알까봐 걱정이야, 모를까봐 걱정이야?"

레스버리 부인이 얼굴을 확 붉혔다. "당신은 어쩜 그렇게 말을 고약하게 해!"

남편은 잠시 생각에 잠기더니 애써 가볍게 말했다. "어쨌든 버드가 애도 아니고 알아서 하겠지."

그러나 다음 날 레스버리는 아내를 보고 깜짝 놀랐다. 오후 늦게 아내가 서재에 왔는데 숨이 차서 말도 제대로 못 했다. 레스버리는 재앙의 냄새를 맡았다.

"내가 했어!" 아내가 소리쳤다.

"뭘 했단 거야?"

"버드한테 얘기했어." 문 쪽으로 턱짓을 했다. "버드는 이제 막 갔어. 제인이 나가고 없어서 버드랑 이야기할 기회가 생겼지."

레스버리가 의자를 밀어주자 아내가 앉았다.

"뭐라고 했는데? 제인이 맨날 그러는 건 아니라고?"

레스버리 부인이 애처롭게 눈을 들었다. "아니, 제인이 맨날 그렇다고."

"맨날 그렇다고 했다고?"

"그래."

침묵이 흘렀다. 레스버리는 철학책들을 꽂아둔 칸으로 갔다. 제인이 저녁이면 늘 앉던 벽난로 옆자리로 돌아오는 모습이 보이는 듯했다. 하지만 아내의 용감한 행동에 감동했다.

"그랬더니 버드가 뭐래?"

레스버리 부인은 심하게 격앙되어 있었다. 심한 충격을 받은 게 분명했다.

"버드 말이… 우리가… 제인을 이해를 못 해주고… 제대로 알지도…" 이어지는 말은 부인의 손수건에 묻혔고 남편은 여성의 심리를 이해 못 해 놀란 채 바라보았다.

이후 레스버리는 미래를 대담하게 맞이하기로 했다. 자신들은 할 일을 다 했다. 아니, 적어도 아내는 할 일을 다 했다. 부부는 배은망덕의 평범한 수확물을 거둬들이고 있었다. 수확물에 어울리지 않게 열심히. 버드의 태도가 눈에 띄게 달라졌고 버드가 점점 뚱하게 굴자 레스버리는 은근히 부아가 났다. 버드의 태도에 비하면 제인은 참기 쉬웠다.

마지막 얼마 동안 참아내야 할 일이 많았는데, 칼끝이 레스버리 부인을 향해 있었다. 제인은 늘 그랬지만 이상하게 신경을 곤두세워서 결혼을 실감나게 했다. 감상적이고 히스테리를 부리고 떨떠름하게 싫은 티를 냈다. 약혼자와 다투더니 반지를 돌려준다고 을러댔다. 레스버리 부인이 끼어들어야 했고 레스버리는 올 것이 왔구나 싶었다. 하지만 폭풍은 멈추었다. 제인의 갖은 변덕으로 버드의 기사도 정신이 잘 증명됐다. 버드는 신붓감의 횡포를 잘 이겨냈다. 레스버리는 버드가 너무 충실하고 너무 많이 참아서 걱정이었다. 전략을 바꾸라고 귀띔하고 싶은 마음이 굴뚝 같았다. 제인은 금세 다시 반지를 끼고 나타나 웨딩드레스를 입어보며 만족스러워했다. 하지만 제인의 변덕과 반항은 마지막 날까지 이어졌다.

날이 밝았지만 레스버리는 불안해서 제정신이 아니었다. 주연 배우들은 다 준비된 것 같았지만 사고가 일어날 가능성 때문에 불안해지기 시작했다. 혹시 목사가 발작을 일으키거나 교회에 불이 나거나 증빙서류에 문제가 생길지도 모르지 않나. 만일의 사태에 대비해 할 수 있는 일은 다 했지만 인간의 능력을 넘어서는 신의 손이 예측 불가능한 일들을 일으킬 가능성은 여전히 존재했다. 레스버리는 그 손이 더듬더듬 자신을 향해 오고 있는 것 같았다.

식장에서 그 손에 목덜미를 붙들릴 뻔했다. 버드가 오지 않았다. 참을 수 없이 기나긴 5분 동안 레스버리와 제인은 교회 안에 온갖 추측이 난무하는 모습을 지켜보았다. 그때 신랑이 얼굴이 붉어진 채, 하지만 예절에 잘 맞는 모습으로 나타났다. 식이 진행되는 동안 장인에게 장갑이 찢어져서 새 장갑을 가지고 오느라 늦었다고 몰래 설명했다.

"이젠 반지를 잃어버릴 차례겠네." 레스버리가 툴툴거렸다. 그러나 반지는 버드가 시간에 딱 맞추어 내놓았고, 얼마 뒤에 그 반지를 낀 신부가 저쪽 통로에 서 있었다.

아침식사 자리에서 레스버리는 아내가 자신을 약간 못마땅한 눈길로 보고 있는 것이 느껴졌다. 생각해보니 자신이 좀 과하게 들떠 있었다. 마음을 가라앉히고 차분하게 있으려고 했다. 하지만 계속 채워지는 샴페인 잔처럼 기쁨이 부글부글 차올랐다. 더 많이 마실수록 더 가득가득

채워졌다.

식이 끝나고 하객들이 빠져나가고 있을 때 제인이 옷을 갈아입고 와서 엄마의 목을 감쌌다.

"나 못 가겠어요, 엄마." 제인이 흐느끼자 레스버리는 찬물을 뒤집어쓴 것처럼 정신이 번쩍 들었다. 하지만 신부가 머뭇거리고 있어도 신랑은 가차 없었다. 버드가 그렇게 강하고 카리스마 있어 보인 적이 없었다. 레스버리의 마지막 걱정은 버드가 어머니의 품에서 제인을 낚아채 사륜마차에 태우자 그렇게 사라졌다.

마차가 멀어지고 시중들던 하녀가 마지막으로 차양 옆자리를 떠나자 붉은 카펫이 접히고 문이 닫혔다. 레스버리는 아내와 단둘이 식장에 서 있었다. 돌아보니 아내는 지쳐 보였고 얼굴의 주름이 깊어져 있었다. 그 모습이 레스버리 자신과 너무도 똑같아서 모른 척할 수가 없었다. 둘 다 끔찍하게 긴장했었다. 아내에게 다가가자 아내도 같은 생각으로 남편의 팔을 잡았다. 레스버리는 잠시 그대로 있었다.

"나가서 간단하게 맛있는 거 먹자." 남편이 말했다.

부인은 남편이 그렇게 불쑥 청하면 너무 갑작스러워서 싫다고 하곤 했다. 하지만 이날은 바로 받아들였다.

"어머, 그거 너무 좋겠어." 부인이 한시름 놓았다는 듯 편안해하며 크게 숨을 내쉬었다.

제인이 결국 제 임무를 다한 것이다. 부부가 한마음이 되게 했으니까.

다른 두 사람

·

1

웨이손은 응접실 난로 앞에서 아내가 저녁을 먹으러 내려오기를 기다리고 있었다.

집에서 맞는 첫날밤이기는 해도 자신이 이렇게 아이처럼 들떠서 설렐 줄은 몰랐다. 그렇다고 웨이손이 나이가 많은 것은 아니었다. 아내가 털어놓은 바에 따르면 안경 때문에 서른다섯 정도밖에 안 돼 보였다. 그래도 웨이손 자신은 이미 중년이라고 느꼈다. 이때 아내의 발소리에 귀를 쫑긋 세우고 그 발소리가 의미하는 모든 것을 세세하게 상상하면서, 결혼식장의 꽃장식 문을 묘사한 오래된 시를 떠올렸다. 쾌적한 응접실과 바로 뒤에 차려진 맛있는 저녁식사에 뿌듯해하며 기다리는 동안 그시가 머리에서 떠나지 않았다.

부부는 웨이손 부인의 첫 번째 결혼으로 얻은 아이, 릴리 해스켓이

101

아프다는 소식에 신혼여행에서 서둘러 돌아왔다. 아이는 웨이손의 뜻대로 결혼식 날 이 집으로 옮겨 와 있었다. 부부가 집에 도착하자 의사는 아이가 장티푸스에 걸렸지만 조짐이 좋다고 했다. 릴리는 건강에 아무런 이상 없이 열세 살이 될 것이며 장티푸스치고는 가볍게 걸린 것이라고 했다. 보모도 아이가 괜찮아 보인다고 해서 불안해하던 웨이손 부인도 상황을 받아들였다. 웨이손 부인은 릴리를 아주 사랑했지만—어쩌면 그 애정 어린 모습이 웨이손에게 결정적인 매력이었을지도 모른다—정서가 완벽하게 안정되어 있었고 딸도 그런 면을 물려받은 터라 이 모녀는 쓸데없는 걱정으로 휴지를 낭비하는 일이 없었다. 그렇게 해서 웨이손은 이제 아내가 내려오기를 기다리던 참이었다. 마지막에 릴리를 보고 내려오기 때문에 약간 늦어지고 있지만 건강한 아이의 이마에 키스를 해주고 내려올 때처럼 아무렇지도 않게 잘 차려입고 내려올 것이었다. 웨이손은 아내가 침착해서 덩달아 마음이 편했다. 자신의 약간 불안정한 감정에 아내가 배의 바닥짐 같은 역할을 해주었기 때문이다. 웨이손은 아내가 아이 침대로 몸을 숙이는 모습을 상상해보며 아플 때 아내의 존재가 크나큰 위로가 될 것이라고 생각했다. 아내의 발소리만 들어도 금세 나을 것 같았다.

웨이손의 삶은 침울했다. 환경보다는 기질 탓이었다. 그래서였는지 늘 쾌활한 아내의 성격에 끌렸다. 그 성격 덕분에, 아내 또래의 여자들이 대부분 활동이 부진해지거나 오히려 과해지는데 아내는 늘 생생하고 적당히 융통성이 있었다. 웨이손은 아내를 둘러싼 소문을 알고 있었다. 아내는 인기가 많았지만 그 아래에 늘 험담이 조용히 흐르고 있었으니까. 아내가 처음 뉴욕에 나타났을 때, 그러니까 9, 10년 전쯤 거스 배릭이 피츠버그인가 유티카인가에서 아름다운 해스켓 부인을 발굴해 왔을 때 사교계는 부인을 바로 받아들이면서도 거스 배릭의 안목에 의심의 여지를 남겨두었다. 하지만 부인의 뒤를 캐보니 오히려 사교계 유명 집안과의 확실한 인맥과, 얼마 전 하게 된 이혼이 열일곱 살에 벌인 사랑의 불장난이 낳은 뻔한 결과였다는 사실만을 확인하게 되었을 뿐이었다. 그리고 전남편 해스켓에 대해서는 확인할 수 있는 것이 거의 없어서 최악의 소문만 떠돌았다.

앨리스 해스켓은 거스 배릭과의 재혼을 통해, 그동안 동경했던 그룹에 들어가는 티켓을 거머쥐었고, 얼마 동안 배릭 부부는 뉴욕 사교계 최고의 인기를 누렸다. 안됐지만 그 관계는 짧고 험악했으며, 이번에는 남편의 편을 드는 사람들이 많았다. 하지만 배릭을 가장 든든하게 지지하는 사람들조차도 배릭이 결혼에 어울리는 사람이 아니었다는 사실은 시인했고, 배릭 부인이 당한 부당한 행위는 뉴욕 법원에서 조사될 만한 사안이었다. 뉴욕에서 이혼은 가뜩이나 수절의 상징 같은 것인데 배릭 부인은 두 번째 이혼으로 남편과 사별한 것 같은 취급을 받아 거의 아무도 건드릴 수 없게 되었고, 가장 입이 무거운 몇몇에게만 속내를 털어놓을 수 있는 딱한 처지였다. 그러나 부인이 웨이손과 결혼한다는 사실이 알려지자 다들 즉각 반대했다. 부인의 친한 친구들로서는 부인이 그대로 상처받은 아내 역할을 하는 편이 더 낫다고 생각했을 것이다. 그 역할이 발그레한 안색에 어울리는 상복처럼 부인에게 더 잘 어울렸기 때문이다. 사실은 이혼 후 이미 시간이 어느 정도 지난 뒤라 웨이손이 전 남편들의 대타라는 생각도 들지 않았다. 하지만 사람들은 여전히 탐탁해 보이지 않았다. 웨이손이 두 눈 멀쩡히 뜨고 앞가림을 잘하고 있다고 큰소리를 치자 한 친구는 못마땅해하면서 이렇게 빈정거렸다. "그랬겠지. 그런데 귀는 막았지."

웨이손은 이런 빈정거림에 느긋하게 미소를 지었다. 증권가 표현을 빌자면 그런 말들의 "가치를 삭감"해버렸다. 사교계가 아직 이혼에 익숙하지 않기 때문에 익숙해질 때까지는 합법적인 이혼한 여성들이 스스로 자신의 정당성을 확보해야 한다고 생각했다. 웨이손은 아내가 그 방면에서는 너무도 확실한 능력을 갖추고 있다고 생각했다. 그 예상이 딱 들어맞았고 결혼식도 올리기 전에 당당하게 앨리스 배럭의 편을 드는 사람들이 모였다. 앨리스는 만사를 침착하게 받아들였다. 장애물을 의식하지 않는 척하면서 극복하는 법을 알고 있어서, 웨이손은 예민하게 신경 썼던 사소한 문제들이 어느 순간 뒤돌아보면 신기하게도 다 해결돼 있곤 했다. 여유롭고 따스한 아내의 성격 덕분에 피난처를 찾은 것 같았다. 이제 아내가 릴리를 다 돌보고 난 뒤 부끄러울 것 없이 내려와 저녁을 먹을 생각을 하니 흐뭇했다.

하지만 곧 남편에게 내려온 웨이손 부인의 매력적인 얼굴은 기대와 달리 즐거운 표정이 아니었다. 가장 매혹적인 티타임용 의상을 입고 있었지만 함께 따라와야 할 미소가 없었다. 웨이손은 큰 걱정이 있는 듯한 그런 표정을 본 적이 없었다.

"왜 그래요?" 웨이손이 물었다. "릴리가 많이 안 좋은가요?"

"아니에요. 그냥 들여다본 거예요. 자고 있더라고요." 웨이손 부인이 머뭇거리며 말했다. "그런데 좀 성가신 일이 있어서요."

웨이손이 아내의 두 손을 잡고 보니 종이가 한 장 들려 있었다.

"이 편지가 문제인가요?"

"그래요. 해스켓 씨가 보낸 거예요. 그러니까 해스켓 씨 변호사가 쓴 거죠."

웨이손은 언짢아서 얼굴이 달아오르는 것을 느꼈다. 아내의 손을 놓았다.

"무슨 편지죠?"

"릴리를 만나는 문제예요. 있잖아요, 법원에서…"

"아, 알아요, 알아." 웨이손이 못 참고 끼어들었다.

뉴욕에 해스켓에 대해서는 알려진 것이 없었다. 아내가 빠져나온 외곽의 어딘가에 있다는 이야기가 막연히 돌았는데, 그자가 어린 딸과 가까이 있기 위해 유티카에서 하던 사업을 접고 아내를 쫓아 뉴욕에 와 있다는 것을 웨이손과 몇몇 사람들만 알고 있었다. 아내와 연애하던 때 웨이손은 아내 집 문 앞에서 릴리와 자주 마주쳤다. 릴리는 뽀얀 얼굴로 배시시 웃으면서 "아빠 만나러" 가는 길이라고 하곤 했다.

"너무 미안하네요." 웨이손 부인이 기어들어가는 목소리로 말했다.

웨이손은 마음을 가라앉혔다. "그 사람이 뭘 어떻게 해달라는 거요?"

"아이를 보고 싶대요. 릴리가 일주일에 한 번씩 갔잖아요."

"지금 릴리한테 오라고 하는 건 아니잖아요?"

"그렇죠. 릴리가 아프다는 소식을 들었죠. 그래서 집으로 오고 싶다네요."

"여기로?"

웨이손 부인은 남편의 눈길에 얼굴을 붉혔다. 둘은 서로 고개를 돌렸다.

"싫지만 그 사람한텐 그럴 권리가 있어요. 당신도 알겠지만요."라며 부인은 남편에게 편지를 내밀었다.

웨이손은 두 손을 내저으며 뒤로 물러났다. 그러고는 은은하게 불이 밝혀진 방을 둘러보며 서 있었다. 좀 전까지만 해도 신혼의 따스함이 가득한 곳이었다.

"미안해요." 아내가 다시 사과했다. "릴리를 보내면 좋겠지만…"

"그건 안 되잖아요." 웨이손이 또 못 참고 끼어들었다.

"그렇죠."

아내의 입술이 떨리기 시작하자 웨이손은 자기가 나쁜 놈이 된 것 같았다.

"오라고 해야죠, 당연히." 웨이손이 말했다. "언제 온다는 거예요?"

"내일요."

"그럼 됐네요. 아침에 연락해요."

집사가 저녁 준비가 다 됐다고 알렸다.

웨이손은 아내를 향해 몸을 돌렸다. "괜찮아요. 피곤하죠? 힘들겠지만 그냥 잊어요." 아내의 손을 잡아 자신의 팔에 끼면서 말했다.

"당신은 너무 좋은 사람이에요. 잊어버릴게요." 아내가 속삭이듯 말했다.

아내의 얼굴이 금세 밝아졌고, 장밋빛 촛불을 사이에 두고 꽃장식 너머로 눈이 마주쳤을 때 보니 입술에 다시 미소가 돌아와 있었다.

"여기 전부 예뻐요!" 아내가 호들갑스레 좋아했다.

웨이손이 집사를 불렀다. "샴페인 지금 갖다줘요. 아내가 피곤하니까."

잠시 후 둘은 샴페인잔을 사이에 두고, 눈길을 나누었다. 아내의 눈은 아주 밝고 차분했다. 웨이손은 아내가 자신이 시킨 대로 그냥 잊어버렸다고 생각했다.

2

다음 날 아침 웨이손은 평소 때보다 일찍 시내로 나갔다. 해스켓은 오후나 되어야 올 것 같았지만 피해야 한다는 본능이 등을 떠밀었다. 하루 종일 나가 있을 생각이었고 클럽에서 밥을 먹기로 했다. 등 뒤로 문이 닫히고 나서 자신이 그 문을 다시 열기 전에 자신과 똑같이 문을 열 권리를 소유한 남자가 그 문을 통과할 생각을 하니 혐오감에 온몸이 떨렸다.

출근 시간 고가열차를 탔더니 흔들리는 인간들 사이에 끼이고 말았다. 8번가에서 앞에 있던 남자가 요리조리 빠져나가고 다른 사람이 그 자리를 차지했다. 웨이손은 무심코 보았는데 그 사람은 다름 아닌 거스 배릭이었다. 둘이 너무 가까이 있어서, 배릭이 알은체하며 잘생기고 과장된 얼굴에 미소를 짓는데 차마 모른 체할 수가 없었다. 게다가 모른 체할 필요도 없었다. 둘은 원래 사이가 좋았었고 웨이손이 아내에게 관심을 가지기 시작한 것도 배릭과 이혼한 이후였다. 서로 혼잡한 열차를 타면 늘 이러저러하게 힘들다는 이야기를 나누었는데 근처에 기적적으로 자리가 하나 비자 웨이손은 자기도 모르게 본능적으로 배릭 뒤로 슬쩍 들어가 앉았다.

배릭이 땅딸막한 몸통으로 잘됐다는 듯 숨을 내쉬었다. "어이구, 압화처럼 납작해질 뻔했군요." 배릭은 상체를 뒤로 젖히더니 무심하게 웨이손을 바라보았다. "셀러스 씨가 또 뻗어버렸다니 안됐군요."

"셀러스 씨가요?" 웨이손은 자기 회사 사장 이름부터 귀에 들어왔다.

배릭은 놀란 것처럼 보였다. "셀러스 씨가 통풍으로 드러누워버린 거 모르셨군요."

"예, 제가 자리를 비워서, 어젯밤에야 돌아왔습니다." 웨이손은 상대방이 웃겠구나 생각하고 얼굴을 붉혔다.

"아, 맞다. 그랬죠. 셀러스 씨가 이틀 전에 병이 났다는군요. 아주 많이 아프다는데 딱하게 됐어요. 제 입장에서는 아주 곤란하게 된 게, 상당히 중요한 일을 해주시고 있던 참이었거든요."

"그래요?" 웨이손은 배릭이 언제부터 '중요한 일'을 하고 있었을지 공연히 궁금했다. 배릭은 그전까지는 손쉬운 투자만 조금씩 하고 있어서 웨이손의 회사에서는 크게 관심을 두지 않았다.

배릭은 웨이손과 가까이에 있는 것이 어색해서 이것저것 닥치는 대로 이야기를 하는 것 같았다. 웨이손은 점점 더 불편해지고 있었고, 코틀랜드 가에서 아는 사람이 보이자 배릭에게 그 사람을 소개하는 상황이 갑자기 떠올랐다. 웨이손은 웅얼웅얼 변명을 하며 일어섰다.

"셀러스 씨가 얼른 낫기를 바라겠습니다." 배릭이 공손하게 말했고 웨이손은 멈칫거리며 대답했다. "필요하시면 제가 도와드리죠." 그런 뒤 내리는 사람들에 휩쓸려 승강장으로 내려갔다.

사무실에서 셀러스가 통풍으로 몸져누워 몇 주 정도 집에 있어야 한다는 소식을 들었다.

"참 안됐는데 일이 그렇게 됐습니다, 웨이손 씨." 주임이 싹싹하게 말했다. "셀러스 씨가 웨이손 씨에게 업무를 너무 많이 넘기게 돼서 아주 속상해하셨습니다."

"아, 괜찮아요." 웨이손이 곧바로 대답했다. 추가 업무의 압박이 은근히 반가웠고 집에 가는 길에 사장 집에 들러야겠다고 생각하니 기분이 좋았다.

점심시간에 늦어서 클럽 대신 가장 가까운 식당에 갔다. 손님이 많아서 점원이 하나 남은 자리로 서둘러 웨이손을 안내했다. 담배 연기가 자욱해서 옆자리에 앉은 사람 얼굴도 잘 보이지 않았다. 하지만 주위를 둘러보다가 곧 배릭을 알아보았다. 이번에는 다행히 대화를 나누기에는 너무 거리가 멀었고 마주 보는 자리가 아니어서 배릭도 웨이손을 알아보지 못한 모양이었다. 하지만 이렇게 또 가까이서 보게 된 것은 얄궂은 상황이었다.

웨이손은 배릭이 미식가라는 소문을 들은 터라, 자신은 늦은 점심을 허겁지겁 해치우면서 배릭이 여유롭게 음미하며 식사하는 모습을 부러운 듯 바라보았다. 처음 봤을 때 배릭은 딱 알맞게 녹은 까망베르 치즈를 아주 조심스럽게 먹고 있었는데, 이제는 치즈를 다 먹고 2단 도자기 주전자에서 커피를 따르고 있었다. 불그레한 얼굴을 숙이고 천천히 커피를 따르면서 반지 낀 하얀 손으로 주전자 뚜껑을 누르는 옆모습이 보였다. 그런 뒤 다른 한 손을 팔꿈치 옆에 있던 코냑 디캔터로 뻗어 술잔에 따른 다음 신중하게 맛을 보더니 커피 잔에 부었다.

웨이손은 거의 넋을 놓고 배릭을 보며 생각했다. 배릭은 무슨 생각을 하고 있을까? 그저 커피와 술의 맛을 느끼고 있는 걸까? 아침에 나와 만났던 일이 지금 전혀 티가 나지 않는 것처럼 머릿속에도 전혀 남지 않은 것일까? 배릭은 전처가 재혼한 지 일주일도 채 안 돼서 전처의 현재 남편과 어색하게 만났지만 아무렇지 않을 만큼 자기 인생에서 아내를 완벽하게 지워버린 것일까? 이런 생각에 잠겨 있다보니 다른 생각이 떠올랐다. 해스켓은 배릭을 만난 적이 있을까? 여기서 자신이 배릭을 만난 것처럼 우연히 만나지 않았을까? 해스켓 생각을 했더니 뒤숭숭해져서 그만 일어났다. 배릭과 또 만나 인사하게 되는 불편한 상황을 피해 빙 돌아서 식당을 나갔다.

웨이손이 집에 도착한 것은 일곱 시가 넘어서였다. 하인이 문을 열어주는데 눈치가 이상했다.

"릴리는 어떤가요?" 웨이손이 바로 물었다.

"많이 좋아졌답니다. 그런데 어떤 남자분…"

"발로우한테 저녁은 30분쯤 더 있다가 먹는다고 전해줘요." 웨이손은 말을 자르고 서둘러 위층으로 올라가버렸다.

아내를 보지 않고 곧장 방에 가서 옷을 갈아입었다. 거실에 내려갔더니 아내가 있었는데 안색이 밝고 기분이 좋아 보였다. 릴리가 괜찮아서 오늘은 의사를 다시 부를 필요가 없어 보였다.

저녁을 먹으며 웨이손은 아내에게 셀러스가 아프다는 소식을 전하고 그것 때문에 일이 많아졌다는 이야기를 했다. 아내는 맞장구를 치며 잘 들어주고 무리하지 말라고 충고하면서 사무실 돌아가는 상황을 대충 물었다. 그런 다음 릴리가 하루 종일 어떻게 지냈는지 알려주었다. 간호사와 의사가 한 말을 전했고 누가 문병을 왔는지 말해주었다. 아내는 평소보다 더 평온하고 차분해 보였다. 웨이손은 자신과 함께 있는 아내의 모습이 아주 행복해 보였다. 그런데 아내가 그날 있었던 사소한 일들을 어린애처럼 쫑알쫑알 늘어놓으며 너무 행복해하는 모습에 왠지는 몰라도 씁쓸한 느낌이 들었다.

저녁을 먹고 부부는 서재로 갔고 하인이 아내 앞 낮은 탁자에 커피와 꼬냑을 놓고 나갔다. 부인은 드레스의 옅은 장밋빛과 남편 안락의자의 어두운 가죽 빛깔이 대비되어 여리고 어려 보였다. 그 전날이었다면 남편은 그 모습에 빠져버렸을 것이다.

이날 남편은 몸을 돌리고 일부러 꼼꼼하게 시가를 골랐다.

"해스켓이 왔었어요?" 아내에게 등을 돌린 채 물었다.

"아, 예, 왔어요."

"당신은 못 봤죠, 당연히?"

아내가 잠시 뜸을 들였다. "보모한테 만나게 했어요."

그것으로 끝이었다. 더 물어볼 것도 없었다. 웨이손은 시가에 성냥불을 붙이면서 아내 쪽으로 돌아섰다. 여하튼 일주일이 끝난 것이었다. 이제 그 일에 대해서는 생각하지 않을 작정이었다. 아내는 평소보다 얼굴을 약간 더 붉히면서 생글거리는 눈으로 남편을 보았다.

"커피 줄까요, 자기?"

웨이손은 벽난로에 기대서 아내가 커피 주전자를 들어 올리는 모습을 바라보았다. 램프 불빛이 아내의 반짝이는 팔찌를 비추고 부드러운 머리카락 끝을 밝혔다. 아내는 너무 가뿐하고 호리호리하구나! 저 몸동작은 또 얼마나 유려한가! 아내는 조화로움 그 자체였다. 해스켓 생각이 물러나자 웨이손은 다시 소유의 기쁨에 빠져들었다. 저것이 모두 나의 것이야! 경쾌하게 움직이는 저 하얀 손, 보드랍게 빛나는 머리카락, 입술과 눈, 모두!

아내는 주전자를 내려놓고 코냑 디캔터로 손을 뻗더니 양을 재서 술잔에 따르고 그걸 다시 커피 잔에 부었다.

그걸 본 웨이손이 갑자기 당황했다.

"왜 그래요?" 아내가 놀라 물었다.

"아무것도 아니에요. 그냥, 난 커피에 코냑 안 타 먹어서."

"어머, 맞다. 나 왜 이러지?" 아내가 외쳤다.

둘의 눈이 마주치자 아내는 속상한 듯 얼굴을 붉혔다.

3

열흘 뒤, 여전히 집에 묶여 있는 셀러스가 웨이손에게 시내에 나가는 길에 자신에게 들러달라고 부탁했다.

사장은 꽁꽁 싸맨 발을 불가에 괴어놓은 채 쑥스러워하면서 동료를 맞이했다.

"미안하네, 난처한 일을 하나 맡아줘야겠어."

웨이손은 가만히 들었고 사장은 적당한 말을 고르느라 뜸을 좀 들이더니 이렇게 말을 이었다.

"사실은 말이지. 내가 좀 복잡한 일을 벌여놓고는 바로 이렇게 드러누워버렸어. 거스 배릭 건이야."

"그랬군요." 웨이손이 대수롭지 않다는 듯 대답했다.

"응, 들어봐. 통풍이 시작되기 전날 배릭이 나한테 왔더라고. 어디선가 내부정보를 얻은 게 분명한데, 십만 정도를 벌었대. 나한테 조언을 구하기에 밴덜린과 손을 잡으라고 했지."

"아, 그거였구나!" 웨이손이 소리쳤다. 이제 일이 어떻게 돌아가는지 알게 됐다. 그 투자는 매력적이었지만 반드시 협상을 해야 했다. 셀러스가 일을 상세히 설명하는 동안 웨이손은 주의 깊게 끝까지 다 듣고는 이렇게 물었다. "제가 배릭을 만나봐야겠죠?"

"그래야지. 나는 안 된다니까. 의사가 절대 안 된대. 그렇지만 이번 일을 미룰 수는 없으니까. 자네한테 부탁하지 않으려고 했는데 회사에 그 일을 자세히 아는 사람이 아무도 없어서 말이지."

웨이손은 가만히 서 있었다. 배릭의 사업이 성공하든 말든 관심 없었지만 회사의 신용은 지켜야 하기에 사장을 돕지 않을 수 없었다.

"괜찮습니다. 제가 맡지요." 웨이손이 말했다.

그날 오후, 전화로 연락을 받은 배릭이 회사로 웨이손을 찾아왔다. 웨이손은 사무실에서 기다리면서 남들이 이 일을 알면 뭐라고 할지 생각해보았다. 웨이손이 결혼할 때 신문들이 아내의 과거를 속속들이 다 까발렸으니, 자신이 이번 일을 맡으면 배릭 등 뒤에서 직원들이 빙긋거릴 게 뻔했다.

배릭은 훌륭하게 처신했다. 품위를 잃지 않으면서도 격의 없이 편하게 대해주어서 웨이손은 예상보다 훨씬 부드러운 인상을 받았다. 배릭이 사업에 대해 잘 몰라서 웨이손이 거래의 세부사항을 꼼꼼하고 정확하게 설명해주느라 이야기가 한 시간 가까이 더 길어졌다.

"오늘 너무 감사했습니다." 배릭이 일어서며 말했다. "사실 저는 큰돈을 관리하는 데 익숙지 않아서 바보 같은 짓을 할까봐 걱정했어요." 배릭이 빙그레 웃어 보였다. 웨이손은 그 웃음이 왠지 유쾌하게 느껴졌다. "쓸 돈이 넉넉하다는 게 참 이상한 느낌이네요. 몇 년 전만 해도 돈 때문에 영혼이라도 팔 수 있었는데 말입니다.!"

그 말에 웨이손이 움찔했다. 배릭이 이혼한 결정적 이유에 경제적 문제도 포함돼 있다는 소문을 들은 적이 있었다. 하지만 배릭이 일부러 꺼낸 이야기는 아닌 것 같았다. 껄끄러운 이야기를 피하려고 하다가 잘못 나온 말인 듯했다. 웨이손은 뒤지지 않게 예의를 차리고 싶었다.

"저희는 배릭 씨를 위해 최선을 다할 겁니다." 웨이손이 말했다. "이번 투자 잘될 겁니다."

"그럼요. 저는 아주 잘될 거라고 확신합니다. 너무 고맙습니다만," 배릭이 말하기 곤란한 듯 머뭇거렸다. "지금은 일이 결정된 것 같지만. 그… 만약에라도…"

"셀러스 씨가 회복되기 전에 무슨 일이 생기면 제가 다시 뵙고 말씀드리겠습니다." 웨이손이 차분하게 말했다. 결국 자신이 더 침착하게 행동한 것 같아서 기분이 좋았다.

릴리는 순조롭게 회복되고 있었고, 시간이 지나면서 웨이손은 해스켓이 매주 방문하는 데 점차 익숙해졌다. 첫 번째 방문한 날, 웨이손은 집에 늦에 들어와서 아내에게 해스켓이 다녀갔는지 물었다. 아내는 해스켓이 아래층에서 보모만 만났다고 바로 대답했다. 릴리가 고비를 넘길 때까지 아이 방에 다른 사람을 들이지 말라는 의사의 권고가 있었기 때문이었다.

그다음 주, 웨이손은 그날이 또 왔다는 것을 의식하고 있었는데 퇴근해서 저녁 시간에 되었을 때는 이미 잊어버린 후였다. 며칠 뒤 릴리가 고비를 넘겨 열이 뚝 떨어졌고 의사는 이제 아이가 나을 거라고 했다.

웨이손은 기뻐서 해스켓 생각은 아예 나지도 않았다. 그런데 어느 날 오후, 현관문을 직접 열고 들어간 웨이손은 복도에 놓인 낡은 모자와 우산을 보지 못하고 바로 서재로 올라갔다.

서재에는 성긴 회색 수염에 작고 이목구비가 희미한 남자가 의자 앞쪽으로 몸을 숙인 채 앉아 있었다. 피아노 조율사이거나 집안 기계를 수리할 때 급하게 불러오는 솜씨 좋은 기술자인 것 같았다. 남자는 금테 안경을 통해 눈짓으로 웨이손을 알은체하더니 조심스럽게 말했다. "웨이손 씨 맞습니까? 저는 릴리 아빠입니다."

웨이손은 얼굴이 달아올랐다. "어…" 거북하게 머뭇거렸다. 무례해 보일까봐 말을 멈추었다. 아내에게 들은 내용으로 예상했던 모습과 해스켓의 실제 모습을 머릿속으로 맞추어보려고 애썼다. 웨이손은 앨리스의 첫 남편이 당연히 거친 사람이라고 생각했다.

"이렇게 오게 돼서 죄송합니다." 해스켓이 예의를 차리며 말했다.

"괜찮습니다." 웨이손이 마음을 가다듬으며 대답했다. "보모에게 오셨다고 전했겠지요?"

"아마 그랬을 겁니다. 기다려야지요." 해스켓이 말했다. 체념한 말투였다. 마치 타고난 저항력이 살면서 마모되어버린 듯했다.

웨이손은 어색하게 장갑을 벗으며 문 앞에 서 있었다.

"기다리시게 해서 죄송합니다. 보모를 불러오라고 하겠습니다." 웨이손이 말하며 문을 열고는 힘들게 덧붙였다. "릴리가 다 나았다는 소식을 전하게 돼서 저희도 기쁩니다." 웨이손은 '저희'라는 단어가 자기도 모르게 튀어나와 흠칫했지만 해스켓은 알아채지 못한 것 같았다.

"고맙습니다. 웨이손 씨. 걱정 많이 했습니다."

"아, 어쨌든 이제 다 잘됐죠. 이제 곧 릴리가 해스켓 씨에게 갈 수 있을 겁니다." 웨이손이 고개를 까딱하고 나갔다.

웨이손은 자기 방에 돌아와 끙끙거리며 주저앉았다. 자신이 민감해서 인생에 터무니없는 일이 일어날 때마다 지나치게 예민하게 속을 썩이는 것이 싫었다. 결혼할 당시에 아내의 전남편이 둘 다 살아 있고, 현대화된 사회에서 그 두 사람을 우연히 만날 가능성이 얼마든지 있다는 생각은 했다. 하지만 해스켓과 잠깐 동안 만났는데도 마치 둘 사이에 법적 문제가 완전히 해결되지 않기라도 한 것처럼 많이 혼란스러웠다.

웨이손은 벌떡 일어나서 안절부절못하고 방을 서성이기 시작했다. 배릭과 두 번 만났을 때는 이렇게 힘들지 않았다. 이렇게 참기 힘든 것은 해스켓이 자기 집에 와 있어서였다. 복도에서 나는 발소리에 가만히 귀를 기울었다.

"이쪽으로 오세요." 보모의 목소리가 들렸다. 해스켓이 2층에 올라와 있었다. 집 한구석이 아니라 집 전체가 해스켓에게 열려 있는 셈이었다. 웨이손은 다른 의자에 털썩 앉아 멍하니 앞을 보았다. 화장대에 앨리스 사진이 있었다. 처음 아내를 만났을 때 찍은 것이었다. 앨리스 배릭이던 때, 너무도 아름답고 우아하던 모습이었다. 목에 배릭이 사준 진주 목걸이를 두르고 있었다. 웨이손이 결혼 전에 아내에게 돌려주라고 했던 목걸이였다. 해스켓은 아내에게 싸구려 장신구를 사주었을까? 지금 어떻게 됐을까? 그러고보니 해스켓의 과거나 현재 상황에 대해 아는 것이 거의 없었다. 하지만 그 남자의 겉모습과 말투를 바탕으로 앨리스의 첫 번째 결혼 생활을 꽤 정확하게 추측해볼 수 있었다. 아내의 인생에, 자신과 아내가 공통으로 가진 무언가와 전혀 다른 모습이 있었다는 생각에 깜짝 놀랐다. 배릭은 결점이 무엇이든 어쨌든 신사였다. 전통적인, 그러니까 지극히 평범한 의미에서 신사였다. 그리고 그 순간, 그 신사라는 단어의 의미가, 좀 이상하기는 하지만, 웨이손에게 가장 중요했다. 배릭과 자신은 같은 사교 관습을 알고 있었고 같은 말투를 사용했으며 같은 비유를 이해했다. 그런데 이 다른 한 사람은… 터무니없지만 웨이손의 머리에 가장 먼저 떠오른 것은 해스켓이 고무밴드가 달린 나비넥타이를 하고 있었다는 사실이었다. 왜 그렇게 말도 안 되게 사소한 일이 그 사람 전부를 나타낸다고 생각하는 건지, 웨이손은 자질구레한 일에 집착하는 스스로에게 짜증이 났다. 하지만 그런 넥타이를 착용했다는 사실이 해스켓이 어떤 사람인지 알려주었고, 말하자면 앨리스의 과거에 대한 열쇠처럼 작용했다. 해스켓 부인인 앨리스를 상상할 수 있었다. 플러시*천으로 장식되고 피아놀라**가 한 대 있고 중앙 탁자에 『벤허』한 권이 놓인 '접대실'에 앉아 있는 모습을. 앨리스는 해스켓과 극장에 가고, 어쩌면 '교회 신자 모임'에도 갔을 것이다. 앨리스는 '챙 넓은

---

*   벨벳과 비슷하나 길고 보드라운 보풀이 있는 비단 또는 무명 옷감―옮긴이
** 사람이 연주하는 대신 기계의 작용에 의해 자동적으로 연주하는 피아노―옮긴이

모자'를 쓰고 해스켓은 약간 구겨진 검정색 프록코트를 입고 거기에 고무줄 달린 나비넥타이를 맸을 것이다. 집에 오는 길에 조명이 환한 쇼윈도를 구경하고 뉴욕 여배우들의 사진을 보며 서 있었을 것이다. 일요일 오후에는 릴리를 태운, 하얀 에나멜이 칠해진 유아차를 앞세우고 해스켓과 산책을 했을 것이다. 그리고 길에서 만난 사람들과 이야기를 나누는 모습도 상상했다. 뉴욕 패션 잡지에서 본 대로 솜씨 좋게 만들어진 드레스를 입은 앨리스가 얼마나 아름다웠을지 눈에 선했다. 자신의 인생에 싫증을 내며 다른 여자들을 얼마나 깔보았을지. 그리고 자신은 더 넓은 세상에 어울리는 사람이라고 남몰래 생각했을 것이다.

그 순간 가장 먼저 떠오른 생각은 아내가 해스켓과의 결혼 생활을 암시할 것들을 어떻게 그렇게 깡그리 버릴 수 있었을까 하는 의문이었다. 아내의 모든 것, 몸짓, 어조, 비유가 그 시기를 부정하기 위해 세심하게 계획된 것 같았다. 설령 아내가 해스켓과의 결혼을 비밀로 했더라도 그 거짓말 때문이 아니라 그 사람의 아내였던 자아를 지워버린 것에 더 화가 났을 것 같았다.

웨이손은 벌떡 일어섰다. 아내의 속마음은 그만 생각하기로 했다. 나에게 아내의 흉측한 모습을 그려놓고 단죄할 권리가 있을까? 아내는 첫 결혼 생활이 불행했다고 모호하게 말했고 말을 아끼면서 해스켓이 자기 젊은 시절의 환상을 완전히 깨버렸다고 슬쩍 말했다. 해스켓이 전혀 해를 끼치지 않을 사람이라는 것을 알게 되자 그 환상이 어떤 것인지 다시 생각해보게 되었다. 그러자 웨이손의 정신적 평화가 깨지고 말았다.

남자들은 자신의 아내가 전남편에게서 나쁜 대우를 받았다고 생각하고
싶어 한다. 그 반대라고 생각하기보다는 말이다.

4

"웨이손 씨, 저는 릴리의 프랑스인 가정교사가 마음에 안 듭니다."

해스킷은 서재에서 웨이손 앞에 선 채 약간 침울하게, 뭔가 잘못을 저
지르기라도 했다는 듯 낡아빠진 모자를 만지작거렸다.

웨이손은 안락의자에 앉은 채 당황해서 석간신문 너머로 그 방문객
을 바라보았다.

"실례를 무릅쓰고 오늘은 웨이손 씨를 만나러 왔습니다." 해스킷이
말을 이었다. "하지만 이번이 마지막입니다. 이렇게 직접 말씀을 드리는
게 웨이손 부인 변호사에게 편지를 쓰는 것보다 더 낫겠다 생각했습니
다."

웨이손이 불쾌해서 얼굴을 붉혔다. 자신도 프랑스인 가정교사가 마
음에 안 들었지만 지금은 그게 문제가 아니었다.

"저로선 잘 알 수가 없습니다만," 웨이손이 딱딱하게 대답했다. "원하
신다면 말씀을… 제 아내에게… 전해드리겠습니다." 웨이손은 '제 아내'
라는 말을 하며 주춤거렸다.

해스킷이 한숨을 지었다. "그게 효과가 있을지 모르겠군요. 부인께
말했더니 제 말을 별로 달가워하지 않아서요."

웨이손은 얼굴이 확 달아올랐다. "아내를 언제 만났습니까?"

"처음 릴리를 만나러 온 날만 만났지요. 아이가 아픈 직후요. 그때 부인께 그 가정교사가 마음에 들지 않는다고 말했습니다."

웨이손은 말문이 막혔다. 처음 해스켓이 온 날 아내에게 해스켓을 만났는지 분명히 물어보았다. 아내가 그때 거짓말을 했는데 그다음부터는 웨이손의 말대로 만나지 않았다. 이제 아내가 마음에 걸렸다. 아내는 웨이손이 싫어할 것을 알았더라면 첫째 날 해스켓을 만나지 않았을 것이 분명했다. 그러니까 아내가 남편이 싫어할지 몰랐다는 뜻이었고, 웨이손은 그런 사실이 자신을 속인 것만큼 불쾌했다.

"저는 그 여자가 마음에 안 들어요." 해스켓이 끈기 있게 다시 말했다. "그 여자는 솔직하지 못합니다, 웨이손 씨. 아이를 비겁하게 만들 겁니다. 릴리가 변했단 말입니다. 남의 눈치를 너무 많이 보고 거짓말도 합니다. 릴리는 정직했어요, 웨이손 씨." 해스켓이 말을 끊었고 목소리가 약간 탁해졌다. "아이가 최신식 교육을 받아야 된다, 그런 말씀을 드리는 게 아닙니다." 해스켓은 이렇게 말을 맺었다.

웨이손의 마음이 움직였다. "죄송하지만 해스켓 씨, 솔직히 제가 무얼 해드려야 할지 모르겠습니다."

해스켓은 머뭇머뭇 망설였다. 그러다가 모자를 탁자에 올리고 웨이손이 서 있는 벽난로 러그로 다가갔다. 그 몸동작은 전혀 공격적이지 않았다. 하지만 소심한 사람이 결단을 내렸을 때 보이는 근엄함이 배어 나왔다.

"해주실 일이 딱 한 가지 있습니다. 웨이손 씨." 해스켓이 말했다. "웨이손 부인께 제가 법에 의거해 릴리의 양육에 관여할 권리가 있다는 사실을 알게 해주세요." 그는 말을 멈추더니 비난하는 듯한 어조로 다시 말을 이었다. "저는 권리를 행사하겠다고 이러쿵저러쿵 나서는 사람이 아닙니다, 웨이손 씨. 인간이란 자신이 어떻게 행사할지 모르는 권리를 부여받기도 하는 거라고 생각합니다. 하지만 아이 문제는 다릅니다. 그냥 내버려두지 않을 겁니다. 절대 그럴 생각이 없습니다."

그 말에 웨이손은 크게 흔들렸다. 남몰래 해스켓의 뒤를 캐본 적이 있었다. 그런데 알게 된 사실은 모두 해스켓에게 호의적인 것들이었다. 이 작은 사내는 딸 가까이에 있으려고 번창하던 유티카의 사업 지분을 팔고 뉴욕에 와 어떤 공장의 별 볼 일 없는 직원 자리에 앉았다. 허름한 동네 하숙집에 살고 아는 사람도 거의 없었다. 릴리에 대한 사랑만 가득했다. 웨이손은 해스켓에 대해 조사하면서 침침한 손전등을 들고 아내의 과거 속을 헤매는 느낌이었다. 하지만 이제 그 손전등으로 비추어보지 못한 구석방이 있었다는 사실을 알게 되었다. 아내에게 첫 결혼의 파경 정황을 정확하게 물어본 적이 없었다. 겉보기에는 공정하게 이혼이 성사되었다. 이혼을 청구한 것은 아내였고 법원은 아내에게 아이를 주었다. 그러나 웨이손은 그런 판결에 얼마나 많은 모호한 사실들이 가려지곤 하는지 잘 알고 있었다. 해스켓이 딸에 대한 권리를 가지고 있다는 것은, 드러나지 않은 타협이 있었다는 것을 의미했다. 웨이손은 이상주의자였다. 불쾌한 미래의 일에 직접 맞닥뜨리기 전에는 그 일을 인정하려들지 않았고, 그런 다음 미래의 일이 어떻게 일어나는지 지켜보았다.

그러므로 앞으로 유령이 나타나 어떤 일이 벌어질지 모르지만 아내의 면전에서 유령을 불러보기로 했다.

웨이손이 해스켓의 요구를 들려주자 아내의 얼굴에 화가 불꽃처럼 일었다. 하지만 곧바로 가라앉혔고 약간의 떨림만 남았다.

"그 사람 아주 비신사적이네요." 아내가 말했다.

웨이손은 그 말이 거슬렸다. "그게 중요한 게 아니에요. 권리 문제예요."

부인은 이렇게 투덜거렸다. "그 사람이 릴리한테 도움이 된 적이 있다면야 또 모르겠지만."

웨이손이 얼굴을 붉혔다. 그 말은 더 마음에 들지 않았다. 웨이손은 "문제는,"이라고 다시 말을 꺼냈다. "해스켓이 릴리에 대해 어떤 권리를 가지는가란 말이오."

부인이 눈을 내리깔고 선 채 약간 몸을 비틀었다. "그 사람을 다시 만나겠어요. 난 당신이 반대할 줄 알았어요." 부인이 머뭇거렸다.

웨이손은 아내가 해스켓의 요구사항을 알고 있구나, 퍼뜩 생각했다. 요구를 안 들어준 것이 이번이 처음은 아닌 것 같았다.

"내가 반대하든 말든 상관없어요." 웨이손이 냉정하게 말했다. "해스켓에게 권리가 있다면 당신은 상의를 해야 해요."

부인이 눈물을 터뜨렸다. 웨이손은 아내가 스스로 희생자로 보이길 바란다고 생각했다.

해스켓은 자신의 권리를 남용하지 않았다. 웨이손은 그러지 않으리라 이미 믿었다. 어쨌든 가정교사는 해고됐고 그 작은 사내가 이따금 앨리스와 대면을 요구했다. 처음 문제가 터진 다음, 앨리스는 예의 그 뛰어난 적응 능력을 발휘해 상황을 받아들였다. 웨이손은 이전에 해스켓을 보고 피아노 조율사를 떠올렸는데, 한두 달이 지난 지금 웨이손 부인은 해스켓을 조율사 비슷하게 대우하는 것 같았다. 웨이손은 해스켓의 아버지로서의 끈기를 존중하지 않을 수 없었다. 처음에는 해스켓이 집에서 입지를 다지기 위해 무언가 '꾸밀'지도 모른다는 의심을 떨치지 못했다. 하지만 내심 해스켓은 꿍꿍이가 있는 사람이 아니라는 믿음이 있었다. 심지어 해스켓은 웨이손 부부와 알게 돼서 얻을 이득을 약간 경멸하는 것 같았다. 해스켓의 목표가 정직하기 때문에 뭐라 할 수 없었고, 웨이손으로서는 헤스켓을 자신의 소유물에 대한 선취권자로 인정할 수밖에 없었다.

셀러스는 통풍 치료를 위해 유럽으로 떠났고 배릭 일은 완전히 웨이손에게 맡겨졌다. 협상은 복잡했고 길어졌다. 그래서 두 사람이 자주 회의를 해야 했고, 그 일이 회사에 이득이 되기 때문에 웨이손으로서는 다른 회사에 넘기라고 할 수가 없었다.

배릭은 그 거래가 만족스러운 것 같았다. 휴식 시간에는 거친 면이 드러나서 웨이손은 배릭이 자신을 편하게 대하는 것이 약간 두려웠다. 하지만 일할 때는 정확했고 이해가 빨랐으며 웨이손의 판단력을 듣기 좋은 말로 칭찬했다. 일로 너무 가까워져 있어서 사교계에서 서로 모른 체하면 오히려 우스꽝스러울 것 같았다. 처음에 어디 응접실에서 만났는데 배럭이 예의 그 친근한 말투로 대화에 끼어들었다. 옆에 있던 모임 주최자가 반가운 눈짓을 하기에 웨이손도 모른 체할 수가 없었다. 그 이후 둘은 자주 마주치게 됐고, 어느 날 저녁 무도회에서 다른 방들을 돌아다니다가 아내 옆에 배럭이 앉아 있는 모습을 우연히 보았다. 아내는 약간 얼굴을 붉힌 채 머뭇거리며 말을 하고 있었다. 하지만 배럭은 앉은 채 웨이손에게 고개를 까딱하며 인사를 했고 웨이손은 그대로 지나쳤다.

집으로 돌아가는 마차에서 웨이손은 신경질적으로 말했다. "당신이 배럭이랑 이야기하는 줄 몰랐군요."

아내의 목소리가 약간 떨렸다. "처음이에요. 배럭이 우연히 옆에 서 있어서 어떻게 해야 할지 몰랐어요. 자주 만나게 되니까 너무 어색하네요. 그런데 당신이 무슨 사업인가를 하면서 아주 잘해줬다고 하더라고요."

"그건 또 다른 얘기예요." 웨이손이 말했다.

부인이 잠시 말을 멈추었다. "그냥 당신이 좋다는 대로 할게요." 부인이 고분고분 대답했다. "어쨌든 그 사람과 만났으니 이야기를 하는 게 덜 어색할 거라고 생각했어요."

웨이손은 아내의 고분고분한 태도에 질리기 시작했다. 아내는 정말 자신의 의지가 없는 것일까? 그 남자들과의 관계에 대해 아무 생각도 없단 말인가? 아내는 해스켓을 받아들이지 않았나. 배럭도 받아들일 작정인 걸까? 아내 말대로 그렇게 하는 편이 '덜 어색'하니까, 아내는 본능적으로 어려움을 피하거나 돌아가려고 하는 것이었다. 갑자기 웨이

125

손은 그런 성격이 어떻게 생겨났는지 너무도 확실히 알게 됐다. 아내는 "낡은 구두처럼 헐렁했다". 너무 많은 발이 신었던 낡은 구두. 아내의 융통성은 너무 여러 방향으로 잡아 늘여진 결과였다. 차례차례 앨리스 해스켓, 앨리스 배릭, 앨리스 웨이손이 되었고 그 이름마다 사생활, 성격, 알려지지 않은 신이 깃든 가장 내밀한 자아가 조금씩 남아 있었다.

"그래, 배릭이랑 말을 하는 게 더 낫겠네." 웨이손이 지친 듯 말했다.

5

겨울이 천천히 지나갔고, 사교계는 웨이손 부부가 배릭과 말을 튼 것을 좋은 기회로 삼았다. 고전하고 있던 파티 주최자들은 덕분에 사교계가 되살아나 고마워했고, 웨이손 부인은 훌륭한 취향의 경이로운 모범으로 떠받들어졌다. 어떤 이들은 일부러 배릭과 전처를 만나게 해놓고 재미있어했고, 배릭이 그 만남을 열망한다고 생각하는 사람들도 있었다. 하지만 아무도 웨이손 부인을 비난하지 않았다. 부인은 배릭을 피하지도, 찾지도 않았다. 웨이손조차 아내가 가장 최근에 사교계에서 문제가 되는 일의 해결책을 찾아냈다는 것을 인정하지 않을 수 없었다.

웨이손은 그 문제를 깊이 생각하지 않은 채 결혼했다. 여성도 남성처럼 과거를 훌훌 털어버릴 수 있다고 생각했다. 하지만 이제 앨리스가 환경 때문에 과거와의 관계를 끊을 수 없다는 사실을, 그리고 과거가 앨리스의 성격에 남긴 흔적 때문에 어쩔 수 없이 과거에 묶여 있다는 것을 알고 있었다. 웨이손은 자신이 기업 조합에 속한 하나의 회사라고 언짢게 비꼬아 비유했다. 자신이 아내 성격의 아주 많은 지분을 소유하고 있으며 선임자들은 사업의 파트너라고. 그 거래에 감정적인 요소가 전혀 없다는 것이 웨이손에겐 더 나쁘게 느껴졌다. 남편이 바뀌는 것을 날씨의 변화처럼 여기는 앨리스로 인해 그 상황은 대수롭지 않은 것이 되고 말았다. 웨이손은 아내의 실수와 도를 넘는 행동, 해스켓에 맞서고 배럭을 받아들인 것을 용서할 수 있을 것 같았다. 아내의 순종과 눈치 보는 행동만 빼면 모든 것을 용서할 수 있을 것 같았다. 아내는 칼을 던지는 저글러 같았다. 하지만 칼은 뭉툭했고 아내는 자신이 칼에 베이지 않을 것을 알고 있었다.

이제 점점 습관이 감정에 보호막을 쳐주었다. 만약 웨이손이 가상의 동전으로 하루의 위안에 값을 지불했다면, 점점 위안이 중요해지고 동전은 중요치 않게 되었다. 어쩌다보니 웨이손은 해스켓과도, 배럭과도 점점 아무렇지도 않게 가까워졌고 그 상황을 비웃으면서 자위했다. 심지어 그 상황으로 얻은 이익을 계산해보았고, 남자를 행복하게 하는 방법을 모르는 아내 1보다 그 방법을 아는 아내 3분의 1이 있는 것이 더 낫지 않은가 자문하기 시작했다. 그 방법은 사실 일종의 예술이어서, 다른 예술들이 다 그렇듯, 용인하고 무시하고 미화하는 일이었다. 신중하게 비추어진 빛과 교묘하게 약화된 그림자로 이루어져 있었다. 아내는 그 빛을 다루는 방법을 알고 있었고, 남편은 아내가 어떻게 그런 방법을 알게 됐는지 잘 알았다. 심지어 그 결혼을 원천까지 되짚어 올라갔고, 누가 어떤 영향을 끼쳐서 자신의 가정이 행복해졌는지 구분해보려고 했다. 해스켓이 평범했기 때문에 앨리스는 훌륭한 가정교육을 숭배하게 되었다. 반면 배릭이 부부관계를 자유분방하게 여겼기 때문에 앨리스는 부부 사이의 정조를 중시했다. 그러니까 전임자들 덕분에 웨이손이 아주 신이 나지는 않지만 편안히 살 수 있게 된 셈이었다.

이때부터 웨이손은 상황을 완전히 받아들이게 됐다. 시간이 흐르면서 그 얄궂은 상황이 아무렇지 않게 느껴졌고 조롱을 하려고 해도 가시가 다 사라져버려서 그만두었다. 복도 탁자에 해스켓의 모자가 놓인 것을 보아도 개의치 않았다. 모자는 자주 그곳에 놓였는데, 아이 아버지가 집으로 오는 편이 아이가 하숙집으로 찾아가는 것보다 나을 것 같아서였다. 이런 것을 다 묵인하고도 별로 달라진 것이 없어서 오히려 놀라울 지경이었다. 해스켓은 결코 주제넘게 나서는 법이 없어서, 방문객들이 계단에서 해스켓과 마주쳐도 그가 누군지 알지 못했다. 웨이손은 해스켓이 얼마나 자주 앨리스를 만나는지 몰랐지만 어쨌든 자신은 만나는 일이 드물었다.

그런데 어느 날 오후 집에 오니 릴리의 아버지가 자신을 기다리고 있다고 했다. 서재에 가보니 해스켓이 의자에 걸터앉아 있었다. 웨이손은 그나마 뒤로 푹 기대앉지 않아서 다행이라고 늘 생각했다.

"폐를 끼치게 됐습니다, 웨이손 씨." 해스켓이 일어서며 말했다. "릴리 일로 부인을 만나러 왔는데 하인이 부인이 올 때까지 여기서 기다리라고 하더군요."

"괜찮습니다." 웨이손이 말했다. 그날 아침 갑자기 물이 새서 배관공들이 응접실을 차지한 것을 떠올렸다.

웨이손은 담뱃갑을 열어 손님에게 내밀었고 해스킷이 담배를 받아 들자 둘의 관계에 새로운 국면이 시작되는 것 같았다. 그해 봄, 밤에는 쌀쌀해서 웨이손은 손님에게 의자를 난롯가로 당겨 앉으라고 권했다. 금세 서재를 나갈 것처럼 해스킷에게 인사를 했지만 피곤하고 추웠고, 무엇보다 이 작은 남자가 이제 별로 껄끄럽지 않았다.

두 사람이 뒤섞인 담배 연기 속에서 가까이 있을 때 문이 열리더니 배릭이 들어왔다. 웨이손이 벌떡 일어섰다. 배릭이 집에 온 것이 처음이라 놀라기도 했지만, 하필 해스킷이 있을 때 온 터라 아무리 감수성이 무뎌진 웨이손이라도 예민하게 받아들일 수밖에 없었다. 웨이손은 말 없이 배릭을 바라보았다.

배릭은 다른 데 정신이 팔려서 집주인이 당황한 것을 눈치채지 못했다.

"여어, 웨이손 씨." 그는 아주 친한 척하며 소리쳤다. "불쑥 와서 미안 하지만, 시내에서 만나자고 하기엔 너무 늦어서…"

해스킷을 본 배릭은 잠시 말을 멈추더니 그러잖아도 좋은 혈색이 더 붉어져 얼마 남지 않은 금발 아래로 붉은 기운이 확 번졌다. 하지만 금 세 진정하고 고개를 까딱했다. 해스킷도 잠자코 인사했다. 웨이손이 할 말을 찾아 머뭇거리고 있을 때 하인이 티테이블을 들고 왔다.

짜증 낼 데가 필요한데 때맞춰 하인이 들어온 것이었다. "도대체 왜 이걸 가지고 온 건가?" 웨이손이 큰 소리로 말했다.

"죄송하지만, 배관공들이 아직 응접실에 있어서 웨이손 부인이 서재로 차를 내온다고 하셨어요." 하인은 웨이손이 짜증 낼 만하다는 듯 아주 공손하게 대답했다.

"아, 아주 잘했어요." 웨이손이 어쩔 수 없다는 듯 말하자 하인이 접힌 티테이블을 펼치고 이것저것 복잡한 부속품들을 설치하기 시작했다. 지루한 작업이 계속되는 동안 세 남자는 가만히 서서 홀린 듯 그 과정을 지켜보았다. 마침내 웨이손이 침묵을 깨고 배릭에게 말했다. "담배 드릴까요?"

그는 좀 전에 해스켓에게 권했던 담뱃갑을 건넸고 배릭이 빙그레 웃으며 받아 들었다. 성냥을 찾지 못한 웨이손은 대신 자신의 담배를 내밀었다. 해스켓은 뒤쪽에 물러나 있다가 담뱃불을 살펴보고 재를 떨 때만 앞쪽으로 나왔다.

마침내 하인이 나가자 배릭이 바로 입을 열었다. "사업 이야기를 조금이라도 하고 싶은데요."

"그러시죠." 웨이손이 멈칫하고는 이렇게 말했다. "식당에서 하시지요."

웨이손이 문손잡이를 잡자 바깥에서 문이 열리더니 아내가 나타났다.

아내는 생글생글 미소를 지으며 들어왔다. 실외용 드레스와 모자 차림이었고 미리 벗어 든 목도리에서는 향기가 풍겨 나왔다.

"우리 여기서 차 마셔요, 여보." 아내가 말문을 열고 나서 배릭을 보았다. 미소가 사라지고 놀라서 살짝 떨었다. "어머나, 잘 지내시죠?" 아내가 들뜬 어조로 반갑게 인사했다.

부인은 배릭과 악수를 나누다가 뒤에 서 있는 해스켓을 보았다. 순간

입꼬리가 확 쳐졌다가 웨이손을 향해 거의 알아볼 수 없이 짧게 눈짓을 하며 입꼬리가 다시 올라갔다.

"안녕하세요, 해스켓 씨?" 부인은 약간 떨떠름하게 악수를 나누었다.

세 남자가 부인 앞에 어색하게 서 있었다. 항상 가장 침착한 배럭이 상황을 설명했다.

"우리가, 아니 내가 사업 때문에 웨이손을 보러 온 참입니다." 그가 더듬거리는데 뺨에서부터 목 뒤쪽까지 벽돌색으로 물들었다.

해스켓이 조용하고도 단호하게 앞으로 나왔다. "끼어들어서 죄송하지만 다섯 시에 약속을 하셨잖습니까."라며 벽난로 위 시계로 포기한 듯한 눈길을 던졌다.

부인은 남자들이 당황했든 아니든 환영한다는 듯 멋있게 양팔을 벌렸다.

"너무 죄송해요. 제가 늘 이렇게 늦어요. 그런데 날씨가 정말 좋군요." 부인이 장갑을 벗으며 달래는 듯 우아하게 서 있었다. 너무 편안하고 친근해 보여서 어색한 분위기가 사라져버렸다. 부인은 "일 이야기하시기 전에 다들 차 한 잔 하고 싶으실 것 같은데요?"라고 명랑하게 덧붙였다.

부인이 티테이블 옆 낮은 의자에 앉았고 두 명의 손님은 부인의 미소에 끌려 나온 듯 앞으로 나와 부인이 내미는 잔을 받아 들었다.

부인이 웨이손에게 곁눈질을 하자 웨이손이 웃으며 세 번째 잔을 받았다.

시대가 다르면

리드코트 부인은 바다 저편 멀리 뉴욕의 거대한 형체가 위협적으로 드러나자 갑판 구석자리로 물러나 이유 모를 두려움에 떨며, 앞으로 나아가는 선박의 스크루 소리에 가만히 귀를 기울였다.

처음 여행을 시작했을 때는 배가 아주 조용해서 '사색하기 좋은' 분위기라고 생각했지만, 바다 위에서 일주일을 보내고 보니 오히려 생각할 시간이 많아서 과거를 너무 오랫동안 되돌아보게 되었다.

부인은 혼자 있을 때면 과거에 사로잡히곤 했다. 과거에서 벗어날 수도 없었고 이제는 벗어나고 싶지도 않았다. 고국을 떠나 있는 오랜 시간 동안 과거와 타협했고, 과거가 늘 거대하게 앞을 가로막고 방해하며 미래에 나타날 어떤 것보다 더 크고 위압적이라는 사실을 알게 되었다. 어쨌든 그렇게 과거를 확인하고 이해했으며 어떤 존재인지 인정하는 법을 배웠다. 병에 걸린 가족 구성원에게 그러듯 과거를 차단하고 관리하고 막을 수 있게 되었다.

과거를 잊으려야 잊을 수 없었다. 과거는 아는 사람의 얼굴을 하고 늘 지켜보고 있었고, "그래요, '그' 리드코트 부인이요, 모르세요?" 같은 말을 들은 낯선 사람들의 눈에서 툭 튀어나왔다. 과거는 여행 첫날 선장의 식사 자리에서부터 식당을 가로질러 부인에게 덤벼들었다. 선장과 함께 있던 로린 보울거 부인의 안경 쓴 눈이 주위를 둘러보다가 멈추더니 앞이 보이지 않는다는 듯 멍해졌다. 그러니 다음날 선장이 리드코트 부인에게 이렇게 물어볼 수밖에 없었다. "보울거 대사 부인을 아시지 않나요?" 리드코트 부인은 이렇게 대답했다. "아뇨, 몰라요." 부인은 거의 피렌체에만 있어서 보울거 부부가 이탈리아 대사로 온 이후에는 하루 이상 로마에 있었던 적이 없다고 했다. 그런 질문에 너무도 익숙해서 대답이 매번 술술 나왔다. 그러자 선장이 바로 말을 돌렸다.

그랬다. 부인은 대체로 과거에 그다지 신경을 쓰지 않았다. 이미 익숙했고 당연하게 여겼기 때문이다. 확실한 것은, 부인의 인생에서 과거란 어디를 가든 피하고 마주치지 않게 우회해야 하는 존재라는 사실이었다. 하지만 이탈리아에서 부인을 떠나게 한 불행한 사건 때문에, 그러니까 딸이 호러스 퍼시와 이혼하고 윌버 바클리와 재혼한다는 소식을 듣고 나니, 부인의 비참하고 딱한 과거, 부인을 비난의 눈길로 쏘아보던 그 과거가 병 걸린 친척 같아졌다. 그 환자는 별안간 간호사와 보호자를 뿌리치고 나와서 부인이 그 긴 세월 동안 끈질기게 차단하고 막아온 끔찍하고 고통스러운 일을 대놓고 떠벌리려 하고 있었다.

아니, 사실 그 소식이 전해진 다음, 과거는 이미 부인 앞에 와 서 있었다. 인도에서 라일라의 편지를 덜컥 받고 돌아오는 끝나지 않을 것처럼 긴 여정을 거쳐, 허둥지둥 자신의 피렌체 아파트에 들러 다시 떠나기 위해 짐을 챙기는 몇 주 내내, 과거가 부인을 향해 새로운 악의를 품고 활짝 웃으며 서 있었다. "깜짝 놀랐지? 하지만 이제부터 또 나를 봐야 해. 내가 당신의 과거일 뿐만 아니라 라일라의 현재니까."라고 말하는 듯했다.

부인의 인생을 딸의 현재에 갖다 붙이는 것이 최고의 풍자 방법인 것은 틀림없었다. 리드코트 부인은 자신이 라일라에게 다른 식으로는 결코 도움이 안 되겠지만 적어도 경고의 역할은 하게 될 것이라고 다소 비장하게 생각해왔다. 그래서 심지어 변명도 꾹 참고, 자신의 상황을 극복하려 하지도 않았으며, 참작이 될 만한 일을 변명의 근거로 내세우지도 않았다. 라일라가 감정적으로 엄마 편을 들다가 자기 인생을 망치게 될까봐서였다. 그런데 이제 바로 그런 일이 터지고 말았고, 리드코트 부인의 귀에 뉴욕 전체가 입을 모아 이렇게 말하는 것이 들리는 듯했다. "그럼 그렇지. 라일라는 자기 엄마랑 아주 똑같이 했네. 그런 본을 보고 뭘 배웠겠어?"

부인이 본이었다면 아주 무시무시한 본이었을 것이다. 부인은 부추기는 역할을 하는 100명의 허물 없는 엄마들보다 말리는 역할을 하는 자신이 훨씬 더 도움이 될 것이라고 생각했다. 지난 18년 동안 부인의 삶이 어떤지 보았다면 그런 끔찍한 일을 감히 되풀이할 수 없을 것이니까 말이다.

하지만 이런 일에서 논리는 중요하지 않았다. 본보기가 어떤지도 상관없었다. 핏속에 같은 감정이 흐르는 것 말고는 아무것도 중요하지 않았을지도 모른다. 그리고 그것이야말로 부인이 딸에게 물려준 숨은 유산이었다. 라일라가 일부러 어머니를 따라 한 것이 아니었다. 그저 어머니를 '닮았을 뿐'이었고 어머니가 젊은 시절 품었던 반항심이 튀어나온 것뿐이었다.

리드코트 부인은 처음에 배에 오를 때 유토피아 호가 너무 느려서 불행에 빠진 딸에게 가는 데 꼬박 8일이나 걸린다는 말을 듣고 속이 터졌다. 그러나 이제 재회의 순간이 다가오자 배를 돌려 드넓은 바다로 돌아가고 싶을 지경이었다. 뉴욕에서 기다리고 있는 일에 준비가 전혀 안 돼 있기도 했지만, 유토피아 호에서 겪은 일을 감당하는 데 시간이 더 필요해서이기도 했다. 과거가 충분히 나빴는데 현재와 미래는 더했다. 부인에게 현재와 미래는 이해하기가 더 힘들고, 나이가 들수록 확실한 최악의 일보다 의외의 엉뚱한 일이 더 힘들어졌으니까.

그 예로 보울거 부인이 있었다. 새로운 시대라는 것을 고려하면 보울거 부인이 리드코트 부인을 일부러 모른 체한 것이 아니라 그냥 못 알아본 것일 수도 있었다. 리드코트 부인은 갑판에서 옆에 앉은 사람들의 이야기를 듣고 그럴 수도 있겠다고 생각했다. 머리 위에는 파리의 최신 유행 모자를 쓰고 머릿속에는 뉴욕의 최신 사고방식이 든 발랄한 젊은 여성 둘이었다. 부인처럼 구식인 사람들은, 이 여성들이 결혼을 했는지 안했는지, '멋진'지 '흉측한'지, 또 그 또래, 그 부류의 젊은 여성들이 흔히 그런지 알 수가 없었지만, 어쨌든 이들은 뉴욕이라는 세상을 잘 아는 것 같았다. 그리고 리드코트 부인의 전통적 시각으로 보자면 이 여성들은 뉴욕에서 상당한 지위에 있는 듯했다. 하지만 확실한 것이 없는 현대 사회에서 여자들의 모자가 알려주는 것 말고 달리 알 수 있는 게 뭐가 있겠는가? 다음에 어떤 모자가 유행일지 모른다는 사실 말고는 말이다.

어쨌든 그 여성들은 리드코트 부인의 딸이나 딸 친구들과 똑같은 표현을 썼고, 똑같은 인물을 중심으로 돌아가는 한가하고 부유한 무리를 자주 만나는 듯했다. 그 여자들이 들먹이는 코라, 매티, 메이블은 성까지 들어보면 잘 아는 집안 사람들일 것 같았다. 그리고 한 여자가, 리드코트 부인이 처음부터 듣지 못한 어떤 이야기를 끝맺으며 너무도 확신하는 듯 이렇게 말했다. "라일라? 그럼, 라일라는 괜찮지."

그게 내 딸 라일라일까? 부인은 궁금해서 미칠 것 같았다. 성을 말해주면 좋겠는데! 하지만 여자들의 이야기는 이 이야기에서 저 이야기로 알아들을 수 없게 건너뛰었고 채 마무리되지 않은 문장들은 추측이라는 바닥 모를 구덩이 위에서 달랑거리고 있었다. 어리둥절해서 듣고 있자면 친한 친구라기보다는 모두가 잘 아는 사람에 관한 이야기 같기도 했다.

오랜 친구 프랭클린 아이드라면 알려줄 수 있을 것 같았다. 하지만 벌써 여행의 마지막 날이기도 했고, 아직 물어볼 용기가 없기도 했다. 승객 명단에서 아이드의 이름을 발견하고 셰르부르항 고물 난간에 선 인파 속에서 그 낯익은 수염 난 얼굴을 보았을 때 너무도 반가웠지만 정작 만났을 때 부인은 그냥 이렇게만 말했다. "당연히 라일라를 보러 가는 거죠."

　부인이 프랭클린 아이드에게 아무 말도 안 한 것은 늘 아이드에게 마음을 터놓기가 본능적으로 꺼려졌기 때문이다. 아이드가 자신을 불쌍하게 여길 것이 뻔했다. 아마 다른 누구보다도 더 짠하게 여길 것이었다. 그러면서도 항상 딱한 마음을 안 내보이려고 엄청 애를 썼다. 그런 태도를 보면 동정심만은 아닌 것 같았다. 부인은 아이드와의 관계만은 자신의 처지와 상관없이 유지되어서 좋았고, 아이드와 있으면 다른 여자들처럼 생각하고 느끼고 행동할 수 있어서 좋았다.

　하지만 이제 문제의 그 뉴욕이 점점 가까워지자 아이드에게 말을 안 했던 것이 후회되기 시작했다. 하다못해 배에서 들은 얘기라도 물어볼걸 하는 생각이 들었다. 아이드는 부인 옆에 앉았던 두 여자를 몰랐고 로린 보울거 부인도 전혀 몰랐다. 하지만 뉴욕을 알고 있었다. 뉴욕은 부인에게 답을 말하지 못하면 죽어야 하는 수수께끼를 낸 스핑크스였다.

　그런 생각이 거의 끝나갈 무렵 아이드의 꾸부정한 어깨와 희끗희끗한 머리가 눈부신 석양 속에서 툭 튀어나오더니 텅 빈 갑판을 천천히 걸어와 부인 옆자리에 앉았다.

　"바클리 부부를 만날 생각인 거죠?" 아이드가 물었다.

　다른 사람의 입에서 딸의 새로운 성이 발음되는 것을 처음 들었다. 수줍음 많고 어눌한 이 친구는 벼르다가 마침내 말을 꺼낸 것 같았다. 아이드는 이때가 아니면 영영 못 할 거라 생각했을 것이다.

　"모르죠. 전보는 보내놓았는데. 하지만 라일라가, 아니 걔네 부부가 바클리 집에 있기는 할 거예요."

"그렇죠. 바클리 집에. 그럴 거예요. 레녹스 근처였죠? 그럼 부인을 만나러 시내로 오겠죠."

아이드가 자연스럽게 아무렇지 않은 듯 말하자 부인의 긴장이 풀렸다. 그래서 자기도 모르게 불쑥 이렇게 털어놓고 말았다. "라일라는 사람들을 만나고 싶지 않을 거예요."

아이드는 그 근시안으로, 천천히 소리 없이 흐르는 바다를 멍하게 바라보더니 자리에 그대로 앉은 채 몸을 돌려 친구를 바라보았다.

"누가? 라일라가요?" 아이드는 말도 안 된다는 듯이 웃었다.

리드코트 부인의 얼굴이 세어가는 머리 밑까지 붉어졌다가 점차 제색을 되찾았다. "나는 사람들에게 익숙해지는 데 오래 걸렸어요." 부인이 말했다.

친구의 눈빛이 점점 따스해졌다. "곧 알게 되겠지만"이라며 말을 멈추더니 곧 다시 이었다. "이제 세상이 달라졌어요. 아주 편해졌죠."

"나도 그게 궁금해요. 배가 출발한 다음에 내내 궁금했어요." 부인은 털어놓아야겠다고 결심했다. 그래서 서로 팔이 닿을 정도로 가까이 다가앉아 목소리를 확 낮추었다. "있잖아요, 그 모든 일이 나한테는 눈 깜짝할 사이에 일어났어요. 내가 인도랑 시암에 오래 가 있느라 편지들을 제때 못 받았던 거예요. 게다가 라일라는 나한테 일부러 미리 말을 안 했어요. 내가 걱정할까봐. 당연히 내가 얼마나 놀랄지 알았을 테니까. 내가 자기한테 바로 달려가서 뜯어말릴 거라고 생각했겠죠. 그래서 전혀 내색도 안 했고 수지 서편의 입도 막았어요. 수지 알죠? 집안에서 일어나는 일을 나한테 계속 알려주는 사촌동생 말이에요. 라일라가 어떻게 해서 수지가 나한테 말을 못 하게 했는지는 지금도 모르겠지만 말이죠. 그러다가 방콕에서 첫 편지를 받았는데 그냥 그 일이 다 끝났다는 거예요. 이혼 말이에요. 그리고 그 바로 다음날 라일라가 결혼한다고요. 흠, 기다려보고 말고 할 필요도 없었던 것 같아요. 그 사람이 할 수 있는 한 잘 해왔고, 계속 라일라와 결혼하고 싶어했던 거겠죠."

"누가요? 바클리가?" 아이드가 부인에게 물었다. "당연하죠! 왜 기다려보고 말고 하겠어요." 아이드가 잠시 말을 멈추었다. "바클리가 라일라를 아주 많이 사랑해줄 거예요, 확실해요."

"아, 그렇죠. 그럴 거라고 믿어요. 바클리가 나한테 편지를 정말 잘 썼더라고요. 하지만 그건 남자의 애정에 끔찍한 부담이잖아요. 라일라가 알고 있을지…"

아이드가 작은 소리로 푸근하게 웃었다. "모르는 건 부인 같은데요. 라일라 부부는 괜찮아요."

옆자리 젊은 여성들이 '라일라' 아무개에 대해 했던 것과 똑같은 말이었다. 아이드의 입을 통해 그 말을 다시 듣자 리드코트 부인은 새삼 힘이 나서 얼굴이 붉어졌다.

"그게 무슨 뜻이에요? 내 옆에 앉아 있던 멋진 모자를 쓴 젊은 여자들도 똑같은 말을 했거든요."

"그래요? 라일라에 대해서요?"

"라일라 아무개에 대해서였는데, 난 그게 우리 라일라 같아요. 그리고 사교계 이야기도 했어요. 그 여자들 친구가 전부 이혼한 거 같았어요. 몇몇은 판결이 나오기도 전에 약혼을 공표했고, 그중에 한 여자 이름이 메이블이라던데 여하튼 내가 들은 바로는, 메이블 남편은 메이블이 새 약혼반지를 끼고 있는 걸 보고 자신과 이혼하려 한다는 걸 알게 됐대요."

"그런데 부인은 라일라는, 프랑스인들이 말하듯, 전부 '격식대로' 했다는 걸 알잖아요." 아이드가 끼어들었다.

"그렇긴 하지만, 그 여자들이 사교계 사람들일까요? 내 옆자리 여자들이 말하던 사람들 말이에요."

아이드는 어깨를 으쓱했다. "요즘 사교계는 경계를 정하려면 중재 위원회 위원이 아주 많아야 할걸요. 여하튼 그 여자들은 뉴욕에 살잖아요. 부인은 분명 안 살고요. 부인은 아주 멀리 떨어져 있잖아요."

"나, 라일라 보러 여러 번 갔었어요." 부인이 머뭇거리며 친구에게서 눈길을 거두었다. 그런 뒤 천천히 말을 이었다. "그런데 전혀 달라진 게, 내 경우에는 전혀 달라진 게 없던데요."

"그럴 리가요." 아이드가 절대 아니라는 듯 말했고, 부인은 자신이 너무 많은 이야기를 한 게 아닐까 걱정되었다. 그렇다고 이제 와서 입을 다물어도 소용이 없었다. 부인은 어떻게 해서든 자신과 라일라의 상황을 알아야 했다. "보울거 부인이 아직도 나를 모른 체해요." 부인이 황당하다는 듯 웃으며 말을 이었다.

"정말이에요? 부인이 보울거 부인을 모른 체한 적이 있었겠죠. 지금 아니라도 예전에 언젠가 말이에요. 만약 부인이 먼저 모른 체한 게 아니라면 정말 부인을 못 본 거예요. 그런 오해로 다툼이 자주 일어나는 걸 알잖아요."

그 말을 듣고 리드코트 부인은 현실을 새롭게 인식하게 되었다. "그런데 퍼시 가문은 너무 세잖아요! 사람도 아주 많고 다들 서로서로 돕고요. 내 남편 집안처럼 말이에요. 난 하나의 가문이 있다는 게 어떤 건지 잘 알아요. 개별적으로 친구가 아무리 많아도 가문 하나가 더 강해요. 퍼시 집안은 라일라가 호러스와 헤어진 걸 절대 용서 안 할 거예요. 그 있잖아요, 사돈 부인이 라일라랑 결혼하는 걸 반대했었어요. 바로 나 때문에 말이에요. 애들이 신혼여행차 유럽에 왔을 때 라일라한테 나를 만나지 않겠다는 약속을 받았대요. 그러니 이젠 라일라가 나를 닮아서 그런 거라고 하겠죠."

부인의 친구가 수염을 만지작거리면서 잠시 생각에 잠겼다. 그러고는 불쑥 이렇게 물었다. "부인이 간다고 편지했을 때 라일라가 뭐라고 답장했어요?"

"올 필요 없다고 했죠. 하지만 나는 가는 게 낫다고 생각하고요. 필요가 있는지 없는지 확인해보는 방법은 내가 가는 것밖에 없으니까요."

"그래요, 라일라가 퍼시 가문을 두려워하지 않는다는 걸 확인하는 방법이기도 하고요."

부인은 기억이 되살아나는 듯 긴 한숨을 쉬었다. "휴우, 처음에만 그런 거죠. 사람이란 결코…"

아이드가 무슨 말인지 알아듣고 위로의 뜻으로 부인의 손을 잡았다. "일단 가서 봐요. 가서."

갑판에 긴 그림자가 다가왔다. 승무원이 무선 전보를 전하기 위해 앞에 서 있었다.

"아, 답이 왔군요." 부인이 외쳤다.

부인이 전보를 뜯어보더니 말없이 전보를 다리 위에 놓고 그 위에 손을 올려놓았다.

"괜찮아요?" 아이드가 묻자 부인이 고개를 들었다.

"그럼요, 괜찮고말고요. 라일라가 못 온대요. 대신 수지 서편을 보낸다네요. 수지가 다 설명해줄 거래요." 부인이 다시 입을 다물더니 갑자기 억울한 듯 내뱉었다. "내가 설명해달라고 했냐고요!"

부인에게 아이드의 망설이는 눈길이 느껴졌다. "라일라는 시골집에 가 있나요?"

"예, 그래요. '결국 못 가게 됨. 보고 싶어요. 사랑해. 엄마.' 이 딱한 것이 자기 뜻대로 못 한 거 알겠죠?"

"아니요. 난 모르겠는데." 아이드가 잠시 뜸을 들였다. "바로 라일라한테 갈 생각이에요?"

"오늘 저녁엔 너무 늦어서 기차를 못 탈 거예요. 내일 아침에 첫차를 타야죠." 부인이 잠시 생각에 잠겼다. "그게 더 나을 거 같긴 해요. 우선 수지랑 이야기를 좀 해야죠. 부두에서 만나 바로 호텔로 데려갈 거예요."

부인이 이렇게 계획을 세우고 있을 때 아이드는 그대로 생각에 잠긴 채, 엄숙에 가까운 표정으로 부인을 보고 있었다. 부인이 말을 멈추자 아이드가 잠시 가만히 있었다. 그러고는 정중함을 담아 이렇게 말했다. "서편 양과 이야기가 너무 늦게까지 이어지지 않는다면 내가 부인을 만나러 가도 될까요? 괜찮다면, 내가 클럽에서 저녁을 먹고 나서 열 시쯤에 들를게요. 난 내일 아침에 일 때문에 시카고에 가야 하는데 가기 전에 부인이 사촌 이야기를 듣고 안심이 됐는지 확인하고 싶어서 그래요."

아이드가 수줍어하면서도 찬찬히 말했다. 정신이 없는 리드코트에게도 아이드가 오래 억눌러온 감정이 느껴졌다. 둘 사이 침묵의 장벽을 깨고 나니 감정이 갑작스레 표출된 것 같았다. 아이드의 말투가 묘하게 부인을 감동시켰고 두려움이라는 단단한 압박을 느슨하게 풀었다.

"아, 그래요. 오세요. 와도 돼요." 부인이 일어서며 말했다. 뉴욕이라는 엄청난 위협의 존재가 이제 바로 눈앞에 있었다. 총안*이 있는 긴 석벽 아래에서, 작은 알갱이 같은 생명체를 실은 넓은 갑판이 왜소해 보였다. 그 알갱이 중 하나가 부인의 하녀 형체를 띠었고 그 뒤로 짐을 잔뜩 진 승무원들이 따랐다. 그 형체가 서서히 다가오더니 내려갈 시간이 됐다고 알렸다. 주갑판으로 내려갔을 때, 리드코트 부인이 인파에 휩쓸려 로린 보울거 부인과 어깨를 부딪혔는데, 대사 부인이 파도처럼 넘실대는 모자들 너머로 누군가에게 이렇게 외치고 있었다. "너무 미안해요!

---

* 몸을 숨긴 채 총을 쏘기 위해 성벽, 보루 등에 뚫어놓은 구멍─옮긴이

144

가고 싶었는데 일요일에 레녹스에서 친구들이랑 약속이 있어서요."

2

수지 서편의 설명은 열 시가 넘어서야 끝났다. 그런 다음 바로 프랭클린 아이드가 뉴욕의 오랜 전통에 따라 장미꽃이 담긴 기다랗고 하얀 상자를 앞세운 채 호텔 응접실에 들어섰다.

아이드는 부끄러운 듯하면서도 약간 장난스러운 미소를 머금은 채 앞으로 다가서서 부인의 손을 잡고 잠자코 바라보았다.

"괜찮군요." 아이드가 말했다.

리드코트 부인도 미소로 답했다. "아주 좋아요. 모든 게 다 변했어요. 수지조차도 달라졌어요. 아이드 씨도 수지가 얼마나 과거 뉴욕의 전형이었는지 알죠. 옛날의 뉴욕은 하나도 안 남은 거 같아요. 수지가 너무 의외의 말을 하더라고요. 퍼시 가문 욕을 하지 뭐예요. 나한테, 이 리드코트 부인한테, 모든 여성이 행복할 권리가 있고 자기 표현은 가장 숭고한 일이라고 했어요. 내가 라일라를 잘못 생각하고 있다고. 내 사고방식이 진부하다나 뭐라나! 자기가 비밀을 잘 지켜준 것에 대해 자부심에 꽉 차 있고, 윌버 바클리가 준 브로치를 달고 있더라고요!"

프랭클린 아이드가 전기 샹들리에 아래 부인이 내어준 안락의자에 앉았다. 그러고는 머리를 뒤로 젖히고 웃었다. "내가 그렇다고 했잖아요."

"그러게 말이에요. 하지만 수지 말을 다 믿을 수가 있어야죠. 수지는 논점을 자꾸 놓치곤 하잖아요. 그리고 수지는 나를 편들어왔으니까 라일라도 편드는 걸 거예요."

"하지만 수지가 부인을 위해서 대놓고 저항하고 그러지 않았잖아요? 리드코트 가문도 무시하지 않았고 말이죠."

리드코트 부인은 여전히 미소를 머금은 채 고개를 가로저었다. "안 그랬죠. 하지만 제 친정에 대드는 걸로 충분했어요. 수지가 나를 만나는 걸 제 친정에서 어떻게 참아주나 했는데 수지가 나를 만나고 나면 매번 거의 병균 취급을 당했대요. 처음엔 올케가 수지랑 밥 먹을 땐 자기 딸들을 못 내려오게 했던 거 같아요."

"그랬군요. 수지가 지금 보여주는 태도가 시대가 바뀌었다는 최고의 증거인 셈이군요."

"그래요, 정말." 리드코트가 소파에서 몸을 앞으로 기울이고 아이드의 마르고 다정한 얼굴에 눈길을 고정했다. 부인의 눈이 눈물로 희미하게 빛났다. "정말 그렇다면 너무 근사한 일이에요. 수지 말로는 라일라가 너무 행복하대요. 마치 천사가 무덤 돌을 들어내주어서 묻혔던 사람들이 다시 걸어 나오고, 산 사람들이 그 사람들을 무서워하지 않게 된 것과 같잖아요."

"그렇군요." 아이드가 맞장구를 쳤다.

부인이 길게 숨을 내쉬고 아이드에게서 눈길을 돌렸다. 옆 창문 밖으로 멀리 가로등이 늘어선 거리 풍경이 보였다.

"난 부인이 얼마나 행복한지 알겠어요." 아이드가 마침내 입을 열었다.

부인이 몸을 홱 돌렸다. "그래요, 그래. 난 행복해요. 하지만 외롭기도 하네요. 어느 때보다 더요. 나는 예전에도 세상에서 큰 자리를 차지하지 않았어요. 그런데 지금은, 내 자리는 어디에 있죠? 휴, 이왕 고백을 시작했으니 계속해도 되겠지요? 이런 이야기를 아이드 씨에게 하는 건, 나한테서 무덤 돌을 들어내는 것과 같은 일이에요! 전에는 라일라가 나를 필요로 했잖아요. 그 아이는 불행했고, 그건 내가 잘 알죠. 서로 그런 얘기를 나눠본 적은 없지만 어느 정도, 내가 자기와 같은 일을 겪은 적이 있고 그 바닥까지 내려갔다는 생각이 라일라에게 도움이 된다고 생각해요. 그리고 라일라가 나를 필요로 하는 게 나한테도 도움이 됐어요. 그 아이 결혼 소식을 듣고 처음에, 이제 전보다 내가 더 필요할 거고 라일라가 의지할 데는 나밖에 없겠구나 생각했죠. 그래요, 너무 고통스러웠지만 그 가운데에서 기쁨이 짜릿하게 느껴졌죠. 내가 곁에 있어주어야 하는 사람이 다시 생겼다는 느낌, 아주 새롭고 근사했어요! 그러니 아이드 씨랑 수지가 하는 말이, 나한테서 라일라를 빼앗아 가는 것처럼 들려요. 처음엔 그런 느낌밖에 안 들었어요."

"물론 그럴 수 있죠." 아이드가 부인을 유심히 바라보았다. "라일라가 왜 부인을 마중 나오지 않았죠?"

"그건 정말 내 탓이에요. 내가 유토피아 호를 탈지 안 탈지 확실치 않다고 전보를 보내기도 했고, 두 번째 전보는 지연된 거 같아요. 그러니까 라일라가 그 전보를 받았을 땐 이미 사람들을 일요일에 집으로 초대하고 난 뒤였던 거죠. 수지 말로는 예전 친구 한두 명이 올 거라더라고요. 친구들이 바로 초대에 응했다니 너무 다행이지 뭐예요. 나야 뭐, 라일라와 단둘이 있는 게 더 좋지만 말이에요."

"아직도 거기 갈 생각이군요?"

"아, 가야죠. 수지가 일요일에 나를 리지필드로 데려가고 싶다고 하는데, 라일라는 가고 싶으면 당연히 가고 전갈을 보냈어요. 자기는 괜찮다곤 했지만 내가 안 가면 얼마나 실망하겠어요. 수지 말로는 거기 사람들이 있으면 내가 불편할까봐 라일라가 걱정한다고, 내가 싫으면 안 가도 된다고 했다더군요. 하지만 그 친구들이 싫어하지 않는다면 내가 가도 되는 거잖아요? 그리고 그 친구들이 라일라한테 가겠다고 했다는 건 당연히…"

"물론이죠. 그렇게 생각한다니 다행이에요." 프랭클린 아이드가 갑자기 큰 소리로 말했다. 그런 다음 일어서서 부인에게 다가가더니 손을 덥석 잡았다. 그는 "할 말이 좀 있습니다."라며 말을 시작했다.

다음 날 아침, 기차에 앉은 리드코트 부인의 머릿속에 수많은 생각이 들끓고 있었는데, 그 아래에 프랭클린 아이드가 말하고자 했던 것이 따스하게 흐르고 있었다.

아이드가 전에도 한 번 그런 말을 하고 싶어 했던 것을 부인은 알고 있었다. 약 8년 전 비 내리는 늦가을, 아이드와 부인은 스위스의 적막한 호텔에서 우연히 만나 2주일 동안 아주 가까워졌다. 함께 걷고 이야기를 나누고 책과 신문을 교환해 읽었으며, 소나무로 지어진 부인의 응접실 난롯가에서 길고 스산한 저녁 시간을 함께 보냈다. 부인은 아이드와 함께 있는 것이 이상할 정도로 편안해서, 단단하게 얼어붙은 마음속 응어리가 녹아버렸다. 부인은 아이드가 떠나면 못 견디게 슬플 것 같았다. 그런데 마지막에 아이드는 특유의 에두른 표현으로 부인이 원하면 곁에 머물겠다고 제안했다. 부인은 그 생각을 하며 잠 못 이루던 밤이 아직도 생생했다. 아이드가 그렇게 잘 해주었는데 그런 희생까지 바랄 수는 없었다. 하지만 어떻게 설득해야 할지 알 수가 없었다. 자신이 별 감정도 못 느끼고 아이드도 별로 안 좋아한다고 생각할까봐 걱정이었다. 그 넓은 사랑에 진심으로 보답하고 싶었다. 하지만 어떻게 해야 자신의 마음을 알리면서 그 제안을 거절할 수 있을까? 그 제안을 받았을 때 부인의 입가에 맴돌던 대답을 어떻게 할 수 있을까? "제가 한 남자에게 어떤 영향을 주었는지 알고 있어요. 그러니까 절대 또 다른 사람에게 그럴 수는 없어요." 부인의 과거에 대해 일부러 모른 척했기 때문에 둘의 우정이 유지되었는데, 갑자기 그것도 하필 아이드에게 연극 속의 죄 지은 여자처럼 고백을 할 수는 없었다. 하지만 결국 어찌어찌 털어놓았다. 직접적인 설명은 피하면서 자신의 인생은 사실상 끝났음을 이해하도록 했다. 그러니까 자신이 딸만을 위해 존재하며, 더 다가오면 자신을 배려하지 않는 것이란 뜻을 전했다. 부인은 너무도 당연히 자신의 인생이 정말 끝났다고 생각했으니까! 어쨌든 아이드가 부인의 말뜻을 이해해서 서로 감정의 소모를 피할 수 있었다. 그다음 해에 아이드가 피렌체로 부인을 찾아갔을 때는 예전처럼 다시 친구로 만났다. 이후 계속 가깝게 지냈다.

그런데 전혀 예상도 못한 이때 아이드가 갑자기 다시 제안을 했다. 이번에는 직접적으로 말을 해서 부인이 회피할 수가 없었다. 오래전에 했던 제안을 이제 와 다시 하는 것은, 그 당시 거절의 이유가 이제 더 이상 존재하지 않기 때문이라고 했다.

"라일라가 행복하다고 하셨죠. 라일라가 행복하다면 이제 더 이상 부인이 필요 없는 거지요. 이전과 같은 식으로는 필요하지 않다는 겁니다. 부인은 라일라가 부르면 언제든 달려가려고, 또 위안이 필요하면 언제든 기대도록, 라일라에게서 멀리 떠나지 않으려고 했습니다. 나는 그걸 이해했고 존중했어요. 내 뜻을 밀어붙여도 소용없다는 걸 알았기에 그러지 않았고요. 라일라가 불행하면 부인이 나와 함께해도 마음껏 행복을 누릴 수 없다는 걸, 그리고 자유로워지지도 못할 거란 걸 너무도 잘 알았습니다. 하지만 나는 그때도 부인과 다르게 생각했어요. 이곳 분위기가 어떻게 흘러갈지 더 잘 알고 있었기 때문이죠. 하지만 10년 전에는 그렇게 크게 변화하지 않은 상태여서, 미래에는 달라질 것이라고 부인을 확신시킬 방법이 없었습니다. 하지만 라일라는 자기 인생이 끝났다고 생각하지 않을 거라 늘 믿었고, 그래서 우리의 인생도 안 끝났다고 생각하기로 했습니다. 어쨌든 부인이 라일라를 만나서 수지 서편이 말해준 변화를 부인 눈으로 직접 확인할 때까지 나는 계속 그렇게 생각하겠습니다."

3

시골까지 비행기를 타고 가는 네 시간 내내 수지 서편이 이야기를 하고 또 했고, 그동안 리드코트 부인의 머리에선 아이드가 한 말이 떠나지 않았다. 아직 그 말에서 느낀 것이 자신의 운명에 어떤 영향을 줄지 알 수 없었지만, 너무도 많은 낯선 인상들이 뒤죽박죽인 상태에서 그 말에 생각을 집중할 수 있었고, 아이드가 자기 생각을 말해준 것이, 그리고 하필 이 특별한 순간에 말해준 것이 대단히 기뻤다. 서편이 쏟아낸 모르는 이름들과 새로운 구분 기준들 가운데에서 아이드가 해준 그 말이 스스로를 지키는 데 도움이 되었다.

서편 양의 이야기는 점점 더 놀라워졌다. 서편 양은 마치 처음 온 여행객이 경이로운 광경을 보기 전에 미리 마음의 준비를 시키려는 여행 가이드 같았다.

"언니는 라일라를 몰라. 라일라는 진주 목걸이를 다시 세팅했어. 사전트 씨한테 초상화를 그리게 할 거고. 아, 맞다, 라일라가 일요일에 언니가 조금 비좁게 있어도 양해하길 바란다고 한 말을 전해주려고 했는데. 그 집이 월버의 부친이 지은 거잖아, 알지? 그래서 좀 구식이야. 남는 방이 열 개밖에 없어. 당연히 그 부부한텐 좁지. 라일라가 언니한테 새 집 계획을 알려줄 거야. 라일라 부부는 그 건물을 부속사처럼 남겨둘 거래. 라일라가 전해달라고 했어. 언니한테 바로 응접실 딸린 방을 못 내주는 게 너무 미안하대. 걔네는 내년 겨울에 이집트로 갈 생각이야. 아, 물론 월버가 임명되지 않으면 말이지. 어머, 라일라가 언니한테 편지로 이야기 안 했어? 있잖아, 윌버가 본에 가고 싶어 하잖아. 2급 서기 관직으로 말이야. 아, 아냐, 영국이 낫댔어. 하지만 라일리가 외국에 가게 되면 언니랑 가까이 살아야 한다고 우겼어. 당연히 라일라 말이 법이잖아. 그 부부는 윌버가 꼭 서기관이 되면 좋겠다고 해. 호러스의 삼촌이 의회에 있는 거 알지? 부서기관이잖아. 그러니까 아주 든든한 연줄이라고…"

"호러스 삼촌? 윌버 삼촌 아니고?" 리드코트가 끼어들었다. 수다스럽게 막 떠벌리던 서편은 잠깐 말문이 막혔다.

"윌버 삼촌 아니냐고? 아니, 호러스 삼촌. 호러스랑은 나쁜 감정은 진짜 없어. 호러스의 약혼이 발표되고 난 다음에는 말이야. 호러스 약혼한 거 몰랐구나? 호러스가 비숍 소버리 딸이랑 재혼하잖아. 모르는 사람이 없는 그 소설, 『나의 이 육신』 작가의 빨강머리 딸 말이야. 대성당에서 식을 올린다던데. 당연히 호러스는 그럴 수 있지. 그게 라일라가 먼저… 아니, 내가 말했잖아. 악감정은 전혀 없다고. 그러니까 호러스가 직접 윌버에 대한 편지를 써서 삼촌한테 보냈어."

리드코트 부인은 어제 유토피아 호 갑판에서 아이드에게 했던 말이 떠올랐다. "나는 예전에도 세상에서 큰 자리를 차지하지 않았어요. 그런데 지금은, 내 자리는 어디에 있죠?" 너무도 복잡하고 뒤죽박죽이고, 급격하게 변화해서 허둥거리며 적응해야 하고, 전혀 다른 관용과 무관심, 수용을 배워야 하는 이곳에, 더 느리고 더 진지한 삶에 익숙한 사람과 가차 없는 압박에 짓눌려 망가진 인생을 위한 공간이 있는 걸까? 별안간 그 혼돈이 새로운 각도에서 보였다. 질서가 공허해지는 것 같았다. 만약 지금의 삶이 과거의 삶과 다르다면 내 삶도 달라지겠지. 나도 더 대담하고 더 자유로운 조화에 따라 작동하는 새로운 패턴 속 작은 조각이며 보편적인 변화의 일부니까. 딸이 어떠한 불이익도 당하지 않는다면 나 자신도 똑같은 행운을 누릴 수 있지 않을까? 제대로 누리지도 못했는데 젊음과 즐거움은 이미 사라진 뒤였다. 하지만 다시 행복을 쌓아올릴 시간이 아직 충분하지 않은가? 이것이 바로 프랭클린 아이드의 생각이었고 부인에게 알려주고 싶어했던 것이었다. 그는 라일라의 상황을 보면 부인의 생각이 달라질 것이라고 믿었다. 너무나 경이롭게도, 마치 라일라의 어리석은 짓이 부인 인생의 오명을 벗기는 도구인 것 같았다.

딸을 껴안은 기쁨의 순간, 리드코트 부인에게 다른 것은 아무것도 보이지 않았다. 부인은 낯선 집의 낯선 문간에, 그림과 꽃, 난롯불이 있고, 하인들이 바쁘게 움직이는 커다란 연회장을 앞에 두고 서 있었다. 너무 부자연스러워서 거의 무서운 느낌이 드는 순간이었다. 그 널찍하고 어색하고 혼란스러운 장소에 라일라가 있었다. 모자를 쓰지 않은 맨머리의 라일라는 웃으며 지시를 내렸고, 딸이 인사를 하고 나자 그 뒤에 낯선 젊은 남자가 딸과 똑같이 인사를 하고 딸의 지시를 전달했다. 어쨌든 리드코트 부인은 딸을 덥석 품에 안았고, "괜찮아, 엄마."라는 속삭임이 귀에 들리자 그 포옹만이 가져다줄 수 있는 진한 행복감 때문에 다른 아무것도 느낄 수 없었다.

그 행복감은 부인이 점심을 먹고 방으로 올라갔을 때까지 남아서 혈

관을 뜨겁게 달구고 심장을 펄떡펄떡 뛰게 했다. 딸과의 '긴 이야기'를 몇 시간 미루었지만, 손님들이 도착하기 시작해서 어쩔 수 없기도 했고, 왠지 이야기를 할 준비가 덜 된 것 같아서 크게 섭섭하지는 않았다. 부인은 피곤하다는 핑계를 대고 방으로 올라갔다. 라일라가 방 때문에 미안하다고 여러 번 말했는데, 그 방은 밝고 화려한 침실이었다. 피렌체에 있는 부인의 좁은 아파트 침실보다 훨씬 더 크고 좋았다. 하지만 부인에게는 딸이 그 방을 두고 미안해할 만큼 부유하다거나 방이 화려하게 치장돼 있다는 사실은 그다지 중요하지 않았다. 그 방이 그 집의 다른 부분 그리고 창 아래 정원의 풍경과 조화를 이루는 모습, 단단하고 확실하며 신성한 맹세, 선례와 원칙을 기반으로 세워진 '확실한 것'의 일부라는 사실이 중요했다. 그 집과 라일라 부부에게서는 걱정과 위험의 냄새가 전혀 풍기지 않았다. 둘의 관계는 가구처럼 편안해 보였고 은행예금 잔고만큼이나 남부끄럽지 않았다.

모든 것이 혼란스러웠지만 특히 그 모습이 부인은 가장 당황스러웠다. 라일라에 대한 깊은 안도감과 함께 자신에 대한 강한 불안감을 동시에 느꼈다. 그랬다. 라일라의 완벽하고 탄탄한 행복에 무언가 불쾌한 것이 있었다. 아이드의 말이 옳았다. 딸은 이제 엄마가 필요 없었다. 처음 안았을 때 라일라는 무심코 아이드와 그 모자 쓴 여자들이 했던 것과 똑같은 말을 해서 그 사실을 분명히 했다. "괜찮아, 엄마." 라일라는 그렇게 말했다. 그리고 어머니는 혼자 앉아서, 변한 것이 너무도 분명한 새로운 세상에 스스로를 끼워 맞추려고 애쓰고 있었다.

처음에는 바보처럼 화가 났다. 이렇게 변할 거였으면 왜 더 일찍 변하지 않았단 말인가? 여기 부인이 있었다. 아직 많이 늙지는 않았지만 인생의 가장 좋은 시절을 이 시대 젊은 여자들이 당연하게 누리는 행복을 얻기 위해 바쳐버린 여자였다. 이제 인생에 아무런 의미도 없고 남은 것도 없었다. 원하는 것을 얻었지만 그 대가로 너무 많은 것을 내놓았다. 사랑에 가격이 있다는 것을 배우느라 쓰디쓴 대가를 치러야 했다. 딱 정해진 만큼의 값이 있다는 사실. 부인은 사랑하는 남자가 그 사실을 처음으로 알게 되는 모습을 지켜보는 것이, 그리고 남자의 눈에서 그 깨달음을 읽는 것이 얼마나 괴로운지 알고 있었다. 부인은 오랫동안 그 시절을 떠올리지 않으려고 애썼다. 뇌리를 떠나지 않는 그 대목에서 돌아서곤 했다. 하지만 이제 아래층에서 만난 그 젊은 남자, 너무도 당당하고 유쾌한 라일라의 남편을 보고 자신의 과거가 무의미하다는 사실을 알게 되어 놀랐다. 그리고 인간에게 가장 중요한 일의 성공과 실패가 시대에 따라 달라진다는 이상한 사실을 깨닫고 괴로웠다.

아이드가 다시 생각났다. "우리의 인생도 안 끝났다고 생각하기로 했습니다." 아이드는 그렇게 말했고 부인은 그 말에 깊이 감동했었다. 다른 모든 사람들은 부인의 인생이 오래전에 이미 끝났다고 생각하지 않나! 부인의 인생 전체가 이미 결말이 다 나 있었다. 하지만 여기, 믿고 기다려온 남자가 있었다. 그 남자가 믿고 기다린 것이 실현된다면 어떻게 되는 것일까? 만약 라일라의 "괜찮아"가 부인에게도 실현된다면 말이다.

물론 아직 알 수 없었다. 부인은 점심식사 전 응접실에 들어갔을 때 라일라의 친구들 위에 갑작스레 정적이 끼얹어진 것 같다고 느꼈다. 날씬하고 목소리가 높은 젊은 여자들과 골프 스타킹을 신은 젊은 남자들의 머리 위에 말이다. 모두 예의 바르게 부인을 맞이했다. 어른이라 대우해주는 것인지 소홀해 보이지 않으려고 그러는 것인지 모르지만 다들 경직되어 있었다. 그 젊은이들에게 부인은 그저 나이 든 여자였을 것이다. 라일라의 어머니였으니 당연했다. 그리고 젊은 사람이 태반인 자리에서 유일하게 나이 든 사람으로 있는 것은 거북한 일이었다.

하지만 곧 어떤 젊은 여자가 친구들에게서 빠져나와 리드코트 부인에게 관심을 보이면서 부인의 말에 존경의 눈빛으로 귀를 기울였다. 그 눈빛에 부인은 오랫동안 잊고 지낸 우아한 사교 예절이 행복하게 떠올랐다. 샬럿 윈이라는 이 여성이 자신을 바라보고 있으니 기분이 좋았다. 부인의 옛 친구의 딸인 샬럿은 정중하고 부드러운 옛날식 예절이 몸에 남아 있었다. 하지만 식사 시간이 되었다고 하인이 알리러 오자 짧은 대화는 끝났고, 추억이 떠올라 아련했다.

새로운 세상의 질서가 자신의 처지에 어떻게 적용될지는 아직 알 수 없었다. 하지만 오후 기차로 더 많은 사람들이, 라일라의 표현대로라면 "더 나이 든 사람들"이 올 것이었고, 그날 저녁식사를 함께 하면 확실하게 판단할 수 있을 것이었다. 새로 오는 손님들이 누구인지 궁금해지기 시작했다. 오래전에 알던 사람들이라면 덜 난처할 것 같았다. 그런데 이상하게도 딸이 사람들 이름을 알려주지 않았다.

늦은 오후, 라일라는 월버에게 어머니를 드라이브시켜드리라고 했다. 사위와 "조용하게 즐거운 이야기를" 나누라면서. 하지만 리드코트 부인은 라일라와 먼저 이야기를 하고 싶었고, 게다가 점심식사 때 사위가 곧 테니스 시합을 한다는 이야기를 언뜻 들었던 기억도 났다. 피곤하다는 핑계로 드라이브를 사양해도 다들 그러려니 할 것 같아서 라일라에게 둘이 오붓하게 이야기할 수 있을 때까지 방에서 편하게 쉬겠다고 했다.

"그럼 차 마시기 전까지 쉬세요." 라일라가 키스를 해주었다. 테니스 코트에서 손님들이 시끌벅적하게 떠드는 소리가 정원을 건너 리드코트 부인 방의 열린 창으로 들려왔다.

4

라일라가 와서 어머니와 이야기를 나누고 갔다. 하지만 부인이 바랐던 만큼 길게 이야기를 할 수 없었다. 라일라가 시내에서 온 중요한 전화를 받으러 내려가버렸기 때문이다. 그러더니 금방은 다시 올라올 수 없다는 소식을 전했다. 젊은 여자 한 명이 전화를 받고 갑자기 떠나게 돼서 준비를 해야 한다고 했다. 하지만 모녀는 거의 한 시간가량 함께 있었고, 리드코트 부인은 행복했다. 라일라는 너무도 상냥하고 세심하게 부인을 걱정해주었다. 부인을 불편하게 만든 것은 바로 그 과도한 걱정이었다. 라일라는 모녀가 낯선 손님들 앞에 나설 첫 순간에 부인이 힘들어질 것이라고 과하게 걱정했다.

"나한텐 낯선 사람들이 아니지. 네 친구들이잖아." 어머니는 괜찮다고 했다.

"그렇긴 하지만, 엄마가 어떻게 느낄지 난 알아. 엄마는 사람들을 싫어했잖아."(사람들을 싫어했다고! 라일라는 그 이유는 잊어버린 걸까?) "그래서 내가 수지 이모한테 일요일에 엄마 모시고 리지필드에 가는 게 좋겠다고 말한 거예요. 나하고 편하게 지낼 수 있을 때까지만 좀 참고 기다리면 되잖아. 그건 그렇고, 점심 때는 사람들이랑 정말 안 불편했어요?"

그 순간 리드코트 부인이 놀라 딸을 보았다. "엄마는 이제 그런 거 안 불편해." 단호하게 대답했다.

"하지만 엄마가 귀찮게 그런 자리에 가게 한 건 아무래도 내 잘못이잖아요. 수지 이모랑 리지필드에 꼭 가라고 했어야 하는데 엄마를 여기 오게 해서. 이모가 엄마를 모시고 갔어야 하는데 이모가 잘못 생각한 거예요. 난 엄마가 여기 혼자 올라와 있는 게 너무 싫어요."

이번에도 리드코트 부인은 딸의 반짝이는 눈 속에서 희미한 애정 이상의 어떤 것을 찾으려고 했다. "오후에 쉬니까 좋은데 뭘. 그리고 나중에…"

"아, 그래. 나중에. 이 정신 없는 상황이 끝나고 나면 그때 나랑 오래 있어요, 엄마." 이렇게 말하고 라일라는 전화를 받으러 내려갔고 부인은 궁금해하면서 방에 남아 있었다.

그 궁금증이 한참 동안 해결되지 않고 부인 앞에 둥둥 떠다니고 있을 때 서편 양이 문을 두드렸다.

"차 마실 시간이라 부르러 온 거지? 시간이 이렇게 된 줄 몰랐구나." 리드코트 부인이 호들갑을 떨었다.

서편 양은 작고 통통한 여자로, 사람을 유심히 살피는 버릇이 있었다. 단정하게 다듬은 머리로 사람을 어르는 듯한 미소를 띤 채, 우아한 검정 드레스에 달린 구슬 장식을 안절부절못하고 만지작거렸다. 서편 양은 먼 친척의 죽음까지 애도하느라 늘 상복을 입었다. "그건 사실 상복이 아니에요." 서편 양은 이렇게 말하곤 했다. "그냥 불쌍한 줄리아가 입던 검정색 옷일 뿐이에요. 게다가 조지가 우리 엄마의 의붓사촌이었잖아요."

서편이 다가왔을 때 리드코트 부인은 서편이 호러스 엄마의 낡은 검정 드레스를 입고 호러스의 이혼을 슬퍼하고 있는 건 아닐까 하는 엉뚱한 생각을 했다.

"아, 아래층에 가서 차를 마시겠다는 말이야?" 수지 서편이 약간 불안해하면서 부인을 빤히 보았다. "라일라가 언니랑 여기 같이 있으라고 했는데. 라일라는 언니가 그냥 여기 있는 게 더 편할 거라고. 언니 피곤할까봐 걱정이더라."

"아까는 피곤했는데 오후 내내 쉬고 나니 괜찮네. 이 근사한 소파가 도움이 됐어."

"라일라가 저녁식사 전에 잠깐 올라온댔어. 다들 도착한 다음에. 하지만 기차는 맨날 엄청 연착을 하잖아. 라일라는 언니한테 응접실 딸린

159

방을 내주지 못한 걸 너무 안타까워해. 언니가 정말 괜찮은지 나더러 보고 오라고 했어."

"당연히 괜찮지. 왜 내가 안 좋아할 거라 생각하는지 모르겠구나." 리드코트 부인이 하녀를 들어오게 했다. 하녀가 여러 가지 쿠키를 담은 쟁반을 들고 문간에 서 있었다.

"라일라가 직접 고른 거야, 언니." 문을 닫고 서편 양이 말했다. "여기서 편하게 있으라고 보낸 거지."

부인은 각종 샌드위치와 따끈한 머핀으로 표현된 딸의 세심한 배려가 바로 세상이 달라졌다는 증거라고 생각했다. 하지만 이곳에 도착한 후 일어난 모든 일들이 부인을 점점 혼란스럽게 만들고 있었다.

진입로에서 자동차 경적 소리가 들려 생각을 멈추었다. "벌써 저녁 손님이 온 건가?"

"아니, 아니야. 일곱 시나 돼야 올 거야." 서편 양이 창으로 머리를 내밀고 자동차를 보았다. "샬럿이 가는 걸 거야."

"아까 급하게 간다던 그, 원의 딸? 아파서 가는 건 아니면 좋겠네."

"아, 아니야. 날짜를 좀 착각했었나봐. 샬럿 어머니가 샬럿더러 피시킬에 있는 스테플리 집으로 가라고 전화해서 샬럿이 기차 타려고 올버니로 바로 가는 거야."

리드코트는 생각에 잠겼다. "그랬구나. 아이가 아주 괜찮기에 저녁 먹은 다음에 또 이야기 나누고 싶었더랬지."

"그러네. 아쉽겠네." 서편 양의 눈빛이 점점 멍해졌다. "언니 피곤해 보여."라며 티테이블 앞에 앉아 과자를 덜면서 말을 이었다. "언니는 바로 소파에 가서 누워. 과자 갖다줄게. 들뜬 상태라 언니가 잘 못 느끼지만 생각보다 힘들어. 이제 그만 버티고 차분하게 여기서 푹 쉬어. 월요일이 되면 라일라랑 둘이 있을 수 있을 거야."

리드코트는 사촌동생이 건네는 찻잔을 받기는 했지만 고분고분 말을 들을 생각은 없었다. 부인은 잠시 말없이 차를 젓더니 이렇게 물었다. "월요일까지 가만히 있으라는 게 네 생각이니?"

서편 양은 너무 급히 찻잔을 내려놓다가 스콘 접시를 떨어뜨릴 뻔했다. 접시를 바로잡고 실룩거리며 미소를 짓더니 고개를 들었다. "아마 내일은 또 기분이 다를 거야. 여기 공기가…"

"공기 좋은 건 당연히 잘 알지." 리드코트 부인이 스콘을 집으려고 몸을 기울였다. "오늘 저녁에 누구누구 오는 거야?"

서편 양이 인상을 쓰고 부인을 빤히 보았다. "난 머리가 나빠서 이름 잘 기억 못 하는 거 언니도 알잖아. 라일라가 말해줬는데 너무 많아서…"

"너무 많아? 라일라가 나한테는 그렇게 큰 파티라고 안 했는데."

"맞다, 큰 파티는 아니야. 그래도 친한 친구들만 오는 건 아니라서. 어른들도 온다고 하니까 처음이라 좀 설레나봐요."

"어른들? 내 또래를 말하는 거지?"

"맞아, 그래." 서편이 마치 도약을 위해 용기를 내고 있는 듯 잠시 입을 다물었다. 그러더니 "애슈턴 자일스 부부."라고 내뱉었다.

"애슈턴 자일스? 정말? 메리 자일스를 다시 만나면 좋겠다. 본 지 18 년쯤 된 거 같아." 리드코트 부인이 끊임없이 말했다.

"그렇지." 서편 양이 숨을 멈추고 과감하게 차를 한 잔 더 따랐다.

"애슈턴 자일스네랑 또 누가 와?"

"그게, 샘 프리스비 부부. 하지만 제일 중요한 사람은 당연히 로린 보울거 부인이지."

"보울거 부인? 라일라가 그런 말은 안 했는데."

"얘기 안 했어? 언니를 만나서 깜빡했나보지. 하지만 이 파티가 원래 보울거 부인을 위해서 열리는 거야. 라일라랑 윌버가 보울거 부인의 마음에 들지, 그게 제일 중요하니까. 윌버가 로마에 임명을 받게 될지가 사실 보울거 부인한테 달린 거지. 라일라가 언니랑 가까이 살겠다고 꼭 로마를 고집하니까. 그래서 라일라가 메리 자일스 부인한테 보울거 부인을 초대할 수 있게 해달라고 부탁한 거야. 자일스 부인이 보울거 집안이랑 친하니까. 자일스 부인이 셰르부르에 있는 보울거 부인한테 전보를 보냈어. 보울거 부인이 미국에 2주 동안만 머물 거라는데 도착하자마자 바로 이리로 모셔 오는 건 꽤 잘된 일인 거지."

"그랬구나." 리드코트 부인이 말했다.

"보울거 부인이 워낙 좀 괴팍하잖아. 그래서 자일스 부인 생각엔 잘…"

"잘 안 될 수도 있다고? 라일라 때문에?" 리드코트 부인이 웅얼거리듯 말했다.

"맞아. 부인의 공식적인 입장에서는 그렇지. 하지만 다행히 부인이 바클리 집안이랑 친하다지 뭐야. 게다가 여기서 자일스와 프리스비 부부를 만나면 다 잘될 거야. 시대가 변했잖아!" 수지 서편이 제멋대로 결론을 내려버렸다.

리드코트 부인이 빙그레 웃었다. "그래, 몇 년 전만 같아도 내가 메리 자일스랑 해리엇 프리스비, 게다가 로린 보울거 부인과 다시 저녁식사를 한다는 건 불가능한 일이었을 거야."

서편 양은 그 순간, 이 이야기를 계속할 생각이 없어 보였다. 그래서 둘 다 말없이 잠깐 앉아 있게 되었는데 리드코트 부인이 불쑥 말을 꺼냈다. "그런데 다들 내가 여기 와 있는 걸 알고 있을까?"

그 질문에 서편 양은 얼굴을 잔뜩 찌푸리고 허공을 빤히 응시했다. 그녀는 찻잔을 홱 당겨놓고 드레스의 구슬 장식을 만지작거리고 시계를 보더니 놀라서 소리쳤다. "어머! 벌써 일곱 시네."

"알고 있든 아니든 별로 중요하지는 않지만," 리드코트 부인이 말을 이었다. "라일라가 내가 온다고 말했겠지?"

서편 양이 난처한 듯 바라보았다. "있잖아, 언니. 혹시 언니 생각에 라일라가…"

리드코트 부인이 말을 이었다. "네 말대로, 로린 보울거 부인한테 잘 보이는 게 제일 중요하니까. 그래야 윌버가 로마에 임명될 가능성이 높아지지."

"라일라한테 언니가 그렇게 생각할 거라고 이미 말했어. 따지고 보면

163

보울거 부인을 초대한 게 다 언니를 위해서잖아. 그래야 라일라네가 언니와 가까이서 살 수 있으니까."

"그래, 알아." 리드코트 부인이 자리에서 벌떡 일어나 시계를 보았다. "그나저나 네 말대로 늦겠네. 우리, 옷 갈아입고 저녁식사 자리에 내려가야 하지 않을까?"

서펀 양이 그 말을 듣고 따라 일어서서 옷에 달린 장식을 만지작거렸다. "언니가 오늘 저녁에 계속 여기 있으면 좋겠어. 그래야 라일라가 더 편할 거야. 사실, 언니 너무 피곤해서 내려가기 힘들잖아."

"무슨 말도 안 되는 소리니, 수지야!" 리드코트 부인이 소리를 빽 지르고 종에 손을 뻗었다. "저녁식사가 몇 시지? 여덟 시 반? 이제 넌 가봐. 내 나이가 되면 옷 입는 데도 오래 걸려."

서펀 양은 문 쪽으로 가더니 머뭇거리며 다시 말했다. "언니가 굳이 안 해도 되는 일을 하면 라일라가 자기 탓이라고 생각할 거야." 하지만 리드코트 부인은 대답하지 않고 미소를 짓더니 냉정한 눈빛으로 서펀 양을 문밖으로 밀어냈다.

5

리드코트 부인은 종을 쳐서 하녀를 부르려다 그만두었다.

문이 닫히자 부인은 아늑하고 넓은 방 가운데에 우두커니 서 있었다. 해질 녘에 붙여놓은 난롯불이 춤추는 모습이 은제품과 거울, 번쩍이는 금박 위에 반사되어 보였다. 서펀 양이 부인을 눕히려고 애쓰던 소파에

164

는 쿠션이 쌓여 있었고 그 옆 탁자에는 새 책과 신문이 놓여 있었다. 부인은 이보다 더 사치스럽게 꾸며진 방에 있어본 기억이 없었다. 어두운 밤 바람 부는 평원에 홀로 남겨진 것 같은 이런 이상한 기분도 느껴 본적이 없었다. 부인은 난롯가에 앉아 생각에 잠겼다.

문 두드리는 소리에 고개를 들어보니 문간에 딸이 서 있었다. 라일라의 금발이 엉클어져 있고 드레스 가운에 주름이 진 것을 보니 치장을 하다 말고 급하게 온 것 같았다. 그런데 방에 들어온 라일라는 자신이 왜서둘러서 왔는지 잊어버리기라도 한 듯, 왠지 모를 미소를 머금고 뜸을 들였다.

리드코트 부인이 일어섰다. "옷 입어야 할 시간이지? 걱정 마라. 나 안 늦어."

"옷 입을 시간?" 라일라가 어리둥절한 표정으로 서 있었다. "아니, 내 생각엔, 엄만 여기서 조용히 쉬는 게 좋을 거 같아요."

어머니가 빙그레 웃었다. "오후 내내 쉬었잖니."

"그랬죠. 그래도 피곤해 보여요. 수지 이모가 좀 전에 와서 엄마가 굳이 내려오려 한다고 해서요."

"그래서 나를 말리러 온 거니?"

"힘들게 내려올 필요가 전혀 없다고 말하러 온 거예요."

"물론, 그렇겠지."

둘 다 말이 없었다. 그동안 라일라는 엄마의 눈길을 약간 비켜 화장대 쪽으로 가더니 그 위에 놓인 화장품 병과 빗 같은 것을 이것저것 만지기 시작했다. "손님들이 내가 여기 있는 거 알아?" 리드코트 부인이 불쑥 물었다.

"그분들? 아, 당연히 알죠." 라일라가 목욕용 소금병의 뚜껑을 열려고 힘을 주면서 대답했다.

"내가 안 내려가면 그 사람들이 이상하게 여기지 않겠어?"

"아니에요. 절대 안 그래요. 충분히 이해할 거예요." 라일라가 병을 내려놓고 어머니 쪽으로 돌아섰다. 안심의 빛으로 얼굴이 환했다.

리드코트 부인은 잠자코 서서 머리를 똑바로 들고 딸에게 웃음 띤 눈길을 주었다. "내가 내려가면 이상하게 생각할까?"

라일라는 대답하려고 입을 반쯤 열었다가 멈추었다. 그 순간 라일라의 드러난 목에 붉은 기운이 서리더니 목을 타고 올라가 뺨에서 빨갛게 퍼졌다. 그 강렬한 선홍색은 뺨에서부터 관자놀이까지 가 닿더니 귓불까지 퍼졌다가 눈꺼풀 가장자리도 물들였다. 마치 어디선가 바람이 불어와 퍼뜨리고 있는 듯 붉은 기운은 몸 전체에 맹렬하게 퍼졌다.

리드코트 부인은 가만히 그 불길을 지켜보았다. 그러고는 살짝 웃으면서 시선을 돌렸다. "내 말은, 내가 안 내려가면 내 자리가 빌 테고 그러면 자리 배치가 망가질까봐 걱정이라는 뜻이었어. 그렇지 않을 거라면 네 말을 곧이곧대로 믿고 저 편한 소파로 돌아가려고." 부인이 딸의 대답을 기다리는 듯 말을 멈추었다. 그런 다음 손을 내밀며 말했다. "얼른 가서 단장 마저 하렴. 나한텐 신경 쓰지 말고." 부인은 라일라를 당겨 껴안고 사그라지는 불길의 잔광 위에 키스를 했다. "정말 아주 조금 피곤하구나. 내가 빠져도 된다면 난 파티가 끝날 때까지 편히 누워 있을 게. 그러니까 얼른 가봐. 늦겠다. 그리고 사람들에게 미안하다고 전해주렴."

6

손님들이 돌아갔고 리드코트 부인은 이틀 동안 푹 쉬고 완전히 기운을 차려 월요일에는 딸 그리고 서편 양과 함께 시간을 보냈다.

집 안에 즐거운 분위기가 가득했다. 파티가 유난히 잘 '진행됐고' 로린 보울거 부인이 대만족을 해서 월버의 조기 로마 임명이 거의 확실해졌기 때문이다. 그래서 리드코트 부인이 거의 곧바로 이탈리아로 돌아가겠다고 말했을 때 라일라는 어머니를 금세 다시 만날 수 있을 거라 생각했기 때문에 덜 섭섭해했다. 아무도 부인의 결정을 이해하지 못했다. 라일라는 로마 임명이 결정될 때까지 리드코트 부인이 자신의 집에 머무르지 않으려는 이유를 전혀 이해할 수 없었고 월버도 마찬가지로 의아해했다.

"왜 안 되세요? 라일라 말대로 여기 계시다가 저희랑 함께 짐 꾸려서 가시면 되잖습니까?"

리드코트 부인은 고맙다며 웃으면서도 제안을 거절했다. "어쨌든 임명이 아직 확실한 건 아니잖는가."

"아유, 엄마가 보울거 부인이랑 월버가 같이 있는 모습을 보셨어야 했는데." 라일라가 으스대며 말했다.

"아니에요. 라일라가 보울거 부인과 함께 있는 걸 보셨어야 했습니다." 라일라의 남편도 좋아서 어쩔 줄 몰랐다.

거기에 서편 양이 신이 나서 덧붙였다. "해리엇 프리스비를 초대한 게 신의 한 수였죠."

"아아, 엄마. 우리가 금방 갈게요." 라일라가 웃었다. "곧 만날 테니 작별이라고 하기도 우습네."

하지만 리드코트 부인은 말없이 마음을 굳혔다. 딸도 반대해봐야 소용없다는 것을 알고 있었다. 부인은 인도에서 오래 지낸 탓에 피렌체에 있는 자신의 작은 아파트가 어떤 상태인지 빨리 보러 가야 한다고 말했다. 그리고 오는 길에 탄 유토피아 호가 아주 편했다며 갈 때도 그 배를 타겠다고 했다. 그렇게 되면 부인이 결정한 대로 유토피아 호가 출발하기 전날 오후까지만 그곳에 있는 것 말고는 선택의 여지가 없었다. 이 일정은 부인이 확실히 계획한 것이었다. 이틀 동안 혼자 있으면서 차근차근 세운 계획이었다. 가능한 한 빨리 이곳을 떠나는 것이 가장 중요했고, 피렌체의 그 작은 집, 커튼의 주름, 책의 페이지마다 부인의 과거가 서려 있는 그곳은 이제 과거를 다시 맞닥뜨려도 참을 수 있는 유일한 장소가 되었다.

떠나기 전 부인은 전혀 불행하지 않았다. 뭐니뭐니 해도 라일라의 행복한 모습을 보고 라일라가 다정하게 대해주기를 바라고 온 것이었고 부인은 딸과의 시간을 마음껏 누렸다. 라일라는 그 어느 때보다 행복하고 애정이 넘쳤다. 딸의 행복한 모습을 지켜보고 딸의 사랑을 받는 것은 어머니라면 누구라도 좋아할 일이었다. 하지만 과도하게 당겨진 현에는 그런 것들조차 예리한 부담이기도 했다. 그래서 리드코트 부인은 출발 전날 밤 뉴욕의 호텔로 돌아가고 말았다. 거대한 손아귀에서 자신의 삶을 들고 도망쳐 나온 느낌이었다.

딸이 함께 가겠다는 것을 말렸고 수지 서펀도 못 오게 했다. 자신에게 필요한 것은 자신의 생각밖에 없었다. 그리고 딱 일주일 전에 부인과 프랭클린 아이드가 그 중요한 대화를 나누었던 천장 높은 응접실에 앉아 자신의 생각이 마음껏 흘러나오도록 내버려두었다.

부인은 프랭클린 아이드에게 자신의 상황을 알려주기로 약속했었지만 약속을 지키지 않았다. 아이드가 시카고에서 돌아와 있을 것을 알고 있었고, 자신이 갑자기 이탈리아로 돌아간다는 것을 알리면 배에 오르기 전에 만나지 않을 수 없다는 것도 알고 있었다. 어쨌든 아이드를 만나고 싶지 않아서, 입을 다물고 있다가 배에 탄 다음 편지를 부칠 작정이었다.

편지는 미리 써놓아도 될 것 같았다. 사실 편지 쓰기에 좋은 시간이었고, 편지 쓰기가 그리 유쾌한 일은 아니지만 외로운 저녁에 한 시간을 쉽게 보낼 수 있을 것이라고 생각했다. 책상에서 종이를 꺼내 아이드의 이름을 쓰기 시작했다. 그런데 문이 열리더니 아이드가 들어왔다.

일주일 전에 부인은 자신이 아이드를 만나 이런 말을 하게 될 줄은 상상도 못 했었다. "도대체 내가 여기 있는 걸 어떻게 알았어요?"

아이드는 바로 말뜻을 알아챘다. "내가 모르길 바란 거군요." 아이드가 부인을 바라보며 서 있었다. "대답을 못 하는 걸 보니 그렇군. 우연히 윈 부인을 만났는데 이 호텔에 잠깐 들를 거라고 샬럿이랑 샬럿 남자친구와 저녁을 같이 먹자고 하더군요. 그런데 그 사람들이 오늘 오후에 부인이 여기 오는 걸 봤다기에 안 올 수가 없었죠."

둘 사이에 잠시 대화가 끊어져 있었는데, 부인이 갑자기 놀란 듯 소리쳤다. "아, 부인이 그때 나를 알아본 게 맞구나!"

"알아봤다고요?" 아이드가 리드코트 부인을 빤히 보았다. "왜 그런…"

"아, 부인이 나를 알아본 거 맞아요. 눈길은 안 줬지만요. 샬럿이 얼굴을 붉히는 걸 봤죠. 그 아인 얼굴 붉히는 게 너무 예쁘더라고요. 그래서 윈 부인이 샬럿한테 나와 대화하지 못하게 하는구나 생각했죠."

아이드는 참지 못하고 웃음을 터뜨리며 모자를 내려놓았다. "라일라가 부인의 망상을 고쳐놓지 못했군요."

부인이 아이드를 뚫어지게 보았다. "그러면 마거릿 윈이 나를 모른 체하려 하지 않았다는 거예요?"

"말도 안 돼요."

부인은 이 말에 반응하지 않고 꽤 오래 입을 다물고 있었다. 그러고는 다른 이야기를 꺼냈다. "내일 일찍 배를 탈 거예요. 아이드 씨께 편지를 쓰려고 했는데, 저게 바로 쓰기 시작한 편지예요."

아이드는 부인이 가리키는 곳을 돌아보고 다시 부인의 얼굴을 보았다. "나를 안 만나고 가려 했군요. 아니, 떠나기 전에 나한테 알리지도 않을 생각이었어요?"

"편지로 설명하는 게 더 쉬울 거라고 생각했어요."

"도대체 뭘 설명하려고 했던 겁니까?" 부인이 대답하지 않자 아이드가 재촉했다. "라일라 걱정이었을 리는 없고. 샬럿 윈이 지난주에 부인이 거기 있었고 자기가 나올 때 큰 파티가 열렸다고 했으니. 프리스비와 자일스, 로린 보울거 부인이 모두 심사위원이었겠죠! 라일라가 심사에 통과했으면 당연히 학위를 받았을 테고."

리드코트 부인이 지난주에 아이드가 이야기를 나눌 때 앉았던 그 소파 모퉁이에 털썩 걸터앉았다. "내가 바보였어요." 부인이 불쑥 말을 꺼냈다. "수지랑 리지필드에 갔어야 했어요. 나중에도 내가 기대했던 걸 보지 못했어요."

"기대했던 거요?"

"그래요. 아, 그건 라일라 잘못이 아니에요. 라일라는 힘들었으니까. 딱한 것. 정신이 없었어요. 내가 온다는 걸 알기 전에 친구들을 초대했잖아요."

"어, 그 얘기라면." 아이드가 다행이라는 듯 한숨을 내쉬었다. "처음에 부인이 라일라와 단둘이 있지 못해서 실망했을 것 같긴 해요. 하지만 옛 친구들이든, 그 친구 자식들이든, 어쨌든 부인과 함께 있었잖아요. 자일스와 프리스비 말이지요. 그리고 그 샬럿 윈이랑." 아이드는 샬럿의 성을 말하기 전에 잠시 머뭇거리며 부인의 눈치를 살폈다. "그 사람들이 하필 그날 온 건 공교로운 일이지만 부인도 라일라 집에서 그 사람들을 다 만나서 좋았을 거 아니에요."

부인은 보일 듯 말 듯 미소를 지으며 아이드를 마주 보았다. "난 아무도 안 만났어요."

"안 만났다고요?"

"그래요. 안 만났어요. 샬럿 윈만 봤어요. 너무 예쁜 아이죠. 내가 도착한 날 점심식사 전에 이야기를 나눴어요. 하지만 샬럿 엄마가 내가 그 집에 있다는 걸 알고는 전화해서 샬럿한테 바로 떠나라고 하는 바람에 다시 못 만났어요."

아이드의 누르께한 얼굴이 붉어졌다. "왜 그런 생각을 하는지 모르겠네요!"

부인은 그 말을 못 들은 듯 계속 이야기했다. "아, 그리고 메리 자일스를 아주 잠깐 보기는 했어요. 수지 서펀이 마지막 날 저녁에 식사가 끝난 후 내 방에 데리고 왔었어요. 다들 브리지 게임을 할 때였죠. 서펀이 나한테 잘해주려고 그런 건데 별로 소용이 없었어요."

"그런데 저녁식사가 끝나고 당신은 방에서 뭘 하고 있었던 거죠?"

"음, 있잖아요, 내가 온 게 잘못이라는 걸 알게 됐어요. 그러니까 라일라에게 얼마나 곤란한 일이었겠어요. 그래서 라일라한테 내가 너무 피곤하니 파티가 끝날 때까지 위층에 있겠다고 했지요."

아이드는 끙 소리를 내며 의자 팔걸이를 내리쳤다. "지금까지 한 이야기 중에 부인이 그냥 상상한 게 얼마나 되는 거죠?"

"해리엇 프리스비가 내가 있다는 걸 알고도 나를 보러 오지 않은 건

내가 상상한 게 아니에요. 메리 자일스가 밤 열한 시에 다른 사람들 몰래 수지를 시켜서 내 방에 올라온 것도요. 로린 보울거 부인을 위해 열린 파티인데 보울거 부인이 내가 그 집에 있다는 걸 알까봐, 그래서 부인이 나와 한지붕 아래에서 하룻밤을 보내게 되어 보울거 씨로 하여금 윌버한테 서기관직을 못 주게 할까봐 불쌍한 우리 라일라가 끔찍하게 마음을 졸였다는 건 내 상상이 아니에요."

아이드는 짜증이 난 듯 손가락으로 팔걸이를 계속 두드렸다. "부인이 말한 일들이 부인이 짐작한 이유 때문에 일어났는지 아닌지 모르잖아요."

리드코트 부인은 대답하기 전에 자기가 하려는 말의 의미를 제대로 생각해보려는 듯 말을 멈추었다. 그런 다음 낮은 목소리로 이렇게 말했다. "라일라는 그 첫날 밤에 내가 저녁식사 자리에 갈까봐 안절부절못했어요. 그리고 라일라가 그런 건 자신이 아니라 나를 위해서였어요. 라일라는 자기 걱정은 하지 않아요."

"하지만 부인이 내린 결론은 너무도 터무니없어요. 속 좁은 여자들이 많기는 하지만, 라일라 집에 간 사람들은 그날 파티에 참석하는 것이 사교계가 라일라를 승인한다는 뜻인 걸 너무도 잘 알고 있었어요. 그들이 라일라는 승인해주면서 도대체 왜 당신은 안 받아주려고 했겠어요?"

"바로 일주일 전에 수지 서편과 처음 이야기를 하고 난 다음, 나도 바로 이 방에서 그렇게 생각했어요." 부인은 아이드의 불안한 눈을 보고 희미하게 미소를 띠었다. "그게 바로 그날 저녁 내가 아이드 씨 말에 귀를 기울였던 이유예요. 아이드 씨 말에 반쯤 솔깃했던 이유이자, 라일라에게 되는 일이 나한테만 안 될 리 없다고 생각한 이유고요. 새롭게 허락된 일이 있는데 왜 남들에게는 허락되고 나한테는 안 되는 걸까요? 내가 상상한 이유는 말할 수가 없네요!"

프랭클린 아이드가 의자에서 일어나 부인이 앉아 있는 소파 겸 의자가지 방을 가로질러 왔다. "그때 나에게 중요한 것은, 부인을 나한테 오게 하는 것밖에 없었어요."

"나한테도 그게 중요했어요. 그래서 아이드 씨를 안 만나고 떠나려 했어요." 둘은 서로 무거운 눈빛을 나누었다. "내가 틀렸었어요." 부인이 말을 이었다. "우리 둘 다 틀렸죠. 아이드 씨는 라일라의 초대를 거절하지 않고 파티에 온 여자들이 라일라 집에서 나를 안 만나려 했다는 게 말도 안 된다고 했잖아요. 그래요, 말도 안 돼요. 하지만 이제 그 이유를 알겠어요. 사회가 너무 할 일이 많고 복잡해서 그 잣대를 고칠 수 없는 거예요. 그 집에 있던 누구도 나와 라일라의 상황이 같다고는 생각 못 했을 거예요. 그 사람들은 내가 당시에 사회에서 비난받을 행동을 했다는 사실만 기억하고 있는 거죠. 나는 지금까지도 똑같이 인식되고 있어요. 거의 20년 동안 나는 모른 척하고 지나쳐야 하는 여자죠. 나이 든 사람들은 그 이유를 반쯤 잊었고 젊은 사람들은 전혀 몰라요. 나를 모른 척하는 게 그냥 전통으로 굳어진 거죠. 담긴 의미를 잃은 전통이야말로 없애기가 가장 힘든 법이에요."

아이드는 잠자코 앉아서 부인의 말을 들었다. 말이 끝나자 씩 웃더니 일어서서 방을 가로질러 창가로 다가갔다. 창밖에는 수많은 불빛이 매달린 뉴욕의 거대한 어둠이 밤하늘의 뿌연 가장자리까지 뻗어 있었다. 아이드는 손으로 그 풍경을 가리켰다.

"부인이 쓰는 단어들, 사회, 전통 같은 것들이 저 바깥의 삶에는 어떤 의미가 있을까요?"

부인이 다가와 창가에 나란히 섰다. "물론 전혀 안 중요하겠지요. 하지만 아이드 씨와 나는 바깥에 있지 않잖아요. 우리는 관습과 관계의 좁고 단단한 테두리에 갇혀 있어요. 이 방에 있는 것처럼요. 나는 한때 내가 방에서 나간 적이 있다고 생각했어요. 하지만 알고 보니 다른 사람들이 나간 거였어요. 나는 그 작은 방에 남겨진 거죠. 달라진 건 내가 혼자 남았다는 거예요. 음, 나는 이제 그 방을 견딜 만하게 만들어놓았고 거기 익숙해졌어요. 하지만 언젠가 천사가 문을 열어주리라는 환상은 완전히 버렸어요."

아이드가 또 웃음을 터뜨렸다. "그럼, 문이 안 열리는데 왜 다른 죄수들은 없는 거죠? 사실상 혼자…"

부인은 환하게 불이 밝혀진 방에서 어두운 창 쪽으로 몸을 돌렸다.

"혼자 갇힌 감옥인 셈이죠. 감옥에 대해선 내가 잘 알고 있죠. 아이드 씨가 잊고 있었군요. 우리 모두 갇혀 있어요. 다들 보통 사람들이에요. 자유에 대해 생각해볼 필요가 없었던 사람들이죠. 그런데 우리가 각각 다른 방에 가두어진 거예요. 갑자기 다른 방에 가고 싶어져서, 그 사이에 아무것도 없을 거라 생각하고 움직이다가는 돌벽에 부딪혀서 정신을 잃고 말겠죠."

아이드는 창틀에 팔을 걸치고 말없이 부인을 보았다. 부인은 방을 부산히 오가면서 널려 있던 책을 집어 오고 편지를 찢어 쓰레기통에 던져 넣었다. 부인이 움직임을 멈추자 아이드가 다시 입을 열었다. "부인이 말한 것은 모두 부인이 이미 정해놓은 가정에 바탕을 두고 있는 거예요. 왜 옛날 친구들한테 내려가서 부인 생각이 맞는지 확인해보지 않았죠? 친구들이 왔을 때 부인이 방에 숨어 있어서 그렇게 생각한 거 아닌가요? 부인이 친구들을 두려워하는 거 아닐까요? 아니면 친구들을 용서하지 못한 거죠. 부인은 친구들이 부인을 제대로 평가해주기 전에 이미 친구들이 틀렸다고 해버렸어요. 만약 라일라가 사막에 은둔해서 살고 있다면 사회가 라일라를 거기 보냈다고 할 거예요? 당신은 라일라를 걱정하고, 라일라는 당신을 걱정한다고 했죠. 왜 그렇게 복잡하게 느끼는 거죠? 부인이 그 순간에 과도하게 신경을 써서 일이 그냥 자연스레 일어나게 내버려두지 않아서 그런 거예요. 오늘 샬럿 커플과 윈 부인에 대해 이성적으로 판단하지 못한 것도 마찬가지예요." 아이드가 말을 멈추고 부인의 얼굴을 바라보았다. "당장 뭔가 하려고 하지 말아요. 스스로에게 시간을 더 줘봐요. 나한테도 시간을 더 줘요. 시간이 걸린다는 걸 난 줄곧 알고 있었어요."

아이드가 가까이 다가와 부인의 손을 잡았다.

아이드의 엄숙한 얼굴이 너무 가까이에 다정하게 있어서 부인은 자신이 무서운 꿈에서 깨어나 방에 불을 켜려는 아이가 된 것 같았다.

"아이드 씨 말이 맞을 수도…" 부인이 말문을 여는데 내부에서 무언가가 자신을 막는 것처럼 느껴졌다. 부인은 아이드에게서 손을 뺐다.

"내 말이 맞는 거예요. 나를 믿으세요." 아이드가 설득하려 했다. "피렌체에서 더 이야기해요."

부인은 가만히 선 채 그 다정함과 인내심, 비현실성에 슬퍼졌다. 아이드가 말한 것은 모두, 부인 자신과 삶의 실상 사이에 드리운 알록달록한 커튼과 같았다. 부인은 별안간 그 커튼을 갈기갈기 찢어버리고 싶어졌다.

부인은 뒤로 물러나서 애써 안심시키려는 듯 아이드에게 미소를 지었다. "아이드 씨 말대로 지금은 그만 이야기해요. 내가 신경이 곤두서 있고 피곤해요. 그러니 무슨 말을 해도 소용없을 거예요. 내가 너무 생각이 많았어요. 아이드 씨 말대로 사람들을 피해서는 안 돼요." 부인은 돌아서서 시계를 쓱 보았다. "어, 겨우 열 시네요! 아이드 씨가 가고 나면 내가 또 생각을 시작할 거 같아요. 안 가면 똑같은 얘기를 계속 하게 될 거고요. 그러니까 같이 내려가서 30분 동안만 마거릿 윈을 만나보는 건 어떨까요?"

부인은 가볍고 빠르게 말하면서 반짝이는 눈으로 아이드의 얼굴을 보았다. 아이드의 표정이 달라졌다. 마치 부인의 미소가 아이드의 얼굴에 강한 빛을 쏘기라도 한 듯했다.

"아, 아니, 오늘 밤에는 안 돼요." 아이드가 소리쳤다.

"오늘 밤에는 안 된다고요? 그럼 언제요? 난 내일 새벽에 떠나요. 내가 더 현명하게 행동하는 걸 지금 당장 보여주고 싶어요. 이제 사람들을 두려워하지 않겠다는 걸 말이에요. 그리고 샬럿을 다시 만나면 정말 좋을 것 같기도 하고요." 아이드가 난처한 순간에 늘 그러듯 수염을 만지작거리며 서 있었다. "가요!" 부인이 활기차게 말하며 문 쪽으로 걸어갔다.

아이드가 부인을 따라가다가 팔을 잡았다. "내가 먼저 가서 만나 보는 게 더 낫지 않을까요? 옷 사러 갔다 오느라 피곤하다고들 했는데 자고 있을 수도 있잖아요."

"그런데 아이드 씨, 아까 그 사람들이 샬럿 애인이랑 식사를 한다고 했잖아요? 열 시 전에 가지는 않았을 거예요. 어쨌든 같이 내려가서 봐요. 하인을 먼저 보내면 시간이 꽤 걸릴 거예요." 부인이 아이드를 살짝 밀치다가 다른 생각이 떠올랐다는 듯 멈췄다. "아니면, 잠깐만요. 내 하녀가 옆방에 있으니까 가서 마거릿한테 내가 가도 되는지 물어보고 오라고 하죠. 그게 제일 좋은 방법 같네요."

부인이 몸을 돌려 침실과 통하는 문으로 갔다. 그러나 문을 열기 전에 아이드가 재빨리 붙잡았다.

"지금 생각났는데, 샬럿 애인이, 다 같이 외출할 거라고 했었어요. 음악회에 간다고 했던 거 같아요. 분명해요. 확실히 기억나네요. 그러니 가봐야 못 만날 거예요."

부인이 문에서 손을 뗐고 아이드가 부인의 팔에서 손을 뗐다. 둘이 뒤로 물러나서 서로 마주 보았을 때, 부인은 아이드의 누런 피부에 붉은 기운이 천천히 올라와서 목과 귀를 붉게 물들이고 수염 가장자리까지 파고들어, 당황한 눈 아래쪽 어두운 피부에 자리 잡는 것을 보았다. 부인은 그런 붉은 얼굴을 다른 사람에게서 본 적이 있었다. 그때 느꼈던 것과 같은 연민 때문에 부인은 눈길을 돌리고 말았다.

문 두드리는 소리가 침묵을 깨뜨리더니 짐꾼이 방 안으로 머리를 들이밀었다.

"아침에 기선에 짐을 몇 개나 실어야 하는지 알아보려고 왔습니다."

그 말을 듣자 부인은 그 알록달록한 커튼이 조각조각 찢겨 나갔고 이제 자신이 음산한 현실의 길목을 향해 다시 나아가고 있는 것처럼 느껴졌다.

"아, 그래요." 부인이 소리쳤다. "나는 전혀 기억이 안 나네요. 잠깐만 기다려요. 하녀한테 물어봐야 해요."

부인이 침실 문을 열고 소리쳤다. "아네트!"

징구

·

1

밸린저 부인도 모임에서 교양을 쌓는 여성이다. 혼자서는 위험하기라도 하다는 듯, 부인이 런치클럽, 그러니까 부인을 포함해 꿋꿋하게 심오한 지식을 추구하는 여성들로 이루어진 모임을 만든 것도 같은 목적이었다. 점심식사를 함께 하며 토론을 한 지 3, 4년 정도 지나자 지역에서 꽤 이름이 나서 저명인사가 방문할 때면 런치클럽이 접대를 맡는 일이 잦았다. 이번에도 저명한 '오스릭 데인'이 힐브리지에 도착한 당일 때를 맞추어, 다음 모임에 참석해달라는 초대장을 보냈다.

클럽은 밸린저 부인 집에서 모이기로 돼 있었다. 하지만 등 뒤에서 다른 회원들이 밸린저 부인은 자기 권리를 붙들고 놓을 줄을 모른다며 한 목소리로 비난하면서 플린스 부인 편을 들었다. 플린스 부인 집이 유명인사에게 더 인상 깊을 장소였기 때문이다. 게다가 레버릿 부인 말마따나 그 집엔 결코 실망시키지 않는 미술품 전시실이 있었다.

플린스 부인도 그런 생각을 숨기지 않았다. 런치클럽 유명인사 접대가 자신의 역할이라고 생각하고 있었던 것이다. 부인은 자기 집 전시실만큼이나 그 역할에 자부심을 품고 있었다. 실제로, 하나의 소유물을 보면 다른 것도 알 수 있는 법이라며 여자가 부유해야 자신이 정해놓은 높은 수준의 인생을 살 수 있다고 자주 에둘러 말하곤 했다. 부인 말로는, 여러 분야에 적절하게 적응할 수 있는 다방면의 감각은 소박한 모습을 한 신의 섭리 같은 것이었다. 하지만 플린스 부인에게 시종을 부리게 해준 신의 섭리가 특별히 책임감 있는 클럽 회원도 만들어주셨다. 밸린저 부인은 사교 활동에 두 명의 하녀밖에 동원하지 못하면서 접대를 너무도 오랫동안 고집해서 더더욱 원성을 샀다.

지난 한 달 동안 런치클럽은 오스릭 데인 접대 문제로 아주 들떠 있었다. 회원들이 부담스러워하기는커녕 옷이 가득한 옷장을 열고 무엇을 고를지 저울질하는 여성처럼 뿌듯하게, 정해지지 않은 일을 즐겼기 때문이다. 레버릿 부인 같은 부회원들은『죽음의 날개들』의 저자와 의견을 나눈다는 생각만으로 설렜고, 플린스 부인, 밸린저 부인, 밴 블루익 양 같은 회원들은 자신감에 흐뭇해했다. 사실 지난번 모임에서 밴 블루익 양이 추천하여『죽음의 날개들』을 토론 주제로 선정해 이미 회원들 각자 의견을 발표하고 다른 회원의 발언에서 마음에 드는 부분을 자유롭게 인용할 기회가 있었다.

로비 부인만은 그 기회를 활용하지 못했다. 하지만 이때 이미 모두 로비 부인은 런치클럽 회원 자격이 부족하다고 생각하고 있었다. 밴 블루익 양은 "그건 전적으로 남성의 평가를 바탕으로 여성 회원을 받아들였기 때문이에요."라고 했다. 로비 부인은 외국에서, 그러니까 다른 회원들은 그 나라 이름을 애써 기억하고 싶어하지도 않는 나라에서 오랫동안 머물다가 힐브리지에 돌아왔는데, 저명한 생물학자 포랜드 교수가 클럽에 추천했다. 교수는 로비 부인이 자신이 만나본 여성 중에서 가장 마음에 든다고 했다. 런치클럽 회원들은 그 추천을 졸업장의 무게로 받아들였고, 교수의 개인적 호감이 교수의 전공과 관련이 있을테니 생물학 분야에 뛰어난 회원이 생길 기회라고 철석같이 믿었다. 환상은 산산조각 났다. 밴 블루익 양이 익수룡에 관한 이야기를 예고 없이 꺼내자 로비 부인은 당황해서 기어들어가는 목소리로 이렇게 말했다. "난 수령 같은 직위에 대해서는 거의 몰라요." 그렇게 무식함이 쓰라리게 탄로난 뒤 부인은 클럽의 지적 단련 시간에 눈치껏 뒤로 빠져 있었다.

"로비 부인이 그 교수한테 꼬리를 친 거 같아요." 밴 블루익 양이 콕 찍어 말했다. "아니면 머리 모양 때문이든가요."

밴 블루익 양이 식당 크기 때문에 회원 수를 여섯 명으로 제한했는데도 한 명이 이런 식으로 말이 통하지 않자 깊은 대화가 심각하게 힘들어졌다. 몇몇 회원들은 로비 부인이 다른 회원들의 풍부한 지식을 공으로 얻어먹으려는 거 아니냐고까지 말했다. 이런 반감은 로비 부인이 『죽음의 날개들』을 읽지 않았다는 말을 듣고 더 커졌다. 부인은 오스릭 데인이라는 이름을 들어는 보았다고 했지만 그 말도 믿기 힘들었다. 게다가 그 유명한 소설가를 이름밖에 모르다니 부인의 수준을 알 만했다. 부인들은 놀라움을 숨길 수 없었다. 하지만 밸린저 부인은, 클럽에 대한 넘치는 자부심 때문에 로비 부인이라 하더라도 가능한 한 높이 평가하려고 애쓰면서, 로비 부인이 『죽음의 날개들』은 읽을 시간이 없었더라도 비슷하게 유명한 전작 『최고의 순간』은 당연히 읽어보았을 것이라고 슬그머니 편을 들었다.

로비 부인은 둥그런 눈썹을 찡그려가며 기억을 더듬으려 애썼다. 그리고 그 노력의 결과 이렇게 기억을 되살렸다. 아, 알아요. 로비 부인은 오빠 집에서 그 책을 본 적이 있다고 했다. 오빠와 브라질에 살 때였는데 어느 날 선상 파티에 그 책을 읽으려 가져갔다고 했다. 그런데 배에서 서로 이것저것 물건을 던지고 놀다가 그 책이 배 밖으로 떨어져서 읽을 기회가 영영 없어졌다는 것이었다.

그 말대로 상황을 머릿속으로 잘 그려보아도 로비 부인에 대한 믿음이 더 커지지는 않았다. 그래서 불편한 침묵이 이어졌다. 그때 플린스 부인이 침묵을 깨뜨렸다.

"할 일이 많다보면 책 읽을 시간이 없었을 수도 있죠. 하지만 오스릭 데인이 오기 전에 『죽음의 날개들』을 준비해놓기는 했을 거 아니에요."

로비 부인은 이 비난을 아무렇지 않게 받아들였다. 그 책을 대충 훑어보려고 하다가 트롤럽 소설에 푹 빠져버렸다고 했다.

"요즘은 아무도 트롤럽은 안 읽잖아요?" 밸린저 부인이 끼어들었다.

로비 부인이 난처해하는 것 같았다. "저는 이제 막 읽기 시작한걸요."라고 털어놓았다.

"그런데 로비 부인은 그 작가 책이 재미있어요?" 플린스 부인이 물었다.

"전 재미있어요."

"난 책 고를 때 재미는 거의 따지지 않는데." 플린스 부인이 말했다.

"아, 그렇죠.『죽음의 날개들』이 재미난 소설은 아니죠." 레버릿 부인이 조심스레 말했다. 처음 내놓은 물건이 고객 마음에 들지 않을 때 수완 좋은 영업사원이 재빨리 다른 물건을 대신 내놓을 때처럼 말이다.

"그 작품이 추구한 건?" 플린스 부인이 물었다. 부인은 질문을 던진 뒤 다른 사람이 대답하지 못하게 하고 스스로 대답하는 것을 좋아했다. "재미없도록 만드는 것."

"재미없도록 만드는 것, 그렇죠. 제 말이 바로 그 말이에요." 레버릿 부인이 황급히 자신의 생각을 치우고 다른 생각을 내놓으면서 맞장구를 쳤다. "그 작품의 의도는 향상시키는 거죠."

밴 블루익 양이 안경을 고쳐 썼다. 마치 안경이 사형선고를 내릴 때 판사가 쓰는 모자라도 되는 듯했다. 밴 블루익 양은 "저는 아무래도,"라고 말하고 잠시 멈추었다. "제일 지독한 비관주의에 빠진 이 책이 무언가를 향상시킨다고 할 수는 없을 것 같은데요. 가르침이 많기는 하지만요."

"당연히 제가 말한 건, 가르친다는 뜻이죠." 레버릿 부인은 같은 뜻인 줄 알던 두 단어가 별안간 구분을 당하자 어쩔 줄 몰라하며 말했다. 부인은 자주 이런 식으로 당황했다. 그리고 다른 회원들이 정신적 만족감을 얻기 위해 부인을 거울처럼 이용하고 있다는 사실을 몰랐기 때문에,

자신이 토론에 참석할 가치가 없는 것 아닐까 의구심이 들기도 했다. 이 끔찍한 열등감에서 부인을 구해준 것은, 스스로가 똑똑하다고 생각하는 이 멍청한 자매님의 존재뿐이었다.

"마지막에 둘이 결혼하나요?" 로비 부인이 끼어들었다.

"둘이요? 누구요?" 런치클럽이 한꺼번에 외쳤다.

"왜, 있잖아요. 그 여자랑 남자요. 소설이니까. 저는 늘 중요한 건 바로 그거라고 생각하거든요. 남녀가 헤어지면 전 입맛이 뚝 떨어져요."

플린스 부인과 밸린저 부인이 황당하다는 눈빛을 주고받았고, 밸린저 부인이 나섰다. "부인께 『죽음의 날개들』을 그런 식으로 읽으시라 권할 수는 없을 것 같아요. 읽을 책이 너무도 많은데 어떻게 그냥 재미만 있는 책을 읽을 시간이 남는지 궁금하네요."

"근사한 점은," 로라 글라이드가 작은 목소리로 말했다. "바로 이거예요. 아무도 『죽음의 날개들』이 어떻게 끝났는지 모른다는 거죠. 오스릭 데인은 자신의 의도가 너무도 중대해서, 독자들이 거기 압도당할까봐 친절하게도 결말을 숨긴 거죠. 어쩌면 작가 자신을 위해서 그런 것이기도 할 거예요. 아펠레스가 이피게니아의 희생 장면에서 아가멤논의 얼굴을 가린 걸로 표현한 것처럼요."

"아펠레… 그게 뭐예요? 시인가요?" 레버릿 부인이 플린스 부인에게 속삭여 물었고, 플린스 부인은 명확한 대답을 안 해주고 쌀쌀맞게 말했다. "찾아보세요. 난 항상 직접 찾아보는 걸 중요시한답니다." 그런 다음 목소리를 높였다. "시종을 시키면 쉽게 할 수 있지만요."

"제가 말하고 싶은 것은," 밴 블루익이 화제로 되돌아갔다. "책이 뭔가를 향상시키지 않고 가르침을 줄 수 있는가에 항상 의구심을 품어야 한다는 거예요."

"아." 레버릿 부인이 어딘가 헤매는 느낌으로 작게 탄성을 질렀다.

"저는요," 밸린저 부인은 밴 블루익의 말투에서 오스릭 데인을 좋아하는 사람들을 깎아내리려는 의도를 감지했다. "많은 애서가들이『로버트 엘스미어』이후 가장 주목하는 그 소설에 대해서 과연 그런 의구심을 품는 게 맞는지 모르겠네요."

"아, 그런데," 로라 글라이드가 외쳤다. "그 작품의 예술성이 그렇게 뛰어난 것은, 작품 전체에 흐르는 암울한 절망 때문이잖아요. 어둠에 어둠을 더한 경이로운 색조의 배치죠. 저는 거기서 프린스 루퍼트의 동판화 메조틴트 작품이 떠올랐어요. 그 책도 그려진 게 아니라 새겨진 거죠. 하지만 독자는 그 어둠 속에서 색감을 너무도 강렬하게 느낄 수 있어요."

"누구요?" 레버릿 부인이 옆자리 회원에게 속삭거렸다. "로라가 외국에서 만났던 사람인가봐요?"

"그 작품이 근사한 것은," 밸린저 부인이 동의했다. "그 작품을 아주 여러 관점에서 볼 수 있다는 거예요. 럼튼 교수는 그 작품을『윤리학의 자료』와 함께 결정론에 관한 최고의 탐구로 꼽았다더군요."

"오스릭 데인이 그 책을 쓰려고 10년 동안 연구를 했다 하더라고요." 플린스 부인이 말했다. "오스릭 데인은 모든 걸 다 찾아본다고요. 전부 확인하는 거죠. 아시겠지만 그게 또, 제가 줄곧 지켜온 원칙이죠. 저도 다른 책을 살 돈이 얼마든지 있지만, 그렇다고 책 한 권을 다 읽기 전에 내려놓지는 않죠."

"그런데 부인은 『죽음의 날개들』에 대해서는 어떻게 생각하세요?" 로비 부인이 불쑥 플린스 부인에게 질문했다.

그렇게 질문하는 것은 일종의 규칙 위반이었다. 회원들은 그 규칙 위반에 자신들은 전혀 책임이 없다는 듯 서로 흘긋거리기만 했다. 모두들 플린스 부인이 책에 대한 의견을 질문 받는 걸 가장 싫어한다는 것을 알고 있었다. 책은 읽으라고 있는 거잖아. 읽으면 그만이지 더 무엇을 바란단 말이야? 부인에게, 책 내용에 대해 시시콜콜 질문 받는 일은, 세관에서 레이스 밀수범으로 의심받아 수색당하는 것처럼 화가 나서 펄펄 뛸 일이었다. 런치클럽은 플린스 부인의 이런 특이한 취향을 존중해왔다. 자신의 정신이 자기 집처럼 흩트리면 안 되는 중요한 "작품들"로 꾸며져 있다는 부인의 생각은 당당하고 견고했다. 그래서 각 회원들의 사고방식을 있는 그대로 존중해주어야 한다는 것이 런치클럽의 불문율로 굳어졌다. 이날의 모임은 로비 부인이 런치클럽에 전혀 어울리지 않는다는 나머지 회원들의 생각만 더 굳힌 채 끝났다.

2

레버릿 부인은 그 특별한 날, 호주머니에 『적절한 인용』을 넣은 채 밸린저 부인 집에 일찍 도착했다.

레버릿 부인은 런치클럽에 늦으면 허둥지둥 정신을 못 차렸다. 생각을 미리 가다듬고 있다가 다른 회원들이 오면 눈치를 봐서 그날 대화가 어느 쪽으로 흐를지 감을 잡곤 했다. 하지만 오늘은 아무 준비도 안 된 상태여서 난처했다. 자리에 앉을 때 『적절한 인용』에 눌리는 익숙한 감촉조차 전혀 위안이 되지 않았다. 그 기특한 작은 책은 사교 상황에서 겪는 모든 위급 상황에 대처할 수 있도록 묶여 있었다. 그래서 축하할 날이나 위로할 기념일, 사교 모임이나 시 단위 연회, 침례교나 국교회, 아니면 종파주의 모임에서도 그 책을 참고하면 전혀 당황하지 않고 적절한 말을 찾아 인용할 수 있었다. 하지만 레버릿 부인은 오랫동안 실용적인 쓸모보다는 도덕적으로 도움을 받기 위해 그 책을 구석구석 읽었다. 부인이 방에 혼자 있을 때 수많은 인용문 군대를 휘어잡았어도 그 군대는 결정적인 순간에 늘 부인을 내팽개치고 탈영해버리고 없었다. 부인에게 남은 유일한 구절 '네가 낚시로 리바이어던을 끌어낼 수 있겠느냐'는 써먹을 때가 전혀 없었다.

오늘은 그 책을 달달 외우고 있어도 안심할 수 없을 것 같았다. 설령 부인이 기적적인 방법을 써서 어떤 인용책을 외웠다고 해도 오스릭 데인은 다른 인용집을(레버릿 부인은 문학가들은 다들 그런 책을 가지고 있다고 믿었다) 참고해서, 결국 부인이 인용한 것을 오스릭 데인이 알아주지 않을 거라 생각했기 때문이다.

이런 뒤처진 느낌은 밸린저 부인의 응접실을 보자 한층 더해졌다. 응접실은 대충 보면 그대로였다. 하지만 밸린저 부인이 어떤 식으로 책을 배열하는지 아는 사람은 새로 일어난 작은 변화의 징표를 바로 알아낼 수 있었디. 런치클럽 회원 중에 밸린저 부인은 '오늘의 책'을 선정하는 역할을 맡았다. 그날의 주제에 맞추어 소설부터 실험심리학 논문에 이르기까지 전문가처럼 '선정해두었다'. 작년의 책, 아니 지난주의 책들은 어디로 간 걸까. 부인이 그전에 예의 그 전문성으로 숭배했던 '주제'의 책들은 어떻게 된 걸까. 그건 아무도 알 수 없었다. 부인의 정신은 말하자면 호텔이었다. 지식들이 잠시 투숙객처럼 묵고 떠났다. 자신들의 연락처를 남겨두지도 않았고 대체로 숙박비도 내지 않고 가버렸다. 부인은 그저 '최신 사상과 함께한다'는 사실을 자랑스럽게 여겼고, 그렇게 앞선 시각을 탁자에 올린 책으로 표현한다는 것에 자부심을 느꼈다. 그 책들은 자주 교체되었고, 거의 늘 잉크도 덜 마른 상태에 레버릿 부인에게는 듣도 보도 못한 작가의 책이기 일쑤였다. 부인은 새로운 분야의 책들을 몰래 살펴보다가, 숨 가쁘게 뛰어가도 밸린저 부인을 따라갈 수 없을 것 같아서 낙담하고 말았다. 그러나 오늘은 오래돼 보이는 책들이 많았고 그 사이사이에 신문에 실린 신간들이 교묘하게 박혀 있었다. 카를 마르크스가 베르그송 교수를 떠밀고 있었고, 『성 아우구스티누스의 고백』이 '멘델의 법칙'에 대한 최신작과 나란히 있었다. 레버릿 부인이 설렁설렁 보기에도, 밸린저 부인 역시 오스릭 데인이 무슨 이야기를 꺼낼지 전혀 짐작하지 못해서 어떻게든 준비를 하려고 애만 쓴 것이 분명했다. 레버릿 부인은 당장 눈앞에 위험은 없지만 안전벨트를 매라는 안내를 들으며 증기선을 타고 있는 느낌이었다.

다행히 밴 블루익 양이 도착하자 이런 불길한 예감 속에서 안도감이 솟았다.

"저, 밸린저 부인." 밴 블루익 양은 집주인에게 싹싹하게 물었다. "오늘 우리 토론 주제가 뭐예요?"

밸린저 부인은 워즈워스를 빼내고 슬쩍 베를렌을 꽂는 중이었다. "내가 어떻게 알겠어요?" 집주인은 약간 신경질적으로 말했다. "분위기 따라가야지, 뭐."

"분위기요?" 밴 블루익 양이 냉정하게 말했다. "그러면 평소처럼 로라 글라이드가 앞장서고 우리는 문학에 아주 푹 빠지겠군요."

밴 블루익이 관심을 가지고 있는 분야는 박애주의와 통계학이었는데, 회원들이 그 주제에서 관심을 돌리려고 하면 속상해했다.

플린스 부인이 갑자기 끼어들었다.

"문학이라고요?" 따지는 듯했다. "예상했던 것과 완전히 다르군요. 나는 오스릭 데인의 소설 이야기를 할 줄 알았어요."

밸린저 부인은 그 단어의 구분에 움찔했지만 가만히 있었다. "그걸 대주제로 삼으면 안 되죠. 적어도 너무 속 보이게 그렇게 할 수는 없는 거죠." 밸린저 부인이 말을 꺼냈다. "물론 대화가 자연스럽게 그쪽으로 흘러간다면야 어쩔 수 없지만요. 하지만 처음에는 다른 주제부터 시작해야 하니까, 그래서 여러분들에게 조언을 구하고 싶어요. 오스릭 데인의 취향과 관심을 전혀 모르니까 무언가 특정한 것을 준비해놓기는 어렵잖아요."

"어렵죠." 플린스 부인이 단호하게 말했다. "하지만 준비는 꼭 해야죠. 천하태평으로 앉아만 있는 사람들이 나중에 어떻게 되는지 아시잖아요. 제가 일전에 조카한테도 충고했는데, 여자라면 늘 준비하고 있어야 하는 비상 상황이 있잖아요. 장례식에 가면서 알록달록한 옷을 입거나, 남편 사업이 잘 안 된다는 소문이 도는데 작년 드레스를 그대로 입거나 한다면 얼마나 끔찍해요? 대화에서도 마찬가지죠. 그러니까 이야기할 걸 미리 알려달라고 부탁드리는 거예요. 그래야 제가 적절히 이야기를 더하죠."

"당연히 그렇죠." 밸린저 부인이 추임새를 넣었다. "그런데요."

그 순간 하녀가 허둥거리며 들어왔고, 오스릭 데인이 문간에 나타났다.

레버릿 부인은 후일 자신의 언니에게, 그날 어떤 일이 일어날지 그 시점에 이미 훤히 내다보였다고 말했다. 부인은 오스릭 데인이 다른 회원들과 타협할 생각이 없다는 것을 알았다. 그 저명인사는 정말로 쉽게 환영해주기 힘든, 강압적인 분위기를 띠고 들어왔다. 마치 새로 나올 책에 실릴 사진을 찍으러 온 사람 같았다.

신이 반응을 덜 할수록 인간들이 신의 비위를 더 맞추려드는 것과 마찬가지로, 오스릭 데인의 등장에 기가 눌린 런치클럽 회원들은 그럴수록 더 열심히 오스릭 데인의 비위를 맞추려고 했다. 오스릭 데인이 대접을 받으면 알아서 고마워할 것이라는 예상은 가차 없이 빗나갔다. 레버릿 부인은 훗날 언니에게 이렇게 말했다. 내 모자가 그렇게 이상한가 하는 생각이 들 만큼 오스릭 데인이 나를 빤히 바라보더라니깐. 회원들은 모두 이 거만함에 너무 놀란 터라, 집주인이 이 유명인사를 응접실로 안내하는 동안 로비 부인이 다른 회원들 쪽을 향해 "완전 밥맛없어!"라고 속삭일 때, 통쾌해서 전율을 느낄 지경이었다.

식사 시간에도 유명인사는 그대로 밥맛없었다. 오스릭 데인은 밸린저 부인의 메뉴들을 잠자코 받아먹었고 회원들은 쭈뼛거리며 진부한 이야기를 이것저것 끄집어냈다. 오스릭 데인은 밥을 먹어치우듯 대충대충 형식적으로 그 이야기들을 받아넘겼다. 그렇게 점심식사가 끝나버렸다.

밸린저 부인이 무슨 이야기를 꺼내야 할지 몰라 망설이자 클럽 전체가 혼란에 빠져 있었고, 본격적인 토론이 벌어질 응접실로 이동하면서 그 혼란은 한층 심각해졌다. 회원들은 누군가가 먼저 이야기를 꺼내기만 기다렸다. 그러다가 집주인이 마침내 입을 열었는데 듣기 민망할 만큼 뻔한 질문이라 모두 실망해서 어쩔 줄 몰랐다. "힐스브리지에는 이번에 처음 오신 거지요?"

레버릿 부인조차 시작이 좋지 않다는 것을 알아차렸다. 글라이드 양은 왠지 트집을 잡고 싶어서 끼어들었다. "사실, 너무 좁은 곳이죠."

플린스 부인이 발끈했다. "이곳엔 대표적인 인물들이 대단히 많습니다." 명령을 내리는 듯한 말투였다.

오스릭 데인이 부인 쪽을 향해 물었다. "무엇을 대표하죠?"

플린스 부인은 그러잖아도 체질적으로 질문 받는 것을 싫어하는데, 준비가 안 된 상태에서 질문을 받았으니 한층 더 싫을 수밖에 없었다.

그래서 밸린저 부인에게 책망하는 듯한 눈치를 주며 질문을 떠넘겨버렸다.

"글쎄요." 밸린저 부인이 회원들을 한 사람 한 사람 바라보면서 말했다. "하나의 단체로서, 우리가 문화를 대표하고 있다고 해도 지나치지는 않겠죠."

"예술도요." 글라이드 양이 끼어들었다.

"예술과 문학을 대표하는 거죠." 밸린저 부인이 고쳐 말했다.

"그리고 당연히 사회학도 대표하죠." 밴 블루익 양이 말을 가로챘다.

"우리는 목표가 있어요." 플린스 부인은 자신이 일반화라는 엄청나게 넓은 땅을 밟고 안전하게 서 있는 것처럼 느껴졌다. 그러자 아주 넓은 땅이니 자신도 발을 걸쳐도 될 거라고 생각한 레버릿 부인이 용기를 내어 작은 목소리로 말했다. "그렇죠. 우리는 분명히 목표가 있지요."

"우리 작은 클럽의 목표는 힐브리지의 최고급 취향을 한데 모으는 것이랍니다."라고 밸린저 부인이 말을 이었다. "힐브리지 지적 활동의 중심지이자 집중지가 되는 것이지요."

그 말에 회원들은 너무 마음이 놓여서 거의 소리가 들릴 만큼 크게 안도의 한숨을 내쉬었다.

회장은 계속했다. "우리는 예술, 문학, 윤리학 분야에서 항상 최고의 것을 접하려고 해요."

오스릭 데인이 다시 밸린저 부인을 향해 질문했다. "어떤 윤리학 말씀이시죠?"

불안의 전율이 방 안 가득 들어차다. 도덕에 관한 질문이라면 회원들 모두 언제든지 대답할 준비가 되어 있었다. 하지만 윤리학은 달랐다. 회원들은 『브리태니커 백과사전』, 『리더스 핸드북』, 스미스의 『클래시컬 딕셔너리』에서 최근에 읽은 내용이라면 어떤 주제든 자신 있게 대답할 수 있었다. 하지만 불시에 질문을 받으면, 불가지론을 초대교회의 이단으로, 프루드 교수를 유명 조직학자로 만들 수도 있었다. 게다가 레버릿 부인 같은 부회원들은 속으로, 윤리학이 뭔가 이교적인 것이 틀림없다고 생각하고 있었다.

밸린저 부인까지 오스릭 데인의 질문에 흔들리자, 로라 글라이드가 적극적으로 나서서 한껏 환심을 사려는 듯한 말투로 이렇게 말했고 모두들 고마워하는 것 같았다. "양해해주세요, 데인 부인. 『죽음의 날개들』 말고 다른 이야기는 지금으로서는 나눌 수가 없겠어요."

"그렇죠." 밴 블루익 양이 불쑥 이렇게 말해서 분위기를 공세로 전환했다. "부인께서 그 탁월한 작품을 쓰시면서 정확하게 어떤 목적을 염두에 두셨는지 너무 궁금해요."

"우리가 가벼운 독자들이 아니란 걸 아시게 될 거예요." 플린스 부인이 끼어들었다.

"우리가 궁금한 것은요,"라며 밴 블루익 양이 말을 이었다. "그 작품의 염세적인 경향이 부인 자신의 신념을 표현하신 건지, 아니면…"

"아니면 단순히,"라며 글라이드 양이 끼어들었다. "인물을 더 극적으로 부각하기 위해 배경으로서 칙칙하게 그리신 건가요. 부인께서 원래

195

는 감수성이 예민하신 편은 아닌 거죠?"

"나는 어떤가 하면요, 부인이 순수하게 객관적인 방법을 잘 보여주고 있다고 늘 생각했어요." 밸린저 부인이 끼어들었다.

오스릭 데인이 불안한 듯 커피를 마시더니 이렇게 물었다. "객관적이라는 것은 어떻게 정의하시나요?"

다들 어쩔 줄 몰라서 잠시 입을 닫고 있었는데 로라 글라이드가 작은 소리로 이렇게 말했다. "부인 작품을 읽을 때 우리는 정의를 내리는 게 아니라 느낀답니다."

오스릭 데인이 빙그레 웃었다. "소뇌에서 문학적 정서 작용이 일어나는 게 드물지는 않은 일이죠." 그런 다음 커피에 설탕 한 덩어리를 더 넣었다.

이 말에 숨겨진 것 같은 가시가, 그 전문용어에 담긴 자신감에 가려 거의 느껴지지 않았다.

"아, 소뇌 말이군요." 밴 블루익이 잘난 척하듯 말했다. "우리 클럽이 지난 겨울에 심리학을 한번 훑어봤죠."

"어떤 심리학이요?" 오스릭 데인이 물었다.

고통스러운 침묵 속에서 회원들은 속으로 다른 회원들의 비참할 만큼 무능한 모습을 못마땅해했다. 로비 부인만 차분하게 샤르트뢰즈*를 홀짝거리고 있었다. 마침내 밸린저 부인이 목소리를 높여서 이렇게 말

* 증류주에 여러 가지 약초를 첨가한 것—옮긴이

했다. "저기, 사실 우리가 심리학을 공부한 것은 작년 일이고 이번 겨울에 열심히 집중하고 있는 것은 그…"

부인은 초조하게 그동안 클럽에서 토론했던 내용을 기억해내려고 애썼다. 하지만 오스릭 데인이 뚫어지게 바라보고 있어서인지 머리가 굳어버린 것 같았다. 클럽에서 뭘 열심히 했더라. 밸린저 부인이 시간을 벌어보려는 듯 천천히 다시 말했다. "이번 겨울에 푹 빠져 있는 것은…"

로비 부인이 잔을 내려놓고 씩 웃으며 가까이 당겨 앉았다.

"징구였죠?" 로비 부인이 슬쩍 운을 띄웠다.

전율이 회원들 모두를 훑고 지나갔다. 어쩔 줄 몰라 서로 눈길을 이리저리 주고받은 뒤, 구원자에게 일제히 안도감과 의문이 뒤섞인 시선을 던졌다. 똑같은 감정이 각자 다른 표정으로 드러났다. 플린스 부인이 먼저 마음을 놓고 표정을 가다듬었다. 금세 아무렇지도 않은 표정이 되더니 밸린저 부인이 말할 차례라는 듯한 얼굴을 했다.

"징구에 대해서. 그랬죠." 밸린저 부인이 늘 하던 대로 과감하게 소리쳤다. 밴 블루익 양과 로라 글라이드는 기억의 심해에 뛰어들어 있는 것 같았고, 레버릿 부인은 불안해져서 『적절한 인용』이 잘 있는지 확인했다. 그 책이 몸을 내리누르는 불편한 느낌 덕분에 여하튼 마음이 놓였다.

오스릭 데인의 표정이 다른 회원들보다 더 급격하게 변했다. 함께 커피 잔을 내려놓았지만 약이 오른 표정이 확연했다. 로비 부인이 나중에 묘사한 대로, 잠깐이었지만 뒤통수를 맞은 표정이었다. 그런데 오스릭 데인이 순식간에 드러난 약점을 채 숨기기도 전에 로비 부인이 공손하게 미소를 지으며 이렇게 말했다. "그래서 오늘, 부인께서 그것에 대해 어떻게 생각하고 계신지 들어보려고 몹시 기대하고 있었어요."

오스릭 데인은 공손한 미소는 당연한 듯 받았지만 뒤따라온 질문에는 눈에 띄게 당황했다. 구경꾼들은 부인이 표정을 재빨리 바꾸지 못한다는 사실을 확실히 알아챘다. 너무 오랫동안 도전이라고는 받아보지 못한 우월한 표정만 지어 버릇해서 굳어버린 얼굴 근육이 이제 주인의 명령에 따라 잘 움직이지 않는 모양이었다.

"징구라." 이번에는 데인 부인이 시간을 벌려는 듯했다.

로비 부인이 더 밀어붙였다. "그 주제가 얼마나 방대한지 아실 테니까, 우리 클럽이 그동안 왜 다른 일은 다 엉망이 되도록 미뤄두었는지 이해하시겠지요. 우리가 징구에 집중하기 시작한 후 나는 다른 것들은, 아, 물론 부인의 다른 책들은 예외로 하고요, 기억할 가치조차 없다고 말할 정도였지요."

오스릭 데인의 굳은 얼굴은 어색한 미소 때문에 밝아지기는커녕 한층 어두워졌다. "부인이 제 책은 예외로 해주시니 기쁘군요." 데인 부인이 입술에 힘을 주어 말했다.

"어머, 당연한 거죠." 로비 부인이 귀엽게 말했다. "부인은 부인 생각에 대해 우리가 이야기 나누는 것을 너무 자연스럽게 여기고 전혀 개의치 않으시는군요. 그러니까 부인이 징구에 대해 어떻게 생각하시는지 정확하게 밝혀주세요." 그런 다음 한층 타이르는 듯한 미소를 지으며 이렇게 덧붙였다. "특히 부인의 최신 작품 하나가 그것에 푹 빠졌다고

들 하니까요."

징구는 이제 하나의 수수께끼였다. 그런 생각이 회원들의 바싹 마른 머릿속에 불처럼 번져나갔다. 이제 다들 징구에 대해 최소한의 단서라도 얻으려고 기를 쓰다보니 데인 부인을 쩔쩔매게 만드는 기쁨을 잊을 지경이었다.

데인 부인이 도전자의 도발에 안절부절못한 채 얼굴을 붉히고 쭈뼛거리며 말했다. "어떤 책을 말씀하시는지 여쭈어도 될까요?"

로비 부인은 망설이지 않았다. "그게 바로 부인이 말씀해주셔야 할 것이죠. 제가 출석은 했지만 참여는 안 해서 잘 모르거든요."

"어디 출석하셨다는 말씀이시죠?" 데인 부인이 로비 부인에게 물었다. 그 순간 조마조마해하던 런치클럽 회원들은 신께서 자신들을 위해 세워주신 전사가 1점을 잃었다고 생각했다. 그러나 로비 부인은 명랑하게 설명했다. "물론 그 토론 말이지요. 아무튼 우리는 부인이 어떻게 징구에서 조사하기 시작하셨는지 너무 궁금해요."

불길한 침묵이 흘렀다. 엄청난 위험을 내포한 침묵이었다. 회원들은 일제히 입술을 꾹 다물었다. 자신들의 무기를 내려놓고 대장들의 일대일 결투를 지켜보게 된 병사들처럼 비장하게. 그때 데인 부인이 예리하게 말하며 병사들의 숨겨진 두려움을 자극했다. "그런데 좀전에 징구 '에서'라고 말씀하신 건가요?"

로비 부인은 굴하지 않고 씩 웃었다. "상당히 꼼꼼하시네요. 개인적으로 전 조사를 잘 틀려요. 다른 회원님들은 어떻게 생각하실지 모르겠지만요."

다른 회원들은 로비 부인의 말을 못 들은 척하고 싶은 것 같았다. 로비 부인은 밝은 얼굴로 회원들을 훑어보더니 말을 이었다. "다른 분들도 아마 저처럼 문법보다는 그 자체가 중요하다고 생각하시는 것 같네요. 징구 말이죠."

데인 부인이 바로 대답할 것 같지 않자 밸린저 부인이 용기를 내서 이렇게 말했다. "분명 다들 징구가 중요하다고 생각할 겁니다."

플린스 부인이 진지하고 낮은 목소리로 동의했고 로라 글라이드는 숨을 몰아쉬며 감동적이라는 듯이 말했다. "난 그게 인생을 송두리째 바꾸어놓았다는 이야기를 들었어요."

"그게 나한테 도움이 많이 됐어요." 레버릿 부인이 마치 지난 겨울에 배웠거나 읽은 기억이 난다는 듯이 끼어들었다.

"물론 너무도 오랜 시간을 내주어야 한다는 게 어렵기는 해요. 그게 너무 길잖아요."라고 로비 부인이 털어놓았다.

"그런 주제에 시간 내주는 걸 아까워하는 건 안 될 일이에요." 밴 블루익 양이 말했다.

"게다가 깊은 부분도 있고요." 로비 부인이 더 나아갔다. (그럼 그것은 책이었다!) "뛰어넘기가 어려워요."

"난 뛰어넘는 일은 없어요." 프린스 부인이 잘난 척하며 말했다.

"아, 징구에서 뛰어넘는 건 위험해요. 시작 부분에도 뛰어넘을 수 없는 곳이 있어요. 찬찬히 헤치고 나아가야 해요." 로비 부인이 말했다.

"헤치고 나간다고 하긴 좀 어색한데요." 밸린저 부인이 비웃는 듯이 말했다.

로비 부인이 재미있다는 듯 밸린저 부인을 바라보았다. "아하, 부인은 징구의 흐름이 완만하다고 생각하신 거죠?"

밸린저 부인이 멈칫했다. "물론 힘든 부분이 있긴 하죠."라고 인정했다.

"그래요, 게다가 일부는 확실치가 않아요." 로비 부인이 덧붙였다. "기원을 알아도 그래요."

"부인이 기원을 잘 안다는 말씀이세요?" 갑자기 오스릭 데인이 도전적인 눈빛으로 끼어들었다.

로비 부인이 손을 내저었다. "아, 특정 지점까지는 사실 어렵지 않아요. 하지만 그 지류들 중에는 거의 알려지지 않은 것도 있고 근원에 도달하기가 거의 불가능하죠."

"시도해본 적은 있으시고요?" 플린스 부인이 아직 로비 부인을 완전히 믿을 수 없다는 투로 물었다.

로비 부인이 잠시 침묵을 지켰다. 그런 다음 눈을 내리깔고 대답했다. "저는 안 해봤어요. 제가 아는 사람이 했어요. 아주 똑똑한 남잔데, 여자들은… 할 게 못 된다고 하더라고요."

방 전체가 술렁였다. 레버릿 부인은 딤배를 건네주던 히너기 못 들도록 기침을 했다. 밴 블루익 양은 메스꺼운 표정이었고 플린스 부인은 모른 척하고 싶은 사람을 만난 얼굴이었다. 그러나 로비 부인의 말이 가져온 가장 두드러진 결과는 그 저명한 손님의 얼굴에 나타났다. 오스릭 데인의 거만한 얼굴이 갑자기 풀어지더니 너무도 따스하고 인간적인 연민의 표정을 띠었다. 그러더니 몸을 앞으로 숙이고 로비 부인에게 물었다. "정말 그런 말을 다 했어요? 그러면 부인 생각엔 어때요? 정말 그래요?"

밸린저 부인은 로비 부인이 평소와 달리 나대는 것에 짜증이 났었는데 이때부터는 고마워지기 시작했다. 하지만 그렇게 어물쩍 손님의 주목을 독차지하도록 내버려둘 수만은 없었다. 데인 부인이 로비 부인의 건방진 태도에 화를 낼 만큼의 자존감조차 없다고 해도 런치클럽은 회장의 얼굴을 빌어 분노를 표현해야 한다고 생각했다.

밸린저 부인이 로비 부인의 팔에 손을 얹고 상냥한 척 말했다. "우리가 잊지 말아야 할 것은, 징구처럼 우리가 열심히 탐구했던 것에 흥미를 덜 느끼는 사람이 있을 수…"

"어머, 아니에요. 오히려 저는 흥미진진해요." 오스릭 데인이 말을 잘랐다.

"있을 수 있어요." 밸린저 부인이 무시하고 문장을 끝맺었다. "그리고 우리 작은 모임에서, 데인 부인이 우리 모두가 징구보다 훨씬 더 중요하다고 생각하는 주제에 대해 짧게나마 말씀하시는 것을 듣지 못하고 모임을 끝내면 안 되지요. 그건 물론 『죽음의 날개들』에 대한 말씀이구요."

다른 회원들도 정도는 다르지만 같은 생각이어서, 그리고 그 두려운 손님의 인간다워진 표정을 보고 우쭐해서 밸린저 부인의 말에 맞장구를 쳤다. "아이구, 그래요. 부인 책 이야기를 꼭 해주셔야죠."

오스릭 데인은 거만하다고 할 정도는 아니지만 처음에 자기 책 이야기가 나왔을 때만큼 따분한 표정이었다. 하지만 밸린저 부인에게 대답을 하기도 전에 로비 부인이 자리에서 일어나 경박스러운 콧등 위로 베일을 내렸다.

"죄송한데요." 로비 부인이 손을 뻗으며 집주인에게 다가갔다. "데인 부인이 말씀을 시작하시기 전에 저는 가는 게 좋겠어요. 다들 아시지만, 죄송하게도 제가 부인 책을 읽지 않아서 모두에게 방해만 될 테니까요. 게다가 브리지 약속이 있어서요."

로비 부인이 먼저 자리를 뜨는 이유로 오스릭 데인의 작품을 읽지 않은 것만 들었다면 회원들 모두 최근의 함량 미달인 활동을 생각해서, 그래도 부인이 경우를 모르지는 않는구나 생각했을 것이다. 하지만 이 중요한 기회를 포기하는 핑계로 브리지 파티까지 뻔뻔스럽게 갖다 댄 것은 너무도 지각없는 짓이라고 생각했다.

하지만 회원들은 로비 부인이 오늘 평소와 달리 혼자서 활약해주었으니 부인이 자리를 뜨고 나면 곧 이어질 토론이 더 순조롭고 고상하게 잘 진행되려니 생각했다. 게다가 로비 부인이 있을 때 느껴지던 조마조마한 느낌도 덜어질 것이라고 생각했다. 그래서 밸린지 부인은 대놓고 뭐라 하지 않았고 다른 회원들도 아무렇지 않게 오스릭 데인 주변으로 모여들고 있었다. 그때 오스릭 데인이 자리에서 일어나자 모두 너무 놀랐다.

"어, 잠깐만요. 기다려요. 나도 같이 가겠어요." 오스릭 데인이 로비 부인에게 소리치고, 철도원이 차표에 구멍을 뚫어주듯 착착, 당혹스러 워하는 회원들의 손을 차례차례 급하게 잡아주며 인사를 했다.

"너무 죄송하지만, 제가 까맣게 잊고 있던 약속이." 부인이 문 앞에서 회원들을 향해 뒤돌아서서 말했다. 로비 부인은 자신을 부르는 소리에 놀라 돌아보고 있었고 오스릭 데인은 로비 부인을 따라잡았다. 그러고 는 굳이 숨길 이유도 없다는 듯 목소리를 낮추지 않고 이렇게 말하자 다 른 회원들은 굴욕감을 느꼈다. "잠깐 동안 같이 걸어가시겠어요? 징구 에 대해서 조금 더 여쭤보고 싶어요."

3

너무도 순식간에 두 사람이 나가고 문이 닫혔다. 다른 회원들은 눈앞 에서 벌어진 일을 미처 이해하지도 못했다. 그러다가 슬슬, 오스릭 데인 이 제대로 인사도 안 하고 가버린 것에 대한 모욕감에 왠지 뭔가 빼앗긴 듯한 느낌이 혼란스럽게 뒤섞이기 시작했다.

침묵이 흘렀다. 그동안 밸린저 부인은 그 저명한 손님이 거들떠보지 도 않은, 정성껏 배열해놓은 책을 건성건성 다시 정리했다. 그때 밴 블 루익 양이 선고를 내리듯 말했다. "있잖아요, 오스릭 데인이 가버렸다고 크게 손해 볼 건 없어요."

이 말에 다른 회원들의 분노가 똘똘 뭉쳤다. 레버릿 부인은 이렇게 불 평했다. "난 오스릭 데인이 작정하고 온 게 분명하다고 생각해요."

플린스 부인은 오스릭 데인을 자기 집 응접실처럼 품격 높은 곳에 불렀더라면 태도가 전혀 달랐을 것이라고 속으로 생각했지만, 밸린저 부인 집을 헐뜯고 싶지 않아서 다들 준비를 못 한 것이 문제였다고 평가하고 대충 접어두려 했다.

"내가 애초에 주제를 미리 정해야 된다고 말했잖아요. 여러분이 준비를 안 하면 늘 발생하는 문제잖아요. 우리가 징구를 미리…"

플린스 부인이 생각이 잘 안 나서 말이 느려도 회원들은 항상 이해하고 기다려주었다. 하지만 이번에는 밸린저 부인이 참고 기다릴 수가 없었다.

"징구!" 밸린저 부인이 쿡쿡거리며 웃었다. "저, 오스릭 데인이 그렇게 펄쩍 뛴 건 우리가 준비를 안 했는데도 자기보다 우리가 징구를 훨씬 더 잘 알고 있어서였잖아요. 이건 다들 동감하시죠!"

심지어 플린스 부인도 수긍했고 로라 글라이드는 갑자기 너그러워져서 이렇게 말했다. "그래요. 그 이야기를 꺼낸 건 로비 부인한테 고마워해야 해요. 오스릭 데인을 화나게 만들긴 했지만 덕분에 기를 좀 죽여 놓았잖아요."

"나는 여러 가지 최신식 문화가 유명한 지적 중심지에만 있는 게 아니란 걸 데인 부인한테 보여줘서 좋았어요." 밴 블루익 양이 덧붙였다.

그러자 다른 회원들도 고개를 끄덕이며, 오스릭 데인을 쩔쩔매게 만들었다는 사실이 너무 재미나서, 화가 났다는 사실을 잊어가기 시작했다.

밴 블루익 양은 뭔가 생각하는 듯 안경을 닦더니 말을 이었다. "제일 놀라웠던 건 패니 로비가 징구에 대해 그렇게 잘 알고 있었다는 거죠."

이 말에 분위기가 약간 싸늘해졌지만 밸린저 부인은 한껏 비웃는 분위기로 이렇게 말했다. "로비 부인이 별것 아닌 일을 오래 끄는 재주가 있기는 해요. 여하튼 로비 부인이 징구에 대해 들었던 걸 기억해낸 건 잘한 일이 분명해요." 그러자 다른 회원들은 이 말로 로비 부인에게 클럽 전체가 표해야 할 감사를 다 한 셈이라고 생각했다.

레버릿 부인까지 용기를 내어 소심하게 비웃었다. "오스릭 데인이 힐브리지에 와서 징구에 대해 배워서 갈 거라곤 생각도 못 했겠죠!"

밸린저 부인이 빙그레 웃었다. "데인 부인이 나한테 우리가 뭘 대표하냐고 물은 거 기억나요? 그때 우리가 징구를 대표한다고 할 걸 그랬어요!"

이 재미난 농담에 모두 웃음을 터뜨렸다. 플린스 부인만 웃지 않고 가만히 생각에 잠겨 있더니 이렇게 말했다. "그렇게 말해도 괜찮았을지는 확신이 안 서네요."

밸린저 부인은 마치 오스릭 데인에게 한 비난이 자신에게 바로 되돌아온 것 같아서 플린스 부인을 공격했다. "왜 그런지 물어봐도 될까요?"

플린스 부인은 심각해 보였다. "로비 부인이 분명히 그 주제는 너무 깊이 들어가지 않는 게 좋다고 했잖아요."

밴 블루익 양이 고쳐주었다. "내 생각에는, 그, 뭐죠, 그것의 기원을 탐구할 때만 적용되는 말인 거 같아요." 평소에는 기억을 잘했는데 이때는 단어가 잘 떠오르지 않았다. "나는 그 기원을 탐구해본 적이 없어서요."

"나도 그래요." 밸린저 부인이 말했다.

로라 글라이드가 회원들을 향해 몸을 숙이고 눈을 가늘게 떴다. "그런데 그 기원이란 게, 아주 비밀스러운 매력을 가지고 있는 것 같지 않아요?"

"왜 그런 말씀을 하시는지 모르겠네요." 밴 블루익 양이 따지는 투로 말했다.

"그게요, 오스릭 데인 부인이 그 똑똑한 외국인, 아, 외국인 맞죠? 하여튼 그 외국인이 로비 부인한테 그 기원에 대해서, 그 의식의 기원이랬던가 뭐랬던가를 말했다는 걸 듣자마자 얼마나 관심을 기울이는지 못 보셨어요?"

플린스 부인은 그렇게 생각하는 것 같지 않았고 밸린저 부인은 어떻게 해야 할지 모르는 것 같았다. 그러다가 밸린저 부인이 말했다. "어, 일반적인 대화에서는 그 주제를 건드리는 것이 바람직하지 않을 거예요. 하지만 오스릭 데인처럼 뛰어난 여성이 그 주제를 중요하게 여기는 것이 확실하다면, 우리도 그것에 대해 토론하는 것을 두려워해서는 안 될 거 같아요. 진지하게 말이죠. 필요하다면 문을 닫고 비밀리에 하더라도요."

"전적으로 찬성해요." 밴 블루익 양이 흔쾌히 받아들였다. "그러니까 상스러운 말은 전부 피한다는 조건하에요."

"아, 그런 말이 없어도 분명히 이해할 수 있어요." 레버릿 부인이 킥

킥거렸다. 그러자 로라 글라이드가 의미심장하게 덧붙였다. "우리는 행간을 읽을 수 있으니까요." 그동안 밸린저 부인이 문이 잠겼는지 확인하러 일어섰다.

플린스 부인은 아직 찬성하지 않았다. "난 그런 걸 조사해서 무얼 얻을 수 있을지 잘 모르겠네요. 그런 특이한 관습이랄지…"

하지만 밸린저 부인의 인내심은 이미 한계에 도달해 있어서 이렇게 답했다. "적어도 우리가 패니 로비보다 우리의 토론 주제에 대해 모르는 부끄러운 상황은 다시 만들지 말아야 해요."

이 말은 플린스 부인에게도 결정타였다. 은근슬쩍 방을 둘러보고는 낮은 목소리로 위엄 있게 물었다. "책 있어요?"

"채, 책이라니요?" 밸린저 부인이 말을 더듬었다. 다른 회원들이 자신에게 기대의 눈길을 보내고 있어서 질문이 부적절하다는 생각에 다른 질문을 보탰다. "무엇에 대한 책 말씀이세요?"

답을 기다리는 회원들의 눈길이 플린스 부인에게 향했다. 플린스 부인은 이번에는 평소보다 자신이 없어 보였다. "저거, 그, 그 책이죠."

"무슨 책이요?" 밴 블루익 양이 거의 오스릭 데인만큼 날카롭게 떽떽거렸다.

밸린저 부인이 로라 글라이드를 보았더니 글라이드의 질문하는 듯한 시선이 레버릿 부인에게 꽂혀 있었다. 레버릿 부인은 자신에게 결정이 맡겨진 일이 처음이라 과도한 배짱이 생겨서 이렇게 소리쳤다. "왜, 그, 징구죠, 당연히!"

밸린저 부인의 서재에 대한 이 도전 뒤에 침묵이 이어졌고, 밸린저 부인은 그날의 책을 초조하게 훑어본 뒤에 엄숙하게 돌아왔다. "그냥 무심코 갖다 둘 책은 아니에요."

"그렇죠!" 플린스 부인이 외쳤다.

"그렇다면 징구가 정말 책 제목인가요?" 밴 블루익 양이 말했다.

그러자 회원들은 다시 혼란에 빠졌고, 밸린저 부인이 못 참겠다는 듯 한숨을 내쉬더니 다시 끼어들었다. "당연히 책이 있겠죠."

"그런데 왜 글라이드 양은 그걸 종교라고 했어요?"

로라 글라이드가 깜짝 놀랐다. "종교라니요? 난 그런 적이…"

"그랬잖아요." 밴 블루익 양은 굽히지 않았다. "회원님들은 의례라고 했고 플린스 부인은 그게 관습이라고 했죠."

글라이드 양은 자기가 했던 말을 기억해내려고 눈에 띄게 열심히 노력했다. 그러나 정확한 것에는 워낙 소질이 없었다. 마침내 낮은 목소리로 중얼거리기 시작했다. "분명히 엘레우시스* 제전에서 그런 종류의 무언가를 하곤 했어요."

"어어." 밴 블루익 양이 난색을 표했고 플린스 부인은 항의했다. "상스러운 게 있어서는 안 되는 거였잖아요!"

밸린저 부인은 짜증을 참을 수 없었다. "정말이지 우리끼리도 그 문제를 조용하게 이야기할 수 없다는 건 너무해요. 개인적인 생각으로는

---

* 그리스의 아테네 서북쪽에 있는 도시—옮긴이

누군가가 징구를 조사해본다면…"

"아, 나도 그렇게 생각해요!" 글라이드가 소리쳤다.

"그리고 최신 사상을 따라가려면 그렇게 할 수밖에 없을 거라 생각해요."

레버릿 부인이 무언가가 생각난 듯 소리쳤다. "저기, 그게 그거예요!"

"그게 뭔데요?" 회장이 말을 받았다.

"있잖아요, 그게 일종의… 사상, 그러니까 철학 말이죠."

밸린저 부인과 글라이드는 분명히 수긍하는 듯했지만 밴 블루익 양은 이렇게 말했다. "안됐지만 철학은 절대 아니에요. 징구는 언어가 틀림없어요."

"언어!" 런치클럽이 한목소리로 외쳤다.

"확실해요. 패니 로비가, 지류가 여러 개 있고 어떤 것은 따라가기가 어렵다고 말한 거 기억 안 나요? 방언 말고 그 말이 적용되는 것이 또 있어요?"

밸린저 부인은 비웃음을 억누를 수 없었다. "정말이지, 런치클럽이 징구 같은 주제에 대해 로비 부인한테 물으러 가야 하는 수준이 된다면 아예 없애는 게 낫겠어요!"

"더 명확하게 이야기를 안 해준 건 로비 부인이 잘못한 거죠." 로라 글라이드가 말했다.

"나 원 참, 패니 로비한테 명확한 걸 기대한다니!" 밸린저 부인이 어깨를 으쓱했다. "로비 부인은 명확한 게 아무것도 없을걸요."

"책에서 찾아보면 안 되나요?" 플린스 부인이 말했다.

보통 플린스 부인이 여러 차례 반복하는 이런 제안들은 토론의 열기 속에 묻혀버렸다가 나중에 회원들이 각자 집에 혼자 있을 때나 다시 생각나곤 했다. 하지만 이때는 회원들이 우왕좌왕하게 된 것을 로비 부인이 모호하고 앞뒤가 안 맞게 알려준 탓으로 돌리자니 책을 찾아보자고 목소리를 모으지 않을 수 없었다.

이 순간 레버릿 부인이 자신만의 소중한 책을 내밀면서 잠깐 동안 중요한 사람이 된듯 뿌듯해했다. 하지만 그 뿌듯함은 오래 가지 못했다. 『적절한 인용』에는 징구가 나오지 않았으니까.

"글쎄, 그 책은 우리한테 필요한 책이 아니네요." 이렇게 말한 밴 블루익 양은 밸린저 부인이 정렬해놓은 책들을 깔보듯 슬쩍 보더니 참지 못하고 덧붙였다. "도움 되는 책들은 없나봐요?"

"왜 없겠어요!" 밸린저 부인이 벌컥 화를 냈다. "남편 옷방에 모셔놨어요."

하녀가 옷방에서 오랜 시간 애쓴 끝에 백과사전 W-Z권을 꺼내왔고 이 책을 가져오게 된 것이 밴 블루익 양 덕분이라는 점을 존중해 블루익 양 앞에 그 육중한 책을 놓았다.

밴 블루익 양이 안경을 질 닦아 쓴 다음 Z항을 찾을 때까지 괴로운 시간이 흘렀다. 잠시 후 블루익 양이 놀라며 이렇게 웅얼거렸다. "여기 없네요."

"사전에 올리기 적당하지 않은 내용인 게 분명해요." 플린스 부인이 말했다.

"아니에요, 그럴 리가 없어요!" 밸린저 부인이 소리쳤다. "X에서 찾아봐요."

근시인 밴 블루익 양이 뒷장을 펴더니 페이지의 위아래를 훑었다. 그러다가 멈추고는 가만히 있었다. 뭔가에 집중한 강아지처럼.

"저, 찾았어요?" 밸린저 부인이 꽤 오래 참다가 물었다.

"예, 찾았어요." 밴 블루익 양의 목소리가 이상했다.

플린스 부인이 급히 끼어들었다. "역겨운 내용이 있으면 소리 내서 읽지 말아요."

밴 블루익 양은 대답 없이 입을 꾹 다물고 계속 그 페이지를 읽어보았다.

"그러니까, 그게 뭔가요?" 로라 글라이드가 들떠서 소리쳤다.

"말해줘요!" 레버릿 부인이 재촉했다. 언니한테 들려줄 무시무시한 이야깃거리가 생길 것 같은 예감이 들었다.

밴 블루익 양이 사전을 옆으로 치우고, 기대감에 가득 찬 회원들 쪽으로 몸을 돌렸다.

"강이에요."

"강?"

"예, 브라질에 있는 강이에요. 부인이 거기 살다가 왔다고 했죠?"

"누가? 패니 로비가? 아, 하지만 그럴 리가요. 잘못 읽은 걸 거예요." 밸린저 부인이 몸을 기울여 사전을 붙들며 외쳤다.

"사전에 징구는 그 강밖에 없어요. 그리고 로비 부인은 브라질에 살았고요." 밴 블루익 양이 확신했다.

"그러네요. 로비 부인 오빠가 브라질 영사였어요." 레버릿 부인이 끼어들었다.

"하지만 그럴 리가 없잖아요! 나는, 아니 우리가, 모두 작년에 징구에 대해 공부한 걸 기억하잖아요. 아, 재작년이었던가요." 밸린저 부인이 머뭇거렸다.

"나는 부인이 그랬다고 하니까 그랬나보다 생각한 거예요." 로라 글라이드가 털어놓았다.

"내가 그런 말을 했다고요?" 밸린저 부인이 소리쳤다.

"예. 부인이 징구가 머릿속에서 다른 것들을 전부 밀어냈다고 말했어요."

"글라이드 양은 인생을 송두리째 바꿔놓았다고 했잖아요."

"그렇게 따지면 밴 블루익 양은 자기가 징구에 투자한 시간이 전혀 아깝지 않다고 했죠."

"나는 기원이 뭔지 전혀 모른다고 분명히 말했어요." 플린스 부인이 끼어들었다.

밸린저 부인이 신음 소리로 언쟁을 중단시켰다. "음, 로비 부인이 우리를 놀리려고 한 건데 그런 것들이 이제 와서 뭐가 중요하겠어요. 밴 블루익 양 말이 맞다고 생각해요. 로비 부인은 내내 강 이야기를 한 거라고요!"

"어떻게 그럴 수가 있지? 말도 안 되잖아요." 글라이드 양이 외쳤다.

"읽을게요." 밴 블루익 양이 다시 백과사전을 끌어다놓으며 흥분해서 벌게진 코 위에 안경을 걸쳤다. "징구, 브라질의 주요 강 중 하나. 마토 그로소의 고원에서 시작해 북쪽으로 흐른다. 길이는 2킬로미터가 넘는다. 아마존 강과 하구에서 만난다. 징구의 상류 구간에서 금이 산출되며 수많은 지류가 있다. 1884년 독일 탐험가 폰 덴 슈타이넨이 위험과 고난을 무릅쓰고, 석기시대 문화를 간직한 부족들의 거주 지역을 탐험하다가 그 강의 기원을 발견하였다."

회원들은 넋이 나가 돌처럼 굳어 있었다. 처음 침묵을 깬 것은 레버릿 부인이었다. "로비 부인이 분명히 지류가 있다고 말했어요."

그 말이 회원들이 믿지 않고 붙들었던 한 가닥 실을 낚아챘다. "그리고 길이가 엄청나다는 말도 했어요." 밸린저 부인은 숨이 막히는 듯했다.

"로비 부인은 그게 끔찍하게 깊어서 여러분은 뛰어넘을 수 없다고, 헤치고 나아가야 한다고 했어요." 글라이드가 덧붙였다.

플린스 부인의 머릿속에서 단어 떠오르는 속도가 더 느려졌다. "강에 부적절한 게 뭐가 있을 수 있어요?"

"부적절한 거요?'

"그거 있잖아요, 근원에 대해서 부인이 말했던, 그게 타락했다고 했으니까 부적절한 거 잖아요."

"타락이 아니고 근원에 이르기가 어렵다고 했죠." 로라 글라이드가 바로잡았다. "거기까지 갔던 사람이 부인한테 알려줬다고요. 그 사람이 그 탐험가겠죠. 탐험이 위험했다고 적혀 있잖아요?"

"위험과 고난을 무릅쓰고." 밴 블루익 양이 다시 읽어주었다.

밸린저 부인은 지끈거리는 관자놀이를 손으로 꾹꾹 눌렀다. "로비 부인이 한 말 중에 강에 적용되지 않는 내용은 하나도 없어요. 이 강에요!" 밸린저 부인은 흥분해서 다른 회원들을 향해 몸을 이리저리 돌렸다. "아, 부인이 『최고의 순간』 못 읽었다고 말한 거 기억나요? 오빠랑 살 때 선상 파티에 가져갔는데 누군가가 강물에 던졌다고. 분명히 던졌다고 말했어요."

여자들은 숨을 죽여 그 말을 기억하고 있다는 것을 보여주었다.

"그래요. 그리고 오스릭 데인에게 책이 징구에 푹 빠졌다고 하지 않았나요? 정말 그랬겠어요. 로비 부인 친구들이 요란하게 놀다가 강에다 던졌다면요."

이제 막 재구성한 장면을 떠올리면서 모두 할 말을 잃었다. 마침내 플린스 부인이 고민하는 듯하더니 무거운 목소리로 말했다. "오스릭 데인도 속은 거예요."

이때 레버릿 부인이 용기를 냈다. "로비 부인이 일부러 속인 거예요. 부인이 오스릭 데인을 밥맛없다고 했고, 본때를 보여주고 싶었던 거겠죠."

밴 블루익 양이 인상을 찌푸렸다. "우리를 희생시켜서 그럴 것까지는 없었잖아요."

"어쨌든." 글라이드 양이 억울하다는 듯이 말했다. "로비 부인이 오스릭 데인의 관심을 끄는 데 우리보다 성공하긴 했네요."

"우리가 어디 그럴 기회나 있었어요?" 밸린저 부인이 다시 끼어들었다.

"로비 부인이 처음부터 데인을 독차지했죠. 그게 바로 로비 부인의 목표였던 게 분명해요. 오스릭 데인에게 자기가 우리 클럽에서 중요한 사람인 것처럼 보이려고요. 로비 부인이 마음먹고 관심을 끌려 하면 못 할 게 없잖아요. 다들 부인이 그 딱한 포랜드 교수를 어떻게 꼬드겼는지 알잖아요."

"그 교수가 목요일마다 브리지 모임을 하게 만들었죠." 레버릿 부인이 큰 소리로 말했다.

로라 글라이드가 손뼉을 쳤다. "어이구, 오늘이 목요일이니까 부인이 거기 간 거네요. 오스릭 데인도 같이!"

"둘이서 지금쯤 우리를 이겨먹은 게 재미있어서 비명을 지르겠네요." 밸린저 부인이 목소리를 죽여 말했다.

그렇다고 인정해버리기엔 너무 황당한 것 같았다. "로비 부인이 감히 오스릭 데인을 속였다고 털어놓지는 못 할 거예요." 밴 블루익 양이 말했다.

"안 그럴 수도 있어요. 로비 부인이 급히 나가며 신호를 보내는 걸 본 것 같아요. 신호를 안 줬다면 왜 오스릭 데인이 그렇게 허겁지겁 따라 나갔겠어요?"

"글쎄요. 우리가 모두 징구가 너무 멋지다고 말했으니 징구에 대해 더 알고 싶었을 수도 있어요." 레버릿 부인은 갑자기 오스릭 데인 편을 들고 싶어졌다.

하지만 그 말에 회원들의 화가 누그러지기는커녕 한층 더 불타올랐다.

"그러네요. 그래서 지금 두 사람이 한창 비웃고 있겠죠." 로라 글라이드가 비아냥거렸다.

플린스 부인이 일어서서 너무도 당당한 태도로 자신의 비싼 모피를 입었다. "난 비난하고 싶은 마음은 없어요. 하지만 런치클럽이 그런, 그, 그런 온당치 못한 일의 재발을 막을 수 없다면, 나는, 하나의, 그…"

"맞아요! 나도 그렇게 생각해요." 글라이드 양도 일어서며 맞장구를 쳤다.

밴 블루익 양이 백과사전을 덮고 재킷의 단추를 채우며 말했다. "사실 내 시간이 너무 아까워서.…"

"우리 모두 같은 마음일 거예요." 밸린저 부인이, 레버릿 부인은 자신을 보지 않는데도 레버릿 부인 쪽을 빤히 보면서 말했다.

"나는 우리 클럽에 스캔들 같은 건 없어야 한다고 생각하고 있어요." 플린스 부인이 말을 이었다.

"로비 부인이 오늘 스캔들의 원인이에요." 글라이드 양이 소리쳤다.

레버릿 부인은 이렇게 투덜댔다. "어떻게 그럴 수가 있지, 로비 부인이!" 그러자 밴 블루익 양이 자신의 공책을 집어 들며 말했다. "못 할 짓이 없는 여자들이 있잖아요."

"하지만 만약에," 플린스 부인이 자신의 주장을 강하게 이어갔다. "그런 종류의 일이 우리 집에서 일어났다면(하지만 속으로는 그런 일은 절대 없었을 것이라고 생각하는 듯했다.) 로비 부인에게 탈퇴를 요구하거나 내가 탈퇴했을 거예요."

"어머, 플린스 부인." 런치클럽이 숨을 죽였다.

"나로선 다행히," 플린스 부인이 엄청난 관용을 베푼다는 듯 말을 이어갔다. "우리 회장이 저명한 손님을 접대할 권리가 회장한테 주어진 특권이라고 결정하셨으니 그 일은 나와는 상관이 없어요. 다른 회원들도 같은 생각이겠죠. 회장만이 그 권리를 가진 거니까, 그 뭐지, 그 일 때문에 일어난 비참한 결과를 수습하는 제일 좋은 방법도 회장이 혼자 찾아야지요."

플린스 부인이 해묵은 짜증을 폭발시킨 뒤 무거운 침묵이 흘렀다.

"왜 내가 로비 부인에게 탈퇴하라고 해야 하는지 모르겠는데요." 밸린저 부인이 마침내 말문을 열었다. 그러나 로라 글라이드가 돌아서서 말했다. "밸린저 부인도 로비 부인한테 속아서 징구가 완만하다고 말했잖아요."

레버릿 부인이 눈치 없이 키득거렸지만 밸린저 부인은 굴하지 않았다. "하지만 그렇다고 내가 탈퇴서를 못 받아낼 거라고 절대 생각하진 말아요!"

회원들이 돌아가고 응접실의 문이 닫히자 그 저명한 모임의 회장은 책상 앞에 앉아 『죽음의 날개들』을 팔꿈치로 쓱 밀고 클럽 이름이 적힌 종이를 꺼내 이렇게 쓰기 시작했다. "친애하는 로비 부인께."

홀바인 풍으로*

1

앤슨 윌리가 꽤 비범한 사람이었던 때가 있었다. 하지만 항상 그랬던 것은 아니었다. 꽤 긴 간격을 두고 간헐적으로만 비범했고 아닐 때는 그저 작고 딱한 사람이었다. 겉보기에는 쾌활하고 유명하기까지 했지만 속을 들여다보면 추워서 이가 덜덜 떨릴 지경이었다.

앤슨은 자신의 이런 두 가지 측면(생각할 때조차 두 가지 인격이라고 부르지 않았다.)을 늘 완벽하게 파악하고 있었다. 그리고 그 꽤 비범한 사람은 제 앞가림을 아주 잘했기 때문에 윌리라는 이름을 점점 더 오래 차지하고 뉴욕이 30년 넘게 끊임없이 초대장을 쏟아부어 점점 더 유명해진 그 작고 딱한 사람을 돌보는 데 거의 모든 관심을 쏟았다. 윌리가 더

---

* 워튼이 직접 언급한 적은 없으나, 이 홀바인은 한스 홀바인 주니어를 가리키는 것 같다.
   홀바인의 작품 중 <죽음의 무도(Danse Macabre)> 연작을 모티프로 삼았을 것이다.

젊었을 때 바로 이 외롭고 엉덩이가 들썩이는 한가한 사람을 위해, 전 세계를 돌며 가장 요란한 식당과 가장 화려한 팰리스 호텔들에 뻔질나게 드나들고, 가장 앞선 문학과 예술 비평을 빼놓지 않고 읽으며, 가장 격렬한 논란을 일으키는 젊은 화가들의 그림을 사들이고, 밤이면 뉴욕, 런던, 파리에서 열리는 가장 현란한 초연을 거의 놓치지 않고 관람하며, 특이한 패션과 스캔들 같은 것으로 사교계에서 악명 높은 사람들과, 보통은 여성과 더 자주, 어울리려고 하고, 성공이라는 곧 꺼질 모닥불 곁에서 떨고 있는 자신의 영혼을 따뜻하게 해주려고 했다.

원래 앤슨 윌리는 작은 아파트에 머물며 책을 읽고 생각에 잠겨 있었는데 이때 다른 딱한 존재가 생겨났다. 하지만 언제 어떻게인지 자신도 모르는 사이에 점차 그 존재를 따르게 되었다. 그러다가 마침내 원래의 윌리는 자신이 그 딱한 존재와 하나가 되어버렸다는 사실을 씁쓸히 인식하게 됐다. 물론 점점 드물어지기는 해도 그 존재를 뿌리치는 때도 있었다. 아무렇게나 터지는 일상의 일들로부터 떨어져 나와서, 경멸감의 원천인 높은 분수령에 오르는 때였다. 그 높은 곳에서 보는 풍경은 장엄하고 광대했으며, 공기는 싸늘했지만 아주 상쾌했다. 하지만 이내 그곳에 있으면 너무 외롭고 올라오기가 너무 힘들다는 것을 깨닫기 시작했다. 특히 그 딱한 앤슨이 올라오려 하지 않았을 뿐만 아니라 높은 곳을 좋아하는 취향을 처음에는 은근히 비웃기 시작하더니 점점 더 건방지게 대놓고 조롱했다.

'도대체 거기 기어 올라가봐야 뭐하냐? 거기서 소중한 뭔가를 가지고 내려온다면야 이해해줄 수 있지. 시나 그림 같은 것 말이야. 하지만 올라가서 그냥 바라보기만 하면 그게 무슨 소용이 있어? 창조의 재능이 있는 사람들에겐 자기만의 시나이산이 필요해. 내가 장담하지. 하지만 너 같은 그냥 구경꾼한테 그런 건 허세 아니냐? 넌 끔찍하게 말을 잘하고 게다가 재미있기도 하지.(어이, 친구, 우리 사이에 겸손한 척은 집어치워!) 하지만 빙하들이나 둥둥 떠 있는 거기서 어떤 놈이 네 말을 들어주냐? 게다가 네가 내려올 때 가끔 보면 넌 약간, 뭐랄까, 심각하게 입을 꾹 다물고 있어. 조심해야 돼, 그러고 있다간 아무도 식사에 우리를 초대하지 않게 된다고! 그러면 허구한 날 집에 처박혀 있어야 해. 으으으. 그나저나 이봐, 오늘 밤에 별 계획 없으면 나랑 같이 크리시 토런스 집, 아니면 밥 브리그시스 집, 아니면 프린세스 케이트 집에 가자구. 어디든 시끌벅적하고 번쩍번쩍하는 데로 가자. 사람들이 롤스로이스를 몰고 오는, 세련되고 따뜻하고 북적이는 데 가자. 들어가려면 이래저래 돈이 많이 드는 곳 말이지.'

사실 윌리는 여러 번 또 다른 자신을 피해서 멀고 불편한 곳에 교회와 그림을 보러 몰래 빠져나가곤 했다. 아니면 책을 잔뜩 읽으며 집에 틀어박히기도 했다. 아니면 그 친구의 뻔한 소리에 진저리가 나서, 현실적인 일들을 하고 그것들을 생각하는 사람들과 저녁을 함께 보내기도 했다. 하지만 그런 일은 점점 더 드물어졌고 더 은밀해졌다. 그래서 결국 몰래 빠져나와 고고학에 관심 있는 친구와 2, 3일 혹은 과묵한 학자와 저녁을 보내곤 했다. 애인과 밀회를 즐기러 나가듯 은밀하게 나갔다.

당시에 그런 밀회는 항상 사람들의 관심을 끌었으니 손해볼 것은 없었다. 하지만 늘 그 작은 월리에게 미안한 마음이 있었다. 아니, 사실대로 말하자면 그런 만남이 다 끝나기도 전에 지루해졌고 꿈지럭거리기 일쑤였다. 그리고 자신만의 산꼭대기에 올랐을 때도 따뜻하고 소란스럽고 북적거리는 무언가를 잃을까봐 마음 저편에서 점점 더 두려워졌다. '그래도 그 교양 높은 일은 끔찍하게 많이 해봤잖아, 그치?' 작은 월리는 진주 단추를 찾으려 뒤적거리고, 열차 시간표를 보듯 초조하게 납작한 손목시계를 들여다보면서 슬쩍 말하곤 했다. '이렇게 이랬다저랬다 하느라 진짜 즐거운 걸 놓치지 않았으면 좋겠군.'

'아, 이 딱한 것! 항상 너를 빼놓을까봐 걱정하지? 그래, 딱 한 번이야. 네가 즐거워하고 게다가 나도 약간 지루하니까 말이야. 제정신인 남자가 따뜻하고 세련되고 북적이는 곳에 가고 싶어하는 게 뭐가 어때!' 그리고 둘은 급히 나갔다.

2

그것도 다 아주 오래전 일이었다. 두 앤슨 월리가 있었던 것은 수년 전이었다. 더 작은 월리가 다른 하나를 없애버렸다. 피 한 방울 안 내고 슬며시 죽여버렸다. 그래서 허연 머리카락에 작고, 마르고, 빈정대듯 웃고, 파티복을 완벽하게 차려입은 이 남자, 뉴욕이 아직도 초대장을 퍼붓는 이 사람이 다름 아닌 살인자일지도 모른다고 의심하는 사람은 아주 극소수밖에 없었다. (게다가 이 극소수도 이제는 더 이상 관심이 없었다.)

앤슨 윌리! 앤슨 윌리 없이는 파티가 완성되지 않았다. 윌리는 이제 외국에 나가지 않았다. 관절이 너무 뻣뻣하고 현기증도 두세 번 있었다. 그러니 외국은 말도 못 꺼내게 됐다. 하지만 주말에 롱아일랜드로 드라이브를 가거나 여름에 몇 번 뉴포트에 간 것을 빼고는 어차피 편안한 데를 찾아 들어가면 나오기가 싫어지기도 했다. 핫스프링스에서 뻣뻣한 관절을 풀어볼까 했지만 별로 도움이 되지 않았고, 이제 정신없는 호텔 생활과 단조로운 호텔 음식이 점점 싫어졌다.

그랬다. 나이가 들수록 윌리는 점점 더 까탈스러워졌다. 윌리 자신은 좋은 신호라고 생각했다. 음식과 편의시설뿐만 아니라 사람들에 대해서도 까탈스럽게 굴었다. 여전히 앤슨을 손님으로 맞이하는 것은 특권이자 특별한 일이었다. 예전 친구들은 아직 그대로 곁에 남아 있었으며 새로 만난 사람들은 앤슨을 차지하려 다투었고, 놓치는 일이 허다했다. 그래서 아주 특별히 맛있는 음식과 대화, 미인으로 앤슨을 유혹하려 했다. 젊고 아름다운 사람. 그래, 그거면 됐다. 앤슨은 어여쁜 얼굴을 바라보는 것, 어여쁜 눈에 웃음이 어리도록 해주는 것이 좋았다. 하지만 지루한 식사 자리라면 사절이었다. 금을 먹여준다고 해도 싫었다. 그 점에서는 다른 윌리처럼 확고했다. 지금의 윌리가, 그러니까, 아주, 에, 그, 원만하게, 그, 헤어진 차갑고 초연한 윌리처럼 말이다.

그렇게 다른 윌리와 헤어지고 나서 인생이 전체적으로 더 쉽고 즐거워졌다. 딱한 윌리는 예순셋이 되었지만 뉴욕의 밤이 영원하기를 당연하다는 듯 기대하고 있었다.

하지만 적당한 장소만, 늘 그랬듯 적당한 장소만 좋았다. 당연히! 적당한 사람들, 적당한 분위기, 적당한 와인 같은 것들… 그런 것들을 계속 즐길 수 있다는 사실은 흐뭇했다. "헛소리 말게, 필모어." 윌리는 헌신적이고 약간 지친 하인에게 말하곤 했다. 필모어는 매일 밤, 어떤 날은 춤을 추고 왔을 때 이렇게 이야기하기 시작했다. 나리, 몇 달이고 쉬지 않고 그러시면 몸에 특히 무리가 갑니다. 게다가 의사 선생님께서…

"아, 제기랄 의사들이란!" 윌리가 말을 뚝 잘랐다. 윌리는 화를 잘 내지 않았다. 자제력을 잃는 것은 멍청하고 당황스러운 일이라고 생각했다. 하지만 필모어가 성가시게 굴고 잔소리를 늘어놓기 시작하면 얘기가 달랐다. 마치 윌리가 잘못하고 있다는 듯이 말이다.

게다가 윌리는 만날 사람을 가렸다. 필모어는 윌리가 외출하는 밤이면 매번 이렇게 말했다. 지루한 저녁 시간을 보내느니 집에 계시는 게 낫습니다. 저 불쌍한 재스퍼 부인처럼 되지 않으시려면… 그런 다음 부인이 뒤뚱거리는 모습을 떠올리며 자기 말이 옳다는 듯 씩 웃었다. '필모어는 내가 그렇게 바보인 줄 아나.' 앤슨은 자신이 훨씬 낫다는 생각을 하며 화를 풀고 싱긋 웃었다.

불쌍한 이블리나 재스퍼! 앤슨이 젊을 때, 심지어 전성기에도 재스퍼는 뉴욕 사교계의 유명인사였다. 신문들은 재스퍼를 '파티의 여왕'이라 칭했다. 5번가에 있는 재스퍼의 저택에서는 항상 행사가 열렸다. 재스퍼는 수백만 달러로 먹고 살고 숨 쉬고 쓰고 또 쓰고 끝도 없이 썼다. 처음에는 딸들을 결혼시키고 아들들을 즐겁게 해주기 위해서라고 핑계를

댔다. 하지만 나중에는 아들딸이 결혼해서 다 떠났는지도 모르는 것처럼 보였다. 그저 계속 즐겼다. 엄청 화려한 저택에서 수백, 아니 수천 번 (금접시에 난초 장식을 얹고, 계절에 상관없이 온갖 별미가 나오는) 만찬이 열렸다. 눈을 감았다 뜨면 그곳은 큰 교차로에 있는, 백만장자를 위한 기차 뷔페로 변모했다. 식당 기차가 발명되기도 전이었지만…

월리는 눈을 감고 상상해보았다. 지난 40년 동안 그 집을 스쳐 갔을 손님, 송아지 등심, 양 다리, 테라핀,* 오리, 샴페인, 피라미드처럼 쌓인 온실 과일을 즐겁게 헤아리느라 정신이 없었다.

지금도 그럴 것이라고 생각했다. 늙은 이블리나의 조카딸에게서 일전에 들은 바가 있었다. 조카딸은 반쯤은 흉보려는 듯 또 반쯤은 말하기를 망설이면서, 그 불쌍한 부인의 뇌가 녹아내려 서서히 죽어가고 있지만, 아직도 자신이 뉴욕 파티의 여왕이라 생각해 여전히 (당연히 배달되지는 않는) 초대장을 보내고 아직도 테라핀, 샴페인, 난을 주문하고, 아직도 자줏빛 가발에 티아라를 비뚤게 쓰고 상상 속 손님들의 물결을 맞이하러, 천을 씌운 커다란 응접실에 매일 저녁 내려온다고 했다.

말도 안 되는 소리, 암. 허풍 떨기 좋아하는 넬리 피어스의 끔찍한 농담이겠지. 늘 이블리나 숙모의 씀씀이를 조롱하는 농담을 하곤 했으니까. 하지만 월리는 이블리나의 뻥연 머릿속에서 지루하고 재미없는 만찬이 아직도 열리고 있다고 생각하니 미소가 절로 나왔다. 딱한 이블리나! 어떻게 보면 이블리나가 이상한 게 아니었다. 그런 규격화된 연회가 중단될 리 없었으니까. 파티가 매번 너무도 비슷비슷했으니, 그 지친 부인의 머릿속에서 그동안 자신이 준비했던 모든 만찬이 엄청나게 많은 음식과 음료의 산을 이루고, 맨날 똑같은 얼굴들이 똑같은 금접시 앞에 무신경하게 모여 있을 것이었다.

다행스럽게도 앤슨 월리는 규모와 양으로 사회적 가치를 평가한 적이 없었다. 그가 재스퍼 부인 집에서 식사를 한 지는 꽤 오래됐다. 그 점은 자기 잘못이라고 늘 생각하고 있었다. 과거에 두어 번 부인의 초대를 (항상 몇 주 전에) 받고도 더 재미있는 일 때문에 막판에 가지 않기로 했다. 그래서 다음번엔 약속을 어기지 않으려고 아예 부인의 초대는 모두 거절하기로 했다. 그 거절 때문에 좀 웃겼던 기억이 있었다. 재스퍼 부인이 자기가 초대할 때만 늘 약속이 생기는 것이 사실일 리 없다며 약간 언짢아하더라는 소문을 듣고 월리는 이렇게 말했다. "사실? 정말 사실을 알고 싶대? 좋아, 알려주지. 다음에 내가 '재스퍼 부인이 즐거운 시간을 선사해드립니다'라고 적힌 초청장을 받으면 이렇게 답장할게. '월리 씨가 지겨운 시간을 거부합니다.'라고. 이 정도면 부인이 무슨 뜻인지 알아듣겠지?" 그렇게 해서 그 글귀는 그해 겨울 친구들 사이의 유행어가 되었다. "'월리 씨가 지겨운 시간을 거부합니다' 재미있네. 웃겨. 정말 웃기다!" "앤슨 씨, 다음 일요일 새로운 힌두 요가 수련자와 점심 식사를 함께 하는 지루한 시간을 거부하지 마시길 진심으로 바랍니다." 친구들은 요가 수련자를 새로운 색소폰 연주자, 칫솔로 흑인 영가를 연주하는 천재 물라토 소년 등으로 계속 바꾸어 말하며 웃어댔다. 월리는 가엾은 이블리나가 그 농담을 듣지 못했기만을 바랐다.

"오늘 밤엔 절대 집에 처박혀 있지 않을 건데. 왜 그러나? 내가 이상해 보여?" 윌리가 말을 끊고 필모어 앞을 왔다 갔다 했다.

그러잖아도 시무룩한 하인의 얼굴이 더 어두워졌다. 필모어는 그런 질문에 늘 대답 대신 인상을 써 보였다. 그렇게밖에 감정을 표현할 줄 몰랐다. 필모어가 침실로 돌아가고 윌리는 서재 난롯가에 혼자 앉았다. 자신에게 생긴 문제를 하인이 눈치챘는지 궁금했다. 그날 아침, 여느 때처럼 공원 주변을 산책하던 윌리는 약간 어지러움을 느꼈다.(그래서 그날 운동은 그걸로 끝냈다!) 하지만 그것은 그저 지나가는 바람 같은 것일 뿐이었으니 필모어가 그 일을 알 리 없었다. 현기증이 지나가고 나니 정신이 어느 때보다 더 맑아지고 시야가 더 또렷했다. (생각해보니) 최근에 현기증이 난 뒤 서재 전등이 너무 밝게 느껴져서 읽고 있던 책에 갑자기 눈이 부셨다. 그럴 땐 눈을 약간 찡그리고 혼잣말을 하곤 했다. "전깃불이 또 금방 꺼지겠군."

그랬다. 그 순간 정신이 아주 쨍하게 맑고 예민했다. 윌리는 더 맑아진 눈으로 매일 보던 것들을 찬찬히 훑어보았다. 쇼핑몰의 잎이 진 나무 아래에 잠깐 동안 가만히 서 있다가 갑자기 주위를 둘러보며 자신의 나이를 떠올렸다. 알프스와 대성당이 꽃처럼 덧없어 보이는 나이가 되었다고 생각했다.

모든 것이 덧없었다. 덧없음… 그래, 현기증이 그래서 생긴 것이리라. 의사들, 그 돌팔이들은 위통이나 고혈압 때문이라고 했다. 하지만 모래시계에서 모래알이 현기증 나게 아래로 떨어지는 것일 뿐이었다. 심장과 창자 중에 어느 하나가 텅 비도록 끝없이 떨어져 나갔다. 마천루 꼭대기에서 떨어지는 엘리베이터처럼 아래로, 아래로.

그 새로운 깨달음의 순간이 있었던 날 오후 내내 윌리는 평소보다 조금 더 피곤했다. 전등처럼 정신의 빛도 깜빡깜빡 꺼졌다가 켜졌다. 크리시 토런스 집에서 점심을 먹는데, 사람들이 윌리가 말이 없다며 이상하다고 하고 안주인은 그가 창백해 보인다고 했다. 윌리는 그 말을 농담으로 슬쩍 받아넘기고 이 말 저 말 지껄이며 대화에 뛰어들었다. 그럴 수밖에 없었다. 점심식사 자리에서 사람들에게 자기가 그날 아침 산이 꽃처럼 덧없어 보이는 길모퉁이에 도달했노라고, 다들 차례차례 그 모퉁이에 오게 될 거라고 말할 수는 없는 노릇이었다.

윌리는 몸을 뒤로 기대고 눈을 감았지만 잠이 들지는 않았다. 졸리기는커녕 오히려 신경이 곤두서 있고 머리가 맑았다. 옆방에서 필모어가 반항하듯이 자신의 야회복을 마지못해 꺼내놓는 소리가 들렸다. 오늘밤 만찬은 아무런 걱정이 없었다. 오랜 친구 집에서 아주 소규모로 모이기로 돼 있었다. 마음 맞는 친구 두세 명과 피아니스트 엘프만(아마 연주를 하겠지), 그리고 그 예쁜 엘프리다 플라이트가 오기로 했다. 사람들이 엘프리다 플라이트를 만나기 위해 나한테 저녁을 먹자고 했다는 사실이야말로 내가 아직 살아 있다는 것을 아주 확실히 증명하는 거지! 윌리는 필모어의 걱정을 떠올리고 슬며시 웃으며 이렇게 생각했다. '뭐, 어쨌든 하인이 보기엔 주인은 다 늙어 보일 거야… 어느새 옷 입어야 할 시간이 다 됐네.' 생각은 그렇게 하면서도 윌리는 의자에서 일어나지 않고 미적미적 여유를 부렸다.

3

"평소보다 안 좋으세요." 주간 담당 간호사가 석간신문을 내려놓으며 동료 간호사에게 말했다. "보석을 꺼낸다고 고집을 부리셔."

푹 자고 나서 남자친구와 영화를 보고 막 돌아온 야간 담당 간호사는 예쁜 가방을 내려놓고 모자를 홱 벗은 다음 재스퍼 부인의 기다란 거울 앞에서 머리를 매만지며 명랑하게 말했다. "아, 내가 처리할게요. 걱정 마세요."

"부인한테 짜증 부리지 말아요, 크레스 양." 주간 간호사가 피곤해하며 의자에서 일어났다. "전체적으로 보면 우리가 여기서 대우를 꽤 잘 받잖아요. 그러니까 쓸데없이 부인이 스트레스받게 하지 말자고."

크레스 양은 계속 거울을 들여다보며 거울에 비치는 던 양의 핼쑥한 얼굴을 향해 걱정 말라는 듯 미소를 지어 보였다. 둘은 사이좋게 잘 지내고 있었고 서로에 대해 속속들이 알았다. 하지만 주간 근무가 끝날 때면 던 양은 항상 지쳐서 최악의 상황을 걱정했다. 환자는 다루기 그리 힘들지 않았다. 그냥 환자가 종을 쳐서 늙은 하녀 라비니아를 불러 이렇게 말하게 내비려두면 되는 일이었다. "오늘 밤엔 별 모양 다이아몬드에 사파이어색 벨벳." 그러면 나머지는 라비니아가 다 알아서 했다.

던 양은 코트를 입고 모자를 쓴 다음, 크레스 양의 가방과 달리 큼직하고 낡은 가방에 뜨개질감과 신문을 밀어 넣었지만 결정을 못 한 채 문

지방에서 어정거렸다. "열 시까지는 같이 있어줄 수 있는데…" 던 양은 선뜻 나가지 못하고 크고 높은 기둥이 세워진 드레스룸을 둘러보았다. (이 집은 방마다 높은 기둥이 있었다.) 어두운 색의 호사스러운 카펫과 커튼이 있고, 레이스가 둘러진 엄청나게 큰 화장대에는 금이 입혀진 솔과 빗, 금마개가 달린 화장품 병과 온갖 화장도구가 거울 앞에 놓여 있었다. 파우더 상자와 손톱 광내는 기구들 사이에 놓인 길쭉한 크리스털 꽃병에는, 매일 아침 라비니아가 장미와 카네이션을 새로 가져다 꽂았다. 재스퍼가 허드슨 강변의 한적한 시골에 있던 온실을 폐쇄한 뒤로, 크레스 양은 라비니아가 자기 주머니를 털어 꽃을 사 오는 게 아닐까 생각했다.

"오늘 밤에 바깥이 춥나요?" 던 양이 문 앞에서 물었다.

"되게 추워요. 모퉁이마다 바람이 몰아치고요. 그러니 모피 목도리 빌려줄까요?" 크레스 양이 물었다. 크레스 양은 즐거웠던 오후를 떠올리며 (곧 약혼할 거라고 생각하며) 드레스룸의 따스한 난로 옆 깊은 안락의자에 나른하게 앉아 있었다. 깡마른 던 양이 어머니를 모시고 사는 데다가 쌍둥이 남동생들이 백치라고 해서 왠지 잘해주고 싶었다. 게다가 새 모피 목도리를 자랑하고 싶은 마음도 있었다.

"세상에! 그거 너무 예쁘네요! 고마운데, 내가 쓸 순 없지." 던 양이 문손잡이를 잡은 채 다시 말했다. "부인을 화나게 만들면 안 돼요." 그런 다음 던 양은 가버렸다.

라비니아의 종이 두 번 미친 듯 울렸다. 그러고는 드레스룸과 부인의 침실 사이 문이 열리더니 재스퍼 부인이 나타났다. "라비니아!" 높고 짜증 난 목소리였다. 그러다가 무늬가 많은 날염 드레스로 갈아입고 풀 먹인 모자를 쓴 간호사를 보았다. 부인은 낮은 목소리로 말했다. "아, 르모인 양. 잘 지냈어?" 첫 간호사가 르모인 양이었는데 간호사가 바뀐 걸 알아보지 못하고 간호사들은 전부 르모인이라고 부르는 모양이었다.

"말하는 소리와 마차 오는 소리가 들리는데, 손님들이 도착하기 시작했나?" 부인이 초조해했다. "라비니아는 어디 있지? 보석 장식을 아직 못 했는데."

부인은 간호사 앞에 서 있었다. 매일 이 시간이면 똑같은 모습으로 유령처럼 나타나 크레스 양의 말문을 막아버렸다. 부인은 키가 크고 몸집이 컸는데, 살이 다 빠지고 나서도 뼈대는 그대로 강인하게 남아 있었다. 라비니아가 평소처럼 부인에게 목이 패인 자주색 벨벳 드레스를 입힌 상태였다. 옛날식으로 허리를 뒤로 묶어 풍성한 주름으로 엉덩이를 부풀리고 더 진한 자주색 벨벳 카펫 위로 치맛자락이 길게 늘어지게 했다. 발이 부어서 그 드레스와 어울리는 새틴 하이힐 슬리퍼는 더 이상 신을 수 없었다. 하지만 치마가 길고 넓게 퍼져서 검정색 정형외과용 신발을 신어도 종종걸음을 걸으면 신발의 넓적하고 둥근 앞부분이 전혀 드러나지 않았다. (라비니아가 매일 괜찮다고 부인을 안심시켰다.)

"부인의 티아라 말씀이세요, 재스퍼 부인? 어, 이미 쓰셨네요." 크리스 양이 명랑하게 말했다.

재스퍼 부인이 크레스 양을 향해 얼룩덜룩한 얼굴을 돌렸다. 믿을 수 없다는 듯 멍한 눈빛이었다. 크레스 양은 그 눈이 최악이라고 생각했다. 부인은 핏줄과 마디가 입체지도처럼 도드라져 보이는 쭈글쭈글한 손을 들어 어두운 자주색 가발에 올리더니 부풀린 부분과 말린 부분, 꼬불꼬 불한 부분을 차근차근 더듬었다. (크레스 양은 가발이 너무 이상한데 부인 이 거울을 안 봐서 모르는 모양이라고 생각했다.) 그러더니 잠깐 멈추었다 가 또 확인했다. "없잖아. 르모인 양 안과에 가봐야겠구나."

문이 열리더니 재스퍼 부인이 더 젊어 보일 정도로 늙은 여자가 몸을 한쪽으로 기울이고 다리를 절며 들어왔다. "죄송해요, 부인. 종이 울릴 때 아래층에 있었지 뭐예요."

라비니아는 원래도 작고 가벼웠을 테지만 거대한 부인 옆에 서니 거 의 깃털이나 지푸라기처럼 보였다. 라비니아의 모든 것이 메마르고 줄 어들고 휘발해 사라졌다. 하지만 집요해 보이는 회색 눈만은 그대로 남 았다. 눈 속에서 지능과 이해력이 두 개의 별처럼 반짝였다. "죄송해요, 부인." 라비니아가 다시 말했다.

재스퍼 부인은 체념한 듯 그 하녀를 바라보았다. "마차가 오는 소리 를 들었어. 그리고 르모인 양이 내가 보석을 두르고 있다는데, 아닌 거 알아."

"그렇게 예쁜 목걸이를!" 크레스 양이 갑자기 큰 소리로 말했다.

재스퍼 부인의 쭈글쭈글한 손이 이번에는 드러난 어깨로 올라갔다. 그 손이 뻗어 나왔을 어깨는 바위처럼 불쑥 드러나 있었다. 부인은 몇 번이고 다시 만져보았다. 그러더니 눈물을 쏟았다.

"왜 나한테 거짓말을 하는 거지?" 부인이 화가 북받쳐 소리를 질렀다.

라비니아가 슬며시 끼어들었다. "르모인 양 말은, 부인이 목걸이를 걸면 얼마나 예쁘겠냐는 거예요, 부인."

"다이아몬드, 다이아몬드 목걸이." 부인이 크게 미소를 지으며 말했다.

"물론이죠, 부인."

재스퍼 부인이 화장대 앞에 앉았고 라비니아가 부인 어깨의 베네치아 레이스를 여기저기 열심히 바로잡아주고 부인이 티아라를 찾느라 헤집어서 대참사가 일어난 자주색 가발을 정리해주기 시작했다.

"이제 더 예뻐 보여요, 부인." 라비니아가 한숨을 내쉬었다.

재스퍼 부인이 뻣뻣하면서도 놀랄 만큼 힘 있게 다시 일어섰다. ("부인은 고양이 같다니까." 크레스 양은 이렇게 말하곤 했다.) "마차 소리, 아니 자동차 소리였나, 어쨌든 소리가 들렸어. 매그로 부부가 새로 나온 차를 샀다더니. 이제 문 열리는 소리가 들리잖아. 서둘러야 해, 라비니아. 내 부채. 장갑. 손수건. 도대체 몇 번을 말해야 하는 거야? 예전 하녀는 완벽했는데 말이야."

라비니아의 눈에 눈물이 고였다. "그게 바로 저였어요, 부인." 라비니아가 몸을 구부려 긴 자주색 벨벳 드레스의 주름을 폈다. ("두 사람을 구경하는 게 서커스보다 훨씬 재미있어." 크레스 양은 맞장구쳐주는 친구들에게 이렇게 말하곤 했다.)

재스퍼 부인은 듣고 있지 않았다. 라비니아의 떨리는 손에서 옷자락을 홱 낚아채 문 쪽으로 가다가 뻣뻣한 근육에 경련이라도 난 것처럼 뚝 멈추어 섰다. "아 참, 내 다이아몬드. 라비니아 정말 너무해! 다이아몬드 목걸이도 없이 아래층에 내려가라는 소리야!" 부인의 얼굴에 신생아처럼 쭈글쭈글 주름이 잡히더니 절망한 듯 흐느끼기 시작했다. "아무도… 아… 아무도 내 말대로 안 해줘." 부인이 비참해하며 무기력하게 울었다.

라비니아가 일어서서 드레스룸을 가로질러 걸어갔다. 괴로워하는 부인을 두고 볼 수가 없었다. "부인, 부인. 기다리시면 금고에서 다이아몬드를 꺼내 올게요." 라비니아가 달랬다.

라비니아의 눈앞에 있는 여자, 라비니아가 애원하고 달래는 여자는 얼룩덜룩한 얼굴에 가발을 비뚤어지게 쓴 시체 같은 재스퍼 부인이 아니었다. 크레스 양이 재미있다고 구경할 만한 사람이 아니었다. 젊고 당당한 여자, 파리 유행 스타일의 호박색 비단 가운을 입는, 위엄이 넘치고 화려한 사람이었다. 몇 년 전 어느 날 재스퍼 부인은 그렇게 격하게 울음을 터뜨렸다. 손님을 맞으러 급히 아래로 내려가는 중이었는데 의사가 어린 그레이스, 부인이 오후 내내 함께 놀아주었던 딸 그레이스가 디프테리아에 걸렸다고 하면서 아무도 아이 방에 들어가지 말라고 했다. "아무도… 아무도… 내 말대로 안 해줘." 재스퍼 부인이 분노하며 울었다. 젊은 라비니아는 부인이 그렇게 심하게 화를 내자 놀라 말 없이 서 있었다. 부인을 위로해주고 싶었고 그레이스 아가씨와 의사에게 화가 났다.

"좀 기다려주세요, 부인. 제가 내려가서 먼슨한테 금고를 열라고 할게요. 손님은 아직 아무도 안 오셨어요. 정말이에요."

먼슨은 늙은 집사인데, 재스퍼 부인 침실 금고 번호를 아는 유일한 사람이었다. 라비니아도 예전에는 알았지만 이제는 기억이 나지 않았다. 최악의 상황은 먼슨이 집에 오지 않은 것이었다. 먼슨은 그날 브롱스크에 가 있었다. 그 집사도 늙어가는 처지라 가끔 재스퍼 부인의 파티를 잊어버리곤 했다. 그럴 때면 멍청한 하인 조지가 손님들의 도착을 알려야 했다. 그러면 재스퍼 부인이 먼슨이 없다는 것을 알고 펄쩍 뛰며 화를 낼 수도 있었다. 파티 날이면 라비니아는 죽도록 괴로웠지만 죽고 싶지는 않았다. 재스퍼 부인의 마지막 날까지는 살아 있고 싶었다.

라비니아가 나가자 크레스 양이 난롯불을 뒤적인 다음, 재스퍼 부인을 달래 안락의자에 앉혔다. 그러고는 파티에 참석할 손님 이름을 물어보았다. 재스퍼 부인은 그 긴 손님 명단 읊는 것을 좋아했고, 대체로 기억도 잘 하고 있었다. 사실 늘 똑같은 이름이었기 때문이다. 라비니아와 먼슨 말로는, 부인이 발병하기 전날 밤 식사를 함께한 마지막 손님들이라고 했다. 부인은 다시 차분해져서 반지 낀 손가락을 하나씩 꼽으며 읊기 시작했다. "이탈리아 대사, 주교, 토링튼 블라이 부부, 프레드 에임스워스 부부, 미첼 매그로 부부, 토링튼 블라이 부부…"("그 이름은 좀 전에 말하셨잖아요." 크레스 양이 끼어들고는, 친구에게 주려고 뜨던 넥타이를 꺼내 콧수를 세기 시작했다.) 그러면 재스퍼 부인은 당황해서 고민하면서 몇 번이고 되풀이했다. "토링튼 블라이, 토링튼 블라이"라고 되풀이하며 기억을 떠올리다보면 다시 이름이 술술 흘러나왔다. "프레드 에임스워스 부부, 로라 러듀 양, 해럴드 러듀 씨, 벤저민 브롱스크 부부, 토링튼 블라이, 아니지. 앤슨 월리 씨. 맞아, 앤슨 월리 씨. 끝!" 재스퍼 부인은 만족한 듯 끝을 맺었다.

크레스 양이 빙긋 웃으며 끼어들었다. "아니에요. 틀렸어요."

"무슨 소리야? 틀렸다니."

"앤슨 월리 씨 말이에요. 그분은 안 올 거예요."

재스퍼 부인이 입을 떡 벌린 채, 차갑게 웃고 있는 간호사를 바라보았다.

"안 온다고?"

"안 와요. 그분은 안 오죠. 명단에 없으니까요." (그 옛날 명단! 크레스 양이 그걸 못 외울 리가! 그 집에 있는 사람 모두, 얼간이 조지 말고는 다 외웠다. 먼슨이 매일 밤 외치는 소리를 다들 들었으니까. 그런데 조지는 못 외우고 머뭇거리다가 종이를 펴서 확인하곤 했다.)

"명단에 없다고?" 재스퍼 부인이 놀랐다.

크레스 양이 예쁜 머리를 가로저었다.

재스퍼 부인의 표정이 점점 불안해지더니 입술이 떨리기 시작했다. 크레스 양은 이런 식으로 한번씩 부인을 놀리며 재미있어했다. 던 양과 의사들이 하지 말라고 했는데도 말을 듣지 않았다. 이런 행동이 스스로에게도 좋지 않다는 것을 알고 있었고, 던 양이 환자의 혈압이 올라가게 하지 말라고 자주 훈계한 것도 잊지 않으려 했다. 하지만 오늘처럼 기분이 들떠 있을 때는(분명히 약혼을 할 테니까) 참을 수가 없었다. 게다가 그 케케묵은 명단에 새로 등장한 뜻밖의 인물이 너무 웃겼다. ('다른 손님들이 있다면 그 뜻밖의 인물에게 뭐라고 할까' 하며 속으로 피식 웃었다.)

236

"맞아, 그 사람은 명단에 없어." 재스퍼 부인이 한참 생각하더니 다시 침착하게 말했다.

"제가 없댔잖아요." 크레스 양이 말을 가로챘다.

"명단에는 없는데, 오기로 약속했어. 내가 어제 윌리 씨를 만났거든." 재스퍼 부인이 알 수 없는 말을 이어갔다.

"부인이 윌리 씨를 만났다고요? 어디서요?"

부인은 곰곰이 생각해보았다. "어젯밤에 프레드 에임스워스 집 댄스 파티에서."

"그랬군요." 크레스 양이 약간 오싹해져서 말했다. 크레스 양은 에임스워스 부인이 죽었다는 것을 알고 있었다. 그리고 간호사인 친구가, 말도 행동도 어눌해진 에임스워스 부인을 주사와 고주파의 힘으로 간신히 살려두었었다는 이야기도 들었다. "그거 재미있네요. 전에는 윌리 씨를 초대하지 않으셨잖아요." 재스퍼 부인에게 말했다.

"그래, 안 했지. 오랫동안 초대를 안 했어. 윌리 씨는 내가 자기를 무시했다고 생각했을 게 분명해. 어젯밤에 만났을 때 우리 집 파티에 못와서 아주 안타까웠다고 하더라고. 아팠던 것 같아. 불쌍한 양반. 늙어버렸어! 그래서 내가 초대했어. 아주 고마워했지."

재스퍼 부인이 잘한 일을 기억해낸 듯이 흐뭇하게 웃었다. 하지만 크레스 양의 관심은 이미 딴 데 가 있었다. 환자가 고분고분하고 정신이 멀쩡할 때는 항상 그랬다. '라비니아가 어디 갔지? 먼슨은 못 찾았을 게 분명한데.' 하고 생각했다. 그러고는 일어서서 금고가 있는 부인의 침실을 들여다보려고 2층을 가로질러 갔다.

눈앞에 놀라운 광경이 펼쳐졌다. 예상대로 먼슨은 없었다. 하지만 라비니아가 금고 앞에 혼자 무릎을 꿇고 앉아서 금고를 열려 하고 있었다. 바들바들 떨리는 손으로 아무도 못 여는 그 금고의 다이얼을 스르륵 돌리고 있었다.

"세상에나, 부인이 비밀번호를 잊으신 줄 알았는데요!" 크레스 양이 외쳤다.

라비니아가 놀란 얼굴로 돌아보았다. "까먹었었지. 하지만 어찌어찌 생각이 나네. 생각을 해낼 수밖에 없잖아. 먼슨이 안 왔으니까."

"그랬군요." 간호사가 믿을 수 없다는 듯 말했다. ('늙은 여우 같으니라고. 왜 모른 척한 거야, 도대체') 크레스 양은 기적이 먼 옛날에만 일어나는 게 아니란 것을 모르고 있었다.

그 작고 늙은 여자가 몸을 떨면서 좋아서 감사의 눈물을 흘리고 별모양 다이아몬드, 외알 보석 목걸이, 티아라, 귀걸이 들을 품에 안은 채 일어섰다. 금고에서 꺼낸 보석을 드레스룸에 가지고 갈 때 쓰던 벨벳이 깔린 쟁반에 그것들을 하나씩 늘어놓았다. 그다음 손가락을 이리저리 놀려 금고를 다시 잠그고 열쇠들을 서랍에 다시 넣었다. 크레스 양은 놀라서 계속 그 모습을 지켜보았다.

크레스 양은 '저 노인네가 부들부들 떨면서 저걸 해내다니 정말 믿을 수가 없네.'라고 생각했다. 라비니아는 보석들을 가지고 드레스룸으로 갔다. 드레스룸에서는 재스퍼 부인이 아직도 즐거운 기억에 젖어 명단을 읊고 있었다. "이탈리아 대사, 주교, 토링튼 블라이 부부, 미첼 매그로 부부, 프레드 에임스워스…"

재스퍼 부인은 디너파티가 열리는 날은 혼자서 응접실로 내려갈 수 있었다. 하녀와 간호사의 부축을 받으며 손님을 맞으면 너무 창피할 것 같았다. 대신 크레스 양과 라비니아가 항상 계단 난간에 기대서서 부인이 끝까지 안전하게 내려가는지 지켜보았다.

"다이아몬드를 다 꺼내 꾸미니까 부인은 아직 예쁘네." 라비니아가 한숨을 내쉬었다. 요란하게 치장한 가발과 자주색 벨벳 드레스가 마지막 계단 굽이를 돌아 보이지 않게 되었을 때 라비니아는 아련한 기억이 떠올랐고 잘 보이지도 않는 눈에 눈물이 맺혔다. 크레스 양은 어깨를 으쓱하더니 난롯가로 돌아가 뜨개질감을 집어 들었다. 라비니아가 의식을 치르듯 부인의 방을 천천히 정리하는 동안 아래층에서 조지의 우렁찬 목소리가 들려왔다. "토링튼 블라이 부부, 미첼 매그로 부부… 러듀 씨, 로라 러듀 양…"

4

앤슨 윌리는 자신이 감정 기복이 적다고 자부했는데 그날 저녁에는 신경이 곤두서 있었다. 하지만 드물게 정신이 너무도 맑아서 예민한 것이니 (의사들은 계속 평정심을 유지하는 것이 중요하다고 하기는 하지만) 전혀 걱정하지 않았다. 정말 굉장히 건강한 느낌이 들었고 머리가 맑고 모든 감각이 너무도 생생하게 살아 있어서, 문 반대편에서 필모어가 마지

못해 야회복을 꺼내놓을 때 어떤 생각이 그 머릿속을 스쳐 가는지도 다 들을 수 있었다.

앤슨은 하인의 변함없는 태도를 떠올리며 빙그레 웃었다. '오늘 밤엔 사람들한테 필모어가 내가 이제 늙어서 사교계에 안 어울린다더라고 말해주어야겠군.' 앤슨은 자신이 노망이 든 것 같다는 이야기를 꺼낼 때 젊은 친구들이 말도 안 된다는 듯 껄껄 웃는 것이 좋았다. "예에? 앤슨 씨가 노망이요? 농담도 잘하시네!" 앤슨도 재미있어했다.

그런 다음 침실에서 옷을 입고 있는데 필모어가 하는 꼴에 다시 화가 났다. "없습니다요. 그 단추는 없다니까요. 검정 오닉스 단추라니. 수백 번 말씀드렸잖습니까? 잃어버린 것 같다고요. 셔츠에 단 채 세탁을 보냈는데 없어졌다고요." 앤슨이 어색하게 웃으며 화장대 앞에 앉아 다시 머리를 벅벅 빗기 시작했다.

"어쨌거나," 앤슨이 소리를 꽥 질렀다. "거기 그렇게 서서 보고 있지 마. 장의사한테 언제 전화할까 생각하는 것처럼 보지 말라고."

"장의 뭐라고요? 어이구!" 필모어가 입을 막았다.

"제기랄, 귀가 이상해진 거냐? 누가 장의사랬어. 택시 말이야. 잘 안 들려?"

"택시 부를까요?"

"아니, 필요 없다고 했잖나. 걸어갈 거야." 월리는 넥타이를 매만지고 재킷을 집으려 팔을 뻗었다.

"몹시 춥습니다. 아무래도 택시를 부르는 편이 좋겠어요."

월리가 피식 웃었다. "그냥 대놓고 말해! 사실은 나한테 약속에 못 나간다고 전화하라고 하고 싶은 거지? 스크램블드에그나 대신 해 먹이고 말이지?"

"안 나가시길 바랍니다. 집에 달걀도 있고요."

"코트!" 월리가 말을 잘랐다.

"나가실 거면 제가 당장 택시를 부를게요."

월리가 코트에 팔을 꿰고 가슴팍을 두드려 시계(납작한 파티용 손목시계)와 지갑이 주머니에 있는지 확인한 다음 돌아서서 손수건에 라벤더 향수를 살짝 뿌렸다. 그런 뒤 재빠른 걸음으로 현관문으로 향했다.

필모어가 다급하게 앞질러 가서 승강기 벨을 눌렀다. 승강기가 긴 통로를 타고 덜컹거리며 올라오고 있을 때 필모어가 다시 말했다. "밤에는 엄청나게 춥답니까. 게다가 오늘은 이미 운동을 많이 하셨잖습니까."

월리가 한심하다는 듯 하인을 바라보았다. 그러고는 승강기에 오르며 "그러니까 내가 이렇게 짱짱한 거잖아."라고 쏘아붙였다.

정말 엄청난 추위였다. 훈훈한 집에서 나서는 순간 얼음처럼 차가운 공기가 몰아쳤다. 월리는 문 앞에 서서 길게 숨을 내쉬었다. '필모어가 하인이 아니라 마비환자를 돌보는 간호사가 될 수 있겠는걸. 나를 휠체어에 앉혀놓고 빙빙 돌리며 좋아라 하겠지.'

얼얼한 찬 공기의 공격을 받고 나니 오히려 약간 힘이 나서 꽤 빠른 속도로 걷기 시작했다. 한쪽 다리를 끌고 곧바로 다른 쪽 다리를 끌면서 걸었다. (마사지사가 이 뻣뻣한 느낌을 금세 없애준다고 약속했었는데.) 맞아, 나 같은 사람에겐 젊은 하인이 필요하긴 해. 그래도 더 명랑한 사람이면 좋겠는데. 월리는 그날 저녁 좀 젊어진 느낌이 들었다. 그래서 5번가로 접어들었을 때 누군가 아는 사람을 만났으면 했다. 나중에 클럽에 가서 소문을 내줄 사람 말이다. "월리? 이야, 2년 전 밤에 5번가에서 산책하는 걸 봤는데 말이지. 그 밤중에, 영하 4도였는데…"라고. 필모어 때문에 우울해진 걸 잊게 해줄 무언가가 필요했다. '주변에 늘 젊은이들이 있어야 좋은 거야.' 걸으면서 생각했다. 그러다가 엘프리다 플라이트가 생각났다. 이따가 따스하고 불이 밝은 식당에서 옆에 앉아 있을 엘프리다를 떠올렸다. 그런데, 그게 어디지?

그것은 갑작스레 찾아왔다. 기억의 공백. 월리는 바닥의 갈라진 틈 때문이라는 듯 발걸음을 멈추었다. 도대체 어디서 저녁을 먹기로 했더라? 누구랑 먹기로 했지? 제길! 마음처럼 생각이 잘 나지 않았다. 애초에 건강한 사람이라면 길 한복판에 우뚝 서서 자기가 어디로 저녁을 먹으러 가는지 물을 필요가 없었을 테지.

'정신과 몸, 이해력이 모두 정상인 상태로.' 예전에 작성한 법률 서류 문구가 엉뚱하게 떠올랐다. 불과 2분 전만 해도 그 조건에 모두 맞았다. 지금은 어떤가? 터질 듯한 이마에 손을 얹었다. 그런 다음 모자를 들어 올려 차가운 공기로 과열된 관자놀이를 식혔다. 걷기만 했는데 왜 그렇게 열이 나는지 이상한 일이었다. 사실은 너무 빠른 속도로 걸었다. 다음번에는 너무 빨리 걷지 말아야 한다는 것을 기억해두어야 했다. 빌어먹을 기억할 거리가 또 생기다니.… 가만, 가만, 왜 그렇게 호들갑을 떨었던 걸까? 사람이 늙어가면 기억이 잠깐씩 사라지는 게 당연한 법인데. 동년배들이 그러는 것을 얼마든지 보았다. 그리고 아직까지 아무리 빠릿빠릿하고 총명하다 해도 자신이 병에 전혀 안 걸릴 거라고 생각할수는 없었다.

어디서 밥을 먹기로 했더라? 음, 5번가보다는 좀 더 먼 곳이었던 것 같았다. 틀림없어. 그 예쁜… 그 예쁜… 그만, 잠깐 동안만 생각을 그만하는 게 낫겠다. 진정하고 그냥 천천히 걸어보자. 오른쪽 거리 모퉁이까지 가면 다시 생각이 날 거야. 그러면 모든 일이 다시 완벽하게 해결될 거야. 계속 걸었다. 머릿속에서 생각을 다 지워버리려고 노력하면서 더 찬찬히 걸었다. '어쨌든, 걱정하지 말자.' 혼잣말을 중얼거렸다.

초조해하지 않으려고 재미났던 일을 떠올려보았다. '지루한 시간을 거부합니다.' 그 농담을 이날 밤에 써먹으려고 했었다. '재스퍼 부인이 즐거운 시간을 선사합니다. 윌리 씨가 지루한 시간을 거부합니다.' 나름 재미있는 농담이었다. 그리고 사람들한테 아직 안 해준 재미있는 이야기도 있었다. 그런데 도대체 그 사람들이 누구였지? 누구와 밥을 먹기로 했지? '재스퍼 부인이 즐거운 시간을 신사합니다.' 불쌍한 재스퍼 부인. 예전에 부인에게 별로 예의 바르게 굴지 않았던 것이 다시 떠올랐다. 오라는 데가 너무 많았던 당시에는 지루한 만찬 약속을 막판에 취소해도 다들 이해해주었다. 하지만 나이가 들어가면서 그런 사소한 일이

상대를 얼마나 불쾌하게 만드는지, 심지어 고통스럽게까지 하는지 더 잘 알게 되는 법이다. 그리고 월리는 누군가에게 고통을 주고 싶지 않았다. 언젠간 재스퍼 부인을 찾아가야겠다고 생각했다. 부인이 깜짝 놀랄 거야! 아니면 미리 전화를 걸까? 그래서 아주 친한 척하면서 저녁을 같이 먹자고 청해볼까? 월리로서는 지루한 저녁을 보내지 않아도 되고, 부인은 또 얼마나 기뻐하겠는가! 그래야겠어. 굳게 결심했다. 자신이 부인만큼 늙었을 때 당시에 잘나가는 누군가가 뜻밖의 전화를 걸어주면 얼마나 좋을까 생각했다.

걸음을 멈추고 천천히 고개를 들었다. 앞쪽에 환하게 불이 밝혀진 커다란 집을 보며 고개를 갸우뚱했다. 기묘한 우연이었다. 바로 재스퍼 부인의 집이었다. 게다가 불이 다 밝혀진 것을 보니 파티가 열리는 모양이었다. 더 기묘한 일이 일어났다. 아니 거의 섬뜩한 일이었다. 시계가 8시 15분을 딱 가리키는 그 순간 문 앞에 서 있었고, 물론 기억이 아주 선명하게 떠올랐다. 바로 여기서 재스퍼 부인과 저녁을 먹기로 했었다. 그렇게 사소한 건망증은 오래 지속되지 않는 법이지. 걱정 안 하길 정말 잘했군. 초인종에 손을 올렸다.

'우와!' 양문이 열리자 월리는 이렇게 생각했다. '추운데 실내로 들어가니 좋군'

5

그 집은 너무 조용해서 모든 소리가 다 잘 들렸는데, 그때 초인종 소리는 2층에 있는 두 여자에게 바로 옆방에서 울리는 것처럼 컸다.

크레스 양이 깜짝 놀라 고개를 들었고 라비니아는 대리석 세탁대에 재스퍼 부인의 가발(더 평범한 것)을 덜그럭 소리가 나게 떨어뜨렸다. 라비니아가 드레스룸을 가로질러 층계참으로 서둘러 갔다. 먼슨이 없으니 조지가 일을 엉망으로 만들 게 뻔했다.

크레스 양이 함께 갔다. "누굴까요?" 재미있다는 듯 속삭였다. 아래에서 모자와 지팡이가 연회실의 커다란 대리석 탁자 위에 놓이는 소리가 들리더니 조지가 저음으로 우렁차게 알렸다. "앤슨 월리 씨 오셨습니다."

"왔어요. 정말 왔어! 보여요. 야회복 입은 신사예요." 크레스 양이 계단 난간 위로 굽어보며 속삭였다.

"어머나, 어쩌지! 먼슨이 없잖아요! 어쩌지, 어떻게 하지?" 라비니아는 몸이 너무 심하게 떨려서 떨어지지 않게 계단 난간을 잡아야 했다. 크레스 양은 냉철하게 알아보았다. '라비니아가 저 늙은 부인보다 훨씬 더 상태가 안 좋네.'

"어쩌죠, 크레스 양? 저 얼간이 조지가 손님을 안으로 들이고 있어요! 왜 저러지 도대체?" 크레스 양은 라비니아의 머릿속에 소용돌이치는 광경이 어떤 것인지 알고 있었다. 재스퍼 부인이 저 알 수 없는 손님을 보고 놀라 또 한 번 쓰러지고, 앤슨 월리 씨는 엉망진창인 상태의 부인을 보고, 주치의가 불려 오고, 소리치고 질문하고 질겁하고 펄펄 뛰는 광경이었다. 그리고 그게 전부 늙은 먼슨의 기억력이 재스퍼 부인처럼,

라비니아처럼 나빠졌기 때문이었다. 먼슨이 그날 파티가 열린다는 것을 잊어버렸기 때문이었나. 너무 끔찍해! 라비니아의 뺨을 타고 눈물이 흘렀고 크레스 양은 라비니아가 무슨 생각을 하고 있는지 알 것 같았다. '딸들이 먼슨을 해고하면 어쩌지, 아마 해고할 거야, 그러면 늙고 귀도 잘 안 들리는 먼슨이 어디로 가야 하지? 식구들은 다 죽고 없잖아. 휴, 부인이 죽을 때까지 있을 수만 있으면, 연금을 받을 때까지만…'

라비니아가 어찌어찌해서 힘들게 정신을 추슬렀다. "크레스 양, 우리가 지금 바로 내려가야 해요. 당장! 끔찍한 일이 일어나기 전에…" 라비니아가 층계참 구석에 있는 벨벳 깔린 작은 승강기를 향해 절뚝거리며 가기 시작했다.

크레스 양은 안됐다는 생각이 들었다. "같이 가요. 하지만 끔찍한 일은 안 일어날 거예요. 두고 보세요."

"그래, 고마워요. 크레스 양. 저 낯선 신사가 걸어 들어오는 걸 보면 부인이 얼마나 끔찍하게 놀라겠어요."

"절대 안 놀랄 거예요." 크레스 양이 승강기에 타면서 씩 웃었다. "저분은 낯선 사람이 아니잖아요. 부인이 윌리 씨를 기다리고 있어요."

"부인이 기다려요? 윌리 씨를?"

"그렇다니까요. 부인이 좀 전에 나한테 말해줬어요. 어제 윌리 씨를 초대했대요."

"그치만 크레스 양, 생각해보세요. 부인이 어떻게 초대를 해요? 편지도 전화도 못 하는 걸 알잖아요."

"그렇긴 한데요, 부인이 월리 씨를 만났대요. 어젯밤 댄스파티에서요."

"어이구, 맙소사." 라비니아가 손으로 눈을 가리며 말했다.

"'프레드 에임스워스 집 댄스파티에서'라고 말했어요." 크래스 양은 재스퍼 부인이 그 말을 했을 때처럼 등에 약간 소름이 돋는 것을 느끼며 말했다.

"에임스워스 집, 어머나, 그 에임스워스가 아니겠죠?" 라비니아도 약간 섬뜩한 듯 말했다. 라비니아는 얼굴에서 손을 떼고 크래스 양을 따라 승강기에서 내렸다. 간호사는 라비니아의 표정이 좀 나아 보여서 왜 그런지 궁금했다. 사실 라비니아는 예수님이 말씀하신 여덟 부류의 복받는 사람 중 애도하는 자를 떠올리며 이렇게 생각하고 있었다. '부인이 이런 식으로 갑자기 많이 악화되면 나보다 먼저 죽겠구나. 불쌍한 부인. 그러면 난 부인을 제대로 눕혀 번듯하게 옷을 입힐 거야. 아무도 만지지 못하게 해야겠어.'

"두고 보세요. 부인이 정말 월리 씨를 기다리고 있었다면 아무튼 충격은 안 받을 거 아니에요. 그런데 어떻게 월리 씨가 올 줄 알았을까요?" 크래스 양이 한층 더 오싹해져서 속삭였다. 라비니아를 따라 식료품실로 통하는 복도로 발소리를 죽여 걸었다. 두 여자는 식료품실에서 연회실을 훔쳐본 다음, 식당 한쪽 끝으로 몰래 다가가서 커다란 흑단 칸막이 뒤에 숨었다. 거기서 텅 빈 연회실을 엿보았다.

연회실에는 긴 식탁이 준비되어 있었다. 재스퍼 부인은 연회에는 항상 그 식탁이 있어야 한다고 했다. 하지만 먼슨이 돌아오지 않아서 (역시 부인이 꼭 있어야 한다고 했던) 금쟁반은 놓여 있지 않았다. 라비니아는 조지가 하인방에서 청색과 흰색이 조잡하게 섞인 쟁반을 가져와 놓는 것을 보고 기겁했다. 벽등이 켜져 있고 세브르 도자기 촛대에 초가 밝혀져 있었다. 거기까지는 괜찮았다. 하지만 중앙에 놓인 로즈 뒤바리 도자기 접시와 그 옆의 작은 접시에 꽃이, 세상에, 어쩌지, 없었다. 언제부터인가 그곳에 생화를 가져다놓지 않았다. 꽃값을 아끼기 시작한 지 꽤 되었으니까. 그도 그럴 것이 재스퍼 부인이 난초를 올려야 한다고 매번 고집을 부렸기 때문이다. 하지만 막내딸 그레이스, 그러니까 제일 싹싹한 딸이 현명하게도 인조 난초와 공작고사리로 아름답게 부케 세 다발을 엮어두자고 했다. 그 조화는 식품실 선반에 있었으니 가져와서 놓기만 하면 됐다. 하지만 얼간이 조지가 잊어버렸다. 어쩌면 어디 있는지 몰랐을 수도 있다. 그런데 뒤늦게 실수를 깨닫고 너무 늦어서 라비니아에게 부탁도 못 한 채, 낡은 신문 몇 부를 가져와서 부케를 닮았다고 생각한 모양으로 대충 뭉치더니 저 고급 로즈 뒤바리 접시에 하나씩 올려놓았다.

라비니아가 크레스 양의 팔을 움켜쥐었다. "세상에, 저걸 좀 보세요. 조지가 어떻게 해놓았는지. 부끄러워서 죽을 지경이에요… 어쩌지, 응접실로 슬쩍 들어가서 우리 불쌍한 재스퍼 부인이 이 꼴을 보기 전에 위층으로 다시 올라가게 하는 게 나을 것 같죠?"

크레스 양은 칸막이 틈으로 엿보고 있자니 웃음이 터져 나오려 했다. 그 순간 식당의 문이 열리더니 조지가, 더 당당한 체격이었던 오래전 떠난 전임자가 입던 제복을 헐렁하게 입은 채 어색하게 움직이면서 크고 단조로운 목소리로 외쳤다. "저녁식사가 준비됐습니다, 부인."

'어이구, 너무 늦었구나.' 라비니아가 신음 소리를 냈다. 크레스 양은 조용히 하라는 신호를 보냈다. 두 구경꾼은 다시 칸막이 틈에 눈을 가져다댔다.

두 사람이 텅 빈 응접실들 너머 저쪽에서 본 것은, (라비니아가 아는) 상상의 손님들이 줄지어 들어와 자리에 앉고 나서 그 유령들의 행렬 끝에 바로 그 나이 든 부인이 들어오는 모습이었다. 아직도 키가 크고 당당한 체격의 부인은 부인보다 작은 남자의 팔에 손을 얹고 어두운 분홍빛 얼굴에 어색한 미소를 띠고 있었다. 야회복을 완벽하게 차려입은 그 마르고 꼿꼿한 신사는 (크레스 양이 보기에) 자신이 부축하고 있다고 생각하지만 오히려 부인의 도움으로 부인보다 약간 앞서서 걷고 있었다. '우와, 이런 모습은 처음이네!' 간호사는 속으로 생각했다.

커플은 굳은 미소를 띠고 앞만 바라본 채 나아갔다. 서로를 돌아보지도, 이야기를 나누지도 않았다. 둘은 긴 디너테이블의 가운데 놓인 커다란 뒤바리 도자기 맞은편, 조지가 재스퍼 부인을 위해 금박 안락의자를 빼놓고 기다리는 곳까지 가려는 데에만 이루 더 할 수 없이 노력을 집중했다. 마침내 목적지에 도달하여 재스퍼 부인이 자리에 앉더니 돌덩이 같은 손을 월리 씨를 향해 까딱했다. "제 오른쪽에 앉으세요." 월리가 관절인형처럼 숙여 살짝 인사를 하고 엄청나게 조심조심 의자에 앉았다. 크레스 양이 보니, 이마에 땀방울이 송글송글 맺혀서 손수건을 꺼내 몰래 땀을 닦고 있었다. 그런 다음 약간 뻣뻣하게 부인을 향해 얼굴을 돌렸다.

"아름다운 꽃들이군요." 윌리는 세브르 그릇에 뭉쳐진 신문들을 향해 손짓을 하며 아주 또박또박 너무도 진지하게 말했다.

재스퍼 부인은 그 칭찬을 만족스럽게 받았다. "너무 기뻐요… 난초들… 하이론에서… 매일 아침…" 부인이 히죽히죽 웃었다.

"경이로워요." 윌리 씨가 거들었다.

"저는 항상 주교님께 말씀을…" 재스퍼 부인이 말을 이었다.

"하… 물론이죠." 윌리 씨가 다정하게 맞장구를 쳤다.

"그렇다고 제가 그렇게 생각을 안 하는 것은…"

"하… 더 낫습니다!"

조지가 주방에서 매시드포테이토가 남긴 파란 도자기 접시를 들고 다시 들어왔다. 이것을 상상의 손님들에게 차례차례 건넨 다음, 마지막으로 재스퍼 부인과 부인 오른쪽에 앉은 손님에게 내밀었다.

두 사람은 조심조심 음식을 먹었다. 재스퍼가 윌리를 향해 방긋 웃으며 말했다. "다른 때… 더 이상 굴이 없어서."

"이야!… 더 이상요."

조지가 아폴리나리스 병을 냅킨으로 말아 쥔 채 손님들에게 차례차례 말했다. "페리에 주에, 95년산입니다." (크레스 양이 생각하기에, 조지가 먼슨이 하는 소리를 너무 자주 들어서 배운 것 같았다.)

"어이구, 그럼 한 모금만." 윌리 씨가 웅얼거렸다.

"너무 오래됐네요." 재스퍼 부인이 농담을 했다. 그러고는 둘은 마주 보고 머리를 숙이며 건배를 했다.

"저는 에임스워스 부인에게 자주 말하곤 해요…" 재스퍼 부인이 식탁 건너에 있는 상상의 존재를 향해 몸을 기울인 채 말을 이었다.

"아하, 하!" 윌리가 좋다고 했다.

조지가 다시 들어와서 시금치 접시를 들고 천천히 테이블을 돌았다. 시금치 다음에 아폴리나리스를 다시 날랐는데 이번에는 샤토 라피트 '74년산'이라고 하고 그다음에는 "뉴볼드 마데이라"라고 소개했다. 조지가 다가갈 때마다 윌리 씨는 사양하는 시늉으로 손을 들었다가 씩 웃고는 따라달라고 했다. "이왕 이렇게 된 거, 끝까지 가보죠." 윌리 씨가 쾌활하게 말하자 재스퍼 부인이 큭큭거리며 웃었다.

마지막으로 말라가 포도와 사과가 담긴 접시가 건네졌다. 재스퍼 부인은 점점 더 눈에 띄게 힘이 빠져가더니, 윌리의 농담에 고개를 끄덕이는 것조차 힘들어했다. 접시에 포도를 덜어놓고도 겨우 두세 알밖에 먹지 않았다. "피곤해요." 부인이 불쑥 아이처럼 찡찡거렸다. 그런 다음 의자 손잡이를 짚고 보이지 않는 어떤 부인, 아마도 맞은편에 앉아 있다고 생각하는 에임스워스 부인과 눈을 맞추기 위해 몸을 숙이면서 일어섰다. 윌리 씨도 자신감 넘치는 태도로 테이블 한쪽을 손으로 짚으며 일어섰다. 재스퍼 부인이 다시 앉으라는 손짓을 했다. "담배도 피우고 오세요." 부인은 미소를 지으며 말했다. 그런 다음 부인이 조지가 열어젖힌 문으로 빠져나갈 때 윌리 씨는 아주 열심히 집중해서 인사를 했다. 천천히 그리고 장엄하게 자주색 벨벳 치맛자락이 환한 방들을 차례차례 거쳐서 사라지고 문이 닫혔다.

"아, 부인이 즐거웠을 게 틀림없네요!" 크레스 양이 빙그레 웃으며 라비니아가 돌아가도록 팔을 부축했다. 라비니아는 흐느껴 우느라 아무 말도 할 수 없었다.

6

앤슨 윌리는 현관에 서서 모피 안감이 달린 코트를 입고 있었다. 집에 난방이 아주 잘됐고 손님들이 모두 아주 큰 소리로 이야기를 했고 지나치게 많이 웃었던 기억이 퍼뜩 떠올랐다. '하지만 아주 즐거운 대화였어.'라고 생각하며 고개를 끄덕였다.

코트에 팔을 꿰면서(예상대로 그 페리에 주에 때문에 약간 힘들었다.) 누군가에게(아마도 그 늙은 집사에게) "일찍 자리를 떠서 연달아 다른 약속에 갈 거야."라고 말했던 기억이 떠올랐다. 다시 신선한 바깥 공기를 마시면 다른 약속이 어디서 예정되어 있는지 확실히 기억날 거라고 생각했다. 좀 어설퍼 보이는 하인이 문고리를 만지작거리는 동안 윌리는 슬쩍 미소를 지었다. '필모어는 내가 늙어서 저녁 먹으러 밖에도 못 나갈 거라고 생각했었지! 나쁜 놈 같으니! 내가 2차로 파티에 간다고 하면 뭐라고 하려나?'

문이 열리자 윌리 씨는 너무도 기분 좋게 밖으로 나가 첫 밤공기를 깊이 들이마셨다. 등 뒤에서 문이 닫히고 빗장이 걸리는 소리를 들으며 계단에 그대로 서서 가슴을 열고 그 얼음처럼 차가운 바람을 삼켰다.

'여기가 나한테 95년산 페리에 주에를 마지막으로 준 집이 될 거야.' 또 이런 생각도 들었다. '대화도 최고였어.'

와인과 즐거운 대화를 떠올리자 흡족해서 다시 빙그레 웃었다. 그런 다음 앞으로 발걸음을 내디뎠다. 조금 전까지 포장도로가 있던 곳, 하지만 이제 아무것도 없는 곳을 향해서.

로마 열병

·

1

로마의 한 식당 옥상 테라스에서 점심을 먹던 미국인 부인 둘이 난간 쪽으로 걸어갔다. 나이는 들었지만 잘 가꾸어진 외모의 두 사람은 난간에 기댄 채 서로 마주 보고 섰다가 돌아서서 팔라티노*와 포로 로마노** 의 장관이 펼쳐진 아래쪽을 바라보았다. 두 사람 다 똑같이, 모호하기는 하지만 너그럽고 만족스러운 표정이었다.

난간에 기댔을 때 아래쪽 마당으로 이어지는 계단에서 젊은 여자의 쾌활한 목소리가 들려왔다. "자, 같이 가자." 목소리는 두 부인이 아니라 보이지 않는 동행을 향해 있었다. "젊은 분들은 뜨개질 하시게 두고 말이야." 그러나 새로운 쾌활한 목소리가 웃으며 대답했나. "어, 그런데 바버

---

*   로마의 도심부에 있는 언덕―옮긴이
**   로마 도심에 있는 고대 로마 유적―옮긴이

라 언니, 뜨개질을 하시진 않던데요." "그게, 말이 그렇단 거지, 뭐."라고 첫 번째 목소리가 다시 들려왔다. "어차피 우리 부모님들은 이제 할 일도 별로 없으시…" 그 대목에서 계단의 굽이가 목소리를 삼켜버렸다.

두 부인이 다시 마주 보더니 어색하게 미소를 지었고 더 작고 창백한 여자가 머리를 절레절레 흔들며 얼굴을 살짝 붉혔다.

"바버라 언니!" 부인이 웅얼거리며 계단의 목소리를 흉내 냈다. 약간 나무라는 듯했다.

다른 여자는 더 통통하고 혈색 좋은 얼굴에 힘 있는 검정색 눈썹이 작고 또렷한 코를 딱 붙들고 있었다. 여자는 환하게 웃었다. "딸들이 우리를 저렇게 생각하고 있었구나!"

작은 여자가 손을 저었다. "자기 엄마들을 저렇게 생각하진 않지. 그건 알아야 해. 그냥 요즘 사람들이 엄마 세대를 저렇게 생각한다는 거지. 그리고…" 부인이 불룩한 검정색 가방에서 약간 눈치를 살피며 가느다란 뜨개바늘 두 개가 끼워진 선홍색 실크 실뭉치를 꺼내며 우물우물 말했다. "시대가 바뀌어서 죽여야 할 시간이 이렇게 많아질지 누가 알았겠어. 어떤 때는 보는 것만으로도 지겨워져. 이런 것도." 여자는 몸짓으로 발아래 펼쳐진 장관을 가리켰다.

눈썹 짙은 여자가 또 웃었고, 두 사람은 눈부신 로마의 봄 하늘 덕분인지 청명한 기운을 내뿜는 장관에 다시 빠져들어 가만히 생각에 잠겼다. 점심시간이 한참 지났는데 두 사람은 널찍한 테라스 한쪽을 계속 차지하고 있었다. 반대편에는 사람들이 모여서 가이드북을 들고 손으로 짚어가며 아래에 펼쳐진 도시를 구경하고 있었다. 관광객들이 다 내려가고 나자 그 뻥 뚫린 높은 곳에 두 사람만 남았다.

"우리는 그냥 여기 있자. 안 될 거 없잖아." 슬레이드 부인, 혈색 좋고 힘찬 눈썹의 여자가 말했다. 옆에 있던 안 쓰는 야외용 의자 두 개를 테라스 구석으로 밀고 간 슬레이드 부인은 거기 앉아 팔라티노로 눈길을 주었다. "누가 뭐래도 아직은 여기가 세상에서 제일 아름답구나."

"영원히 그럴 거야, 나한테는." 앤슬리 부인이 맞장구를 쳤다. 슬레이드 부인은, 친구가 '나한테는'에 겨우 알아챌 정도로 아주 약간 힘을 주기에 혹시 옛날에 손글씨로 편지를 쓸 때 강조하느라 밑줄을 치는 것처럼 그런 게 아닐까 궁금했다.

'하긴 그레이스 앤슬리는 항상 구식이긴 했지.' 슬레이드 부인은 이런 생각을 하며 기억이 떠오르는 듯 빙그레 웃으면서 이렇게 덧붙였다. "우리 둘한텐 아주 오래전부터 익숙한 곳이잖아. 우리가 여기서 처음 만났을 때 지금 우리 딸들보다 어렸어. 기억나?"

"그럼, 난 기억하지." 앤슬리 부인이 또 묘하게 힘을 주어 말했다. 그러다가 불쑥 이렇게 말했다. "저쪽에서 점원이 자꾸 왔다 갔다 하네." 앤슬리 부인은 슬레이드 부인보다 훨씬 자신감도 부족하고 남들에게 자기주장을 펴기 힘든 게 분명했다.

"내가 못 하게 할게." 슬레이드 부인이 앤슬리 부인의 것처럼 은근히 비싸 보이는 가방에 손을 뻗으며 말했다. 부인은 점원을 부른 다음, 자신과 친구가 예전부터 로마를 좋아하는 사람들인데 경치를 보면서 저

녁까지 앉아 있고 싶다고 설명하고 영업에 방해가 되는지 물었다. 점원
은 고개를 숙여 팁을 받은 다음 얼마든지 있어도 괜찮고 저녁식사 시간
에도 계속 있어도 전혀 상관없다며 이렇게 말했다. 보름달이 뜬 밤이니
기억에…

슬레이드 부인은 검은 눈썹을 찌푸렸다. 보름달 이야기가 뜬금없어
마음에 안 드는 것 같았다. 하지만 점원이 돌아가자 곧 다시 미소를 머
금었다. "거 봐, 안 될 리가. 여기 있는 게 괜찮겠어. 애들이 언제 돌아올
지도 모르잖아. 넌 애들이 어디 갔는지는 알아? 난 그것도 몰라!"

앤슬리 부인이 또 얼굴을 살짝 붉혔다. "대사관에서 만난 그 젊은 이
탈리아 조종사가 비행기 태워주고 타르퀴니아에 가서 차 마신다고 했
던 거 같아. 아마 달빛 속에 비행기 타고 돌아오려고 기다리겠지."

"달빛이라, 달빛! 아직도 달빛으로 분위기를 내니? 애들이 우리처럼
감상적일까?"

"내가 아는 건 내가 애들을 전혀 모른다는 것뿐이야." 앤슬리 부인이
말했다. "그리고 아마 우리가 서로에 대해 훨씬 더 몰랐을 거야."

"그래, 몰랐을 거야."

친구가 슬쩍 눈치를 보았다. "난 한 번도 앨리다 네가 감상적이라고
생각해본 적이 없는데."

"어, 감상적이진 않았던 거 같기도 해." 슬레이드 부인은 눈썹을 모으
고 기억을 더듬는 듯했다. 잠깐 동안 두 여자는 둘이 어린 시절부터 친
했지만 서로에 대해 얼마나 모르고 있었나 생각해보았다. 물론 언제든

상대방에 대해 콕 집어 말해줄 수는 있었다. 예를 들어 델핀 슬레이드
의 부인은 누군가가 앤슬리에 대해 물어보면 이렇게 말하곤 했다. 앤슬
리 부인은 25년 전에는 엄청 예뻤지. 못 믿겠다고? 물론 아직 매력 있고
우아하지만… 이럴 때는 절묘하게 아름다웠지. 딸 바버라보다 훨씬 더
아름다웠어. 바버라가 요즘 기준으로 보면 더 낫긴 하지만. 요즘은 그런
걸 더 세련됐다고 표현하지. 그 재미없는 부모에게서 어떻게 그런 세련
된 딸이 나왔는지, 재밌지. 호러스 앤슬리는, 그래, 아내와 아주 똑같았
지. 뉴욕박물관에 전시해야 할 타입이야. 잘생기고, 흠잡을 데 없고, 모
범이지. 슬레이드 부인과 앤슬리 부인은 오랫동안 서로 맞은편에 살았
다. 실제로도 그랬고 비유적인 의미로도 그랬다. 73번가 동20번지 거실
에 새 커튼이 걸리면 23번지에서 알아챘다. 어디에 가는지, 무엇을 샀는
지뿐만 아니라 여행과 기념일, 아픈 것까지도 다 알고 있었다. 슬레이드
부인은 그 존경할 만한 부부의 지루한 역사를 모조리 알고 있었다. 아주
사소한 것도 놓치지 않았다. 하지만 그것도 지루해져서 남편이 월스트
리트에서 대박을 터뜨리고 어퍼 파크애비뉴에 집을 샀을 때는 이런 생
각이 들기 시작했다. '지루하지 않으려면 주류밀매점 맞은편에 사는 게
나았겠어. 적어도 불시 단속 당하는 구경은 했을 거 아냐.' 그레이스 집
이 단속 당한다는 상상이 너무 재미있어서 (이사 가기 전에) 점심식사 자
리에서 그 이야기를 했다. 다들 재미있다고 그 이야기를 퍼뜨렸다. 슬레
이드 부인은 그 소문이 길 건너까지 퍼져 앤슬리 부인의 귀에 들어간 것
은 아닌지 가끔 궁금했다. 안 그랬으면 좋겠다고 생각했지만 크게 신경

쓰지는 않았다. 당시는 점잖은 것이 그리 중요하지 않은 시대여서 악의 없이 뒤에서 약간 비웃는 것은 비난받을 일이 아니었다.

몇 년 뒤에 몇 달 간격으로 두 여자가 남편을 잃었다. 서로 조화를 보내고 문상을 오고 간 뒤, 애도 기간 중에 잠시 가까워졌다. 그런 다음 소원해졌다가 이때 로마에서 같은 호텔에 묵는 바람에 우연히 만났다. 두 여자 모두 한창때인 딸에게 얹혀서 온 상태였다. 비슷한 처지 때문에 다시 가까워져서 각자의 처지를 약간 자조했고, 예전엔 딸들을 '단속하느라' 피곤했는데 이제 그러지 않으니 외려 약간 따분하다고 서로에게 털어놓았다.

슬레이드 부인은 자신이 그레이스보다 상실감이 더 컸던 게 당연하다고 생각했다. 델핀 슬레이드의 아내에서 혼자가 된 것은 큰 추락이었다. 부인은 늘 자신이 사교 능력에서 남편과 동등하고, 훌륭한 부부가 되는 데에 충분히 기여했다고 (아내로서의 자부심을 품고) 생각하고 있었다. 하지만 남편이 죽고 나자 완전히 달라졌다. 남편이 유명 기업의 고문변호사로 항상 외국과 관련된 사건을 여러 개 맡고 있었기 때문에 아내로서 매일이 흥미진진했고 예기치 않은 일들을 맞닥뜨려야 했다. 갑자기 외국 동료들이 왔을 때 잘 대접해서 보내면, 런던, 파리, 로마 같은 곳에 급히 출장을 갔을 때 후한 대접을 답례로 받았다. 뒤에서 이런 말이 나도는 것도 좋았다. "뭐? 저렇게 훌륭한 옷에, 안목까지 뛰어난 멋진 여자가 슬레이드 부인이라고? 그 유명한 슬레이드의 아내라는 말이야? 정말? 유명인사 부인들은 보통 옷을 잘 입을 줄 모르잖아."

하지만 고인이 된 그 유명한 슬레이드의 아내로 사는 것은 지루했다. 예전에는 그런 남편에게 맞춰 사느라 온갖 노력을 쏟아부었다. 이제는 딸에게만 맞추면 됐다. 아들은 아버지의 재능을 다 물려받았지만 어린 나이에 죽고 말았다. 슬레이드 부인은 자신의 도움이 필요하고 자신을 도와주는 남편이 있었기 때문에 아들을 먼저 보낸 슬픔을 꿋꿋하게 이겨냈다. 하지만 남편이 죽고 나자 아들 생각에 견디기 힘들었다. 남은 것은 딸밖에 없는데 소중한 딸 제니는 너무 완벽해서 부인의 손이 많이 필요하지 않았다. '바버라 앤슬리가 내 딸이었으면 내가 이렇게 적막하게 지내진 않았을걸.' 하고 가끔씩 약간 부러워했다. 제니가 그 영리한 바버라보다 더 어리고 너무도 예쁜데 어찌 된 일인지 어리지도, 그렇게 예쁘지도 않은 바버라보다 더 무난했다. 너무도 당혹스러운 일이었고, 슬레이드 부인에게는 좀 지루한 일이었다. 부인은 제니가 연애를 하기를 바랐다. 부적절한 상대라도 만나기를. 그래야 딸아이를 감시하고 조종하고 위험에서 구해낼 수 있을 테니까 말이다. 하지만 그러기는커녕 제니가 엄마를 감시하고 찬바람 맞을까 걱정하고 영양제를 먹었는지 확인했다.

앤슬리 부인은 슬레이드 부인보다 표현력이 훨씬 떨어졌고, 슬레이드 부인에 대한 기억도 더 희미하고 모호했다. '앨리다 슬레이드는 임청나게 영리했지. 하지만 자기가 생각하는 만큼은 아니야.' 하는 정도였다. 하지만 잘 모르는 사람들을 위해 덧붙일 말이 있기는 했다. 슬레이드 부인은 아주 매력적인 아이였다고. 딸 제니보다 훨씬 더 세련됐었다.

261

물론 제니가 예쁘고 영리한 면이 있지만 엄마처럼, 요즘 사람들이 말하듯 '통통 튀는' 것은 아니었다. 앤슬리 부인은 이런 유행어를 배워서 전에 없는 배짱으로 인용하며 써먹곤 했다. 정말로 제니는 제 엄마를 닮지 않았다. 가끔 앤슬리 부인은 앨리다 슬레이드가 상심해 있다고 생각했다. 전체적으로 보자면 인생이 딱했다. 실패와 실수투성이였다. 앤슬리 부인은 늘 좀 안타까웠다. 앨리다의…

그러니까 이 두 여자는 각자 망원경을 엉뚱한 데 가져다 대고 서로를 본 것이다.

2

한참 동안 둘은 말도 없이 나란히 앉아 있었다. 그 거대한 죽음의 상징을 마주해서 허망한 행동들을 멈추고 편안해진 것 같았다. 슬레이드 부인은 가만히 입을 다물고 앉아서 카이사르 궁의 금빛 지붕만 바라보았고, 앤슬리 부인도 가방을 만지작거리다가 사색에 빠져들었다. 친한 친구 사이에 흔히 그렇듯 두 부인도 이렇게 입을 다물고 함께 있어본 적이 없어서 앤슬리 부인은 어떻게 해야 할지 몰라 약간 난처해하고 있었다. 세월이 지나서 보니, 이때 둘 관계가 막 새로운 국면으로 접어들려 하고 있었다.

갑자기 그윽한 종소리가 넓게 울려 퍼졌다. 매 시간마다 로마의 하늘을 은빛 지붕으로 덮는 듯한 소리였다. 슬레이드 부인이 손목시계를 슬쩍 보았다. "벌써 다섯 시구나." 마치 몰랐다는 듯 말했다.

앤슬리 부인이 슬쩍 말했다. "대사관에서 다섯 시에 브리지 게임이 있는데." 슬레이드 부인은 한참 동안 대답이 없었다. 앤슬리 부인은 슬레이드 부인이 생각에 빠져서 자기 말을 못 들었겠거니 여겼다. 하지만 잠시 뒤에 슬레이드 부인이 마치 꿈속에서 말하듯 이렇게 말했다. "브리지라고? 가고 싶다면 넌… 난 안 갈래."

"아, 안 가." 앤슬리 부인이 서둘러 안심시켰다. "난 괜찮아. 여기가 너무 좋아. 네 말대로 옛 기억으로 가득하고 말이야." 부인은 의자에 앉은 채로 슬그머니 뜨개질감을 꺼냈다. 이런 움직임을 슬레이드 부인은 돌아보지 않고 알아챘지만 아름답게 가꾼 자신의 손은 다리 위에 가만히 올려놓고 그대로 있었다.

슬레이드 부인이 느릿하게 이야기를 꺼냈다. "난 지금 막, 세대에 따라 여행객들에게 로마가 무얼 상징할까 생각하는 중이었어. 우리 할머니 세대에게는 로마 열병, 우리 어머니 세대에는 위태로운 감정. 우리가 얼마나 엄마 감시를 받았니! 우리 딸 세대에겐 미국 대도시보다 덜 위험하지. 걔네들은 몰라. 얼마나 많은 걸 잃고 있는지!"

낮게 깔린 황금빛 햇살이 희미해지기 시작하자 앤슬리 부인은 뜨개질감을 약간 가까이 당겨 들었다. "맞아. 우리가 얼마나 통제를 당했니!"

"나는 이런 생각을 하곤 했어." 슬레이드 부인이 말을 이었다. "우리 엄마들이 할머니들보다 훨씬 더 힘들었을 거라고. 로마 열병이 사방에 퍼져 있을 땐 위험한 시간에 딸들을 불러들이기 좀 쉬웠을 거야. 하지만

263

너랑 내가 어렸을 때, 너무 예쁜데 반항기가 있었고, 해가 지고 추워진 다음에 감기에 걸리는 것 말고는 별로 위험할 게 없던 시절이었으니, 엄마들은 우리를 집에 있게 하느라 애를 먹었지. 그치?"

슬레이드 부인이 앤슬리 부인 쪽을 보았지만 앤슬리 부인은 까다로운 뜨개질에 몰두해 있었다. "하나, 둘, 셋, 두 코 넣고. 그랬지, 엄마들이 그랬어." 고개를 들지 않은 채 맞장구를 쳤다.

슬레이드 부인은 앤슬리 부인을 뚫어지게 보았다. '이런 장관 앞에서 어떻게 뜨개질을 할 수가! 얼마나…'

슬레이드 부인은 뒤로 기대앉아, 폐허에서 포로 로마노의 패인 녹색 풀밭 위로, 그다음엔 그 너머 교회의 스러져가는 햇빛과 홀로 우뚝 선 거대한 콜로세움으로 시선을 옮겼다. 그때 갑자기 이런 생각이 들었다. '우리 딸들이 감정과 달빛에 흔들리지 않는다는 말은 너무 잘했네. 하지만 바버라 앤슬리가, 그 후작이라던 젊은 비행기 조종사를 잡으려고 나간 거라면 나는 어쩌지. 제니가 바버라 옆에 있으면 기회가 없잖아. 뻔한 거지. 그래서 두 아이가 계속 함께 다니는 걸 그레이스 앤슬리가 좋아한 건가? 우리 불쌍한 제니를 들러리로 세우려고!' 슬레이드 부인은 거의 소리가 들리게 코웃음을 치고 말았고 그 소리에 앤슬리 부인은 뜨개질감을 내려놓았다.

"뭐라고 했어?"

"난, 아, 아무것도 아니야. 그냥 네 딸 바버라가 아주 잘 살겠구나 생각했지. 그 캄폴리에리 청년은 로마 최고의 신랑감이잖아. 아유, 그렇게 아무것도 모른다는 얼굴 하지 마. 다 알고 있으면서. 나는 말이야, 기분 나쁘게 생각지 말고 들어줘, 나는 늘 너랑 호러스처럼 너무도 모범적인 부모 사이에서 어떻게 바버라처럼 역동적인 아이가 나왔는지 궁금하더라." 슬레이드 부인이 또 약간 퉁명스럽게 웃었다.

앤슬리 부인의 손은 바늘에 가만히 놓여 있었다. 앤슬리 부인은 발치에 쌓여 있는 열정과 영광의 거대한 잔해를 똑바로 바라보았다. 하지만 부인의 작은 얼굴에는 거의 표정이 없었다. 그러다가 입을 열었다. "내 생각엔 네가 바버라를 과대평가하는 거 같아."

슬레이드 부인의 말투가 느긋해졌다. "아니, 제대로 평가하는 거지. 그리고 네가 좀 부럽기도 해. 아, 내 딸 말이지? 완벽하지. 아마 내가 환자라면, 그러니까, 어, 제니가 날 돌봐주는 게 나을 거 같긴 해. 언젠가 그럴 때가 오긴 하겠지만… 당연히 그렇겠지! 나는 항상 똑똑한 딸을 바랐는데… 왜 천사 딸이 생긴 건지 도무지 이해가 안 가."

앤슬리 부인이 잘 들리지 않게 말하며 따라 웃었다. "바버라도 천사인걸."

"물론 그렇지! 하지만 바버라는 무지개 색 날개가 달린 천사지. 아우, 딸들은 젊은 애인들과 바다를 거닐고 있는데 우리는 여기 앉아서… 옛날이랑 너무 똑같네."

앤슬리 부인이 다시 뜨개질을 시작했다. (슬레이드 부인은 앤슬리 부인을 잘 모르는 사람이라면) 앤슬리 부인이 저 웅장한 폐허의 길어진 그림자를 보고 너무도 많은 기억을 떠올리고 있을 거라고 생각하겠지만 아니라고 생각했다. 그레이스는 그냥 뜨개질에 빠져 있는 것뿐이었다. 걱정할 게 아무것도 없잖아? 바버라가 너무도 훌륭한 신랑감을 데리고 돌아올 것이 거의 확실하지. 그리고 뉴욕의 집을 팔 테지. 그다음엔 로마에 와서 바버라 근처에 자리를 잡을 것이고 애들한테 거치적거릴 일은 안 할 테고… 그레이스는 눈치가 빠르니까. 하지만 솜씨 좋은 요리사를 부릴 거고 브리지와 칵테일 파티에 적당한 사람들을 초대하겠지… 손주들을 거느리고 더할 나위 없이 평화로운 노년을 즐기겠지.

슬레이드 부인은 자책감에 흠칫 놀라며 상상의 나래를 접었다. 그레이스 앤슬리에 대해서 다른 사람들은 몰라도 자신은 욕할 권리가 없었다. 영영 부러워하면서 살아야 하는 것일까. 너무 오래전부터 그랬으니까.

일어서서 난간에 기대섰다. 떨리는 눈동자에 마음을 진정시키는 긴 세월의 풍경이 가득 찼다. 하지만 그 풍경이 부인을 진정시키기는커녕 화를 북돋운 것 같았다. 콜로세움으로 눈길을 돌렸다. 황금색 옆면은 이미 자줏빛 그림자에 묻혀버렸고 그 너머 하늘은 빛도 색도 잃고 투명하게 둘러져 있었다. 낮과 저녁이 하늘 한가운데에 반씩 걸쳐져 있는 순간이었다.

슬레이드 부인이 돌아서더니 친구의 팔에 손을 얹었다. 앤슬리 부인은 너무 갑작스러워서 놀라 쳐다보았다.

"해가 지는구나. 안 무서워?"

"뭐가 무서워?"

"로마 열병. 폐렴 말이야. 너, 그해 겨울에 심하게 앓았잖아. 어릴 땐 목이 아주 약했었지?"

"아, 여기는 괜찮아. 저 아래 포로 로마노는 갑자기 엄청 추워지지…하지만 여기는 안 춥네."

"맞다. 네가 아주 조심해야 했으니 잘 알겠구나." 슬레이드 부인은 난간 쪽으로 몸을 돌리며 이렇게 생각했다. '그레이스를 미워하면 안 돼.' 그러고는 이렇게 말했다. "여기서 포로 로마노를 볼 때마다 너희 대고모 이야기가 생각나. 그 너무 못된 할머니 말이야."

"그래, 그 해리엇 대고모님 말이지? 앨범에 밤에 핀 꽃을 넣겠다고 해진 다음에 자기 동생을 포로 로마노에 보내 꺾어 오라고 시켰다는. 대고모님과 증조모님은 두 분 다 말린 꽃을 모으셨어."

슬레이드 부인이 고개를 끄덕였다. "그런데 그게 사실은, 대고모님이랑 동생분이 같은 남자를 사랑해서 그런 거라며?"

"그런데 그게 집안에 전해 내려오는 이야기라서. 몇 년 지나고 해리엇 대고모님이 그랬다고 고백을 했다는 거야. 어쨌든 불쌍한 작은 대고모님이 열병에 걸려서 돌아가시긴 했어. 나 어렸을 때 우리 엄마가 그 이야기를 해주면서 우리한테 겁을 주곤 했지."

"네가 나한테도 그 얘기로 겁줬잖아. 우리가 젊은 시절 여기 왔을 때. 내가 델핀이랑 약혼한 그 겨울 말이야."

앤슬리 부인이 희미하게 웃었다. "어, 내가? 정말 너한테 겁을 줬어? 네가 쉽게 겁먹을 애는 아니었는데."

"자주 겁먹진 않았지만 그때는 무서웠어. 그때 내가 너무 행복해서 더 그랬던 거야. 그게 무슨 뜻인지 알지?"

"나는… 알아…" 앤슬리 부인이 더듬거렸다.

"그래서 나한테 너희 못된 대고모 이야기가 더 무섭게 들렸던 거 같아. 난 이런 생각이었어. '이제 로마 열병은 돌지 않지만 해가 진 후에 포로 로마노에 가면 너무 추울 거야. 낮에 더웠던 날은 특히 더 추워. 그리고 콜로세움은 훨씬 더 춥고 습하기도 해.'"

"콜로세움?"

"그래, 콜로세움. 밤에 문을 잠그고 나면 들어가기가 쉽지 않았지. 하지만 당시엔 어떻게든 들어갈 수 있었어. 자주들 들어갔잖아. 다른 곳에선 못 만나는 연인들이 거기서 만나곤 했지. 알고 있었지?"

"음, 알, 알고 있었던 거 같아. 기억이 안 나는데."

"기억이 안 나? 거기 어느 날 저녁, 해 지고 난 후 갔다 와서 지독한 감기에 걸렸는데 기억이 안 난다고? 사람들은 네가 달 뜨는 걸 보러 갔을 거라고 했어. 네가 모험을 좋아해서 탈이라면서."

잠깐 침묵이 흘렀다. 앤슬리 부인이 다시 입을 열었다. "그런 말들을 했어? 너무 오래전 일이구나."

"그렇기는 해. 좀 있다가 네가 다 나았으니 기억을 못 할 수 있겠다. 하지만 친구들은 네가 어쩌다 목이 아팠는지 듣고 다들 놀랐어. 네 어머니가 너를 얼마나 잘 챙기셨는지 아니까… 그런데 네가 그날 밤 늦게 외출을 한 거잖아?"

"그랬던 거 같네. 하지만 아무리 조심성이 많다고 해도 그 나이엔 매

순간 조심하지는 않지. 그런데 왜 지금 그 생각이 난 거니?"

슬레이드 부인에겐 대답할 말이 없는 것 같았다. 하지만 잠시 뒤 이렇게 대답했다. "더 이상 참을 수가 없어서."

앤슬리가 고개를 번쩍 들었다. 눈은 동그랬고 얼굴은 허옜다. "뭘 참을 수가 없다는 거지?"

"네가 거기 왜 갔는지를 나는 아는데 네가 모른다니."

"내가 왜 갔는데?"

"그래, 넌 내가 일부러 아는 척 허세를 부린다고 생각하는 모양이구나. 넌 내 약혼자를 만나러 갔잖아. 너를 거기로 불러낸 편지, 내가 한 글자 한 글자 다 알아."

슬레이드 부인이 말하는 동안 앤슬리 부인이 비틀거리며 일어섰다. 정신이 없어서 가방, 뜨개질감, 장갑을 바닥에 떨어뜨렸다. 앤슬리 부인은 슬레이드 부인이 유령이라도 되는 듯 보았다.

"세상에, 난 믿을 수가 없, 못 믿…" 앤슬리 부인이 횡설수설했다.

"왜 못 믿어? 내 말을 잘 들어봐, 그러면 믿게 될 거야. '이렇게 계속 그냥 있을 수가 없습니다. 그레이스 양을 따로 만나야겠어요. 내일 해가 지고 난 직후에 콜로세움으로 오세요. 누군가가 들어가게 해줄 겁니다. 아무도 모를 겁니다.' 이 편지를 다 잊었다고?"

앤슬리 부인이 의외로 차분하게 그 도전을 받아들였다. 의자에 자리를 잡고 앉아 친구를 보며 대답했다. "아니야, 다 기억해."

"거기 서명이 있었지? '당신만의 D. S.'라고? 그 편지를 받고 그날 해

269

가 진 후 나간 거잖아?"

앤슬리 부인은 계속 슬레이드 부인을 바라보고 있었다. 슬레이드 부인은, 앤슬리 부인이 작고 평온한 얼굴의 가면을 쓰고 있지만 그 뒤에서는 동요가 일어나고 있을 거라고 생각했다. '아니라면 저렇게 자제를 잘할 수는 없어.' 슬레이드 부인은 거의 폭발 직전이었다. 그런데 그 순간 앤슬리 부인이 말했다. "그 편지를 어떻게 아는지 모르겠네. 내가 곧바로 편지를 태워버렸거든."

"그래, 당연히 그랬겠지. 넌 아주 용의주도한 애였으니까!"

이제 비웃음이 시작됐다. "그러니까, 편지를 태웠는데 내가 도대체 어떻게 그 내용을 아는지 궁금하겠구나?"

슬레이드 부인이 기다렸지만 앤슬리는 대답하지 않았다.

"그거, 내용을 내가 다 아는 건 말이야, 그 편지를 내가 썼기 때문이야!"

"네가 썼다고?"

"그래, 내가 썼어."

두 여자가 잠시 마주 보며 마지막 황금빛 햇살 속에 서 있었다. 그런 다음 앤슬리 부인이 다시 의자에 앉았다. "아." 하며 얼굴을 손으로 가렸다.

슬레이드 부인은 무슨 말이나 움직임이 있으리라고 초조하게 기다렸다. 하지만 아무 말도, 움직임도 없어서 이렇게 말했다. "너, 너무 놀란 거구나."

앤슬리 부인이 손을 다리 위에 내려놓았다. 얼굴에는 눈물 자국이 번져 있었다. "네 생각을 한 게 아니야. 그게 그 사람한테서 받은 유일한 편지라는 게 생각나서 그래."

"그런 편지를 내가 썼지. 그래, 내가 썼어! 하지만 난 그 사람 약혼자였어. 네가 그걸 모르고 있진 않았잖아?"

앤슬리 부인이 다시 고개를 숙였다. "변명하지 않을래… 알고 있었어."

"그런데도 거기 갔던 거고?"

"그런데도 거기 갔어."

슬레이드 부인이 옆에서 고개 숙인 얼굴을 내려다보고 서 있었다. 분노의 불꽃이 사그라지고 나자 왜 쓸데없이 친구에게 그런 상처를 주고 고소해하려고 했던가 후회가 들었다. 하지만 어쩔 수 없이 자기편을 들어야 했다.

"이해할 수 있어? 나는 알게 된 거야. 그래서 너를 증오했어, 증오했다고. 너와 델핀이 사랑에 빠진 걸 알고 있었어. 그래서 두려웠어. 네가 두렵고, 너의 차분하고 예쁜 모습이 두려웠어. 네가 가진 그… 너를 없애버리고 싶었어. 딱 몇 주 동안만. 그거면 됐어. 그 사람을 확실히 차지할 때까지만. 그래서 분노에 눈이 멀어서 편지를 썼어… 나, 왜 이제 와서 이런 얘기를 하는 거니."

앤슬리 부인이 천천히 입을 열었다. "네가 계속 나를 미워하고 있기 때문이겠지."

"그런지도 몰라. 아니면 내가 그 일을 완전히 잊고 싶어서인 거 같아." 슬레이드 부인이 말을 멈췄다. "그 편지를 태웠다니 다행이야. 물론 난 네가 아파서 죽을지도 모른다는 생각은 전혀 안 했어."

앤슬리 부인은 다시 침묵에 빠져들었고 슬레이드 부인은 몸을 기울인 채 서서 낯선 외로움을 느꼈다. 인간 사이의 따스한 교감이 단절된 것 같았다. "넌 내가 괴물이라고 생각하고 있구나!"

"모르겠어. 그게 내가 가진 유일한 편지였는데 그 사람이 쓴 게 아니라니."

"어머, 어떻게 아직도 그 사람을 좋아할 수가 있니?"

"그 기억을 좋아하는 거야." 앤슬리 부인이 말했다.

슬레이드 부인은 앤슬리 부인을 계속 내려다보고 있었다. 앤슬리 부인은 충격으로 풀이 죽은 것처럼 보였다. 일어섰을 때 바람이라도 한 줄기 불면 먼지처럼 훅 날아가버릴 것 같았다. 그 말을 듣자 슬레이드 부인의 질투심에 다시 확 불이 붙었다. 그 오랜 세월 동안 그 편지를 기억하며 살았다니. 얼마나 사랑했기에 재가 된 그 기억조차 소중히 간직하고 있는 걸까! 친구 약혼자인 남자의 편지를. 괴물은 바로 앤슬리 부인이 아닌가?

"넌 나와 그 사람을 갈라놓으려고 애썼지? 하지만 넌 실패했고, 결국 내가 그 사람을 차지했어. 그게 결과지."

"그래. 그게 결과야."

"말을 하지 말 걸 그랬구나. 네가 그 일에 대해 그런 생각을 하는 줄은 몰랐지. 난 그냥 네가 재미있어할 줄 알았어. 네 말마따나 아주 오래

전 일이고 그 일을 심각하게 여기고 있을 줄은 몰랐거든. 네가 두 달밖에 안 돼서 호러스 앤슬리와 결혼했으니까, 내가 그렇게 생각할 수밖에 없었겠지? 병이 낫자마자 네 어머니가 너를 피렌체에 보내서 결혼시켰잖아. 다들 좀 의외였지. 왜 그렇게 급히 결혼을 했는지 이상했어. 하지만 난 그 이유를 알 것 같았어. 네 자존심 때문이라고 생각했어. 나랑 델핀보다 먼저 결혼하려고. 젊을 때는 그런 말도 안 되는 이유 때문에 정말 중요한 일들을 하기도 했잖아. 그렇게 금세 결혼을 하기에 네가 정말 아무렇지도 않구나 싶었던 거야."

"그래. 나도 그럴 거라고 생각했어." 앤슬리 부인이 인정했다.

머리 위 밝은 하늘에서 금빛이 모두 사라지고 없었다. 황혼이 덮쳐 와서 갑자기 세븐 힐즈가 어둑해졌다. 여기저기 언덕 아래 나뭇잎들 사이에서 불이 밝혀져 반짝이기 시작했다. 텅 비었던 테라스에 발걸음이 오갔다. 점원들이 계단 위로 머리를 내밀고 보더니 쟁반과 냅킨, 와인 병을 들고 올라왔다. 식탁을 옮겨놓고 의자 줄을 맞추었다. 가느다란 전등한 줄이 깜박거렸다. 시든 꽃이 꽂힌 꽃병이 들려 나가더니 생생한 꽃이 꽂힌 채 돌아왔다. 긴 코트를 입은 뚱뚱한 여자가 불쑥 나타나서 자기가 너덜거리던 여행 안내서를 묶었던 고무밴드를 찾는다고 엉터리 이탈리아어로 물었다. 여자가 점심을 먹었던 식탁 아래를 지팡이로 더듬어보는데 웨이터들이 도왔다.

슬레이드 부인과 앤슬리 부인이 앉은 구석 자리는 아직도 어두컴컴하고 아무도 오지 않았다. 오랫동안 둘이 아무 말이 없었다. 마침내 슬레이드 부인이 입을 열었다. "나는 장난이었어."

"장난?"

"그래, 그 나이 젊은이들이 좀 잔인한 구석이 있잖아. 사랑에 빠진 젊은이들은 특히 그럴 수 있지. 나는 네가 그 컴컴한 곳에서 기다리면서 남의 눈에 띌까봐 조심조심, 무슨 소리가 나나 귀를 기울이며 안으로 들어가려고 하는 모습을 상상하며 그날 저녁 내내 몰래 웃었어. 물론 나중에 네가 아주 많이 아프다는 소식을 듣고는 당황했어."

앤슬리 부인은 한동안 움직이지 않았다. 그러다가 이제 천천히 친구 쪽을 돌아보았다. "그런데 난 기다리지 않았어. 그 사람이 미리 계획을 다 세워놨거든. 같이 들어갔었어." 앤슬리 부인이 말했다.

슬레이드 부인이 몸을 벌떡 일으켰다. "델핀이 거기 갔었다고? 같이 들어갔다고? 아, 거짓말을 하는 거구나?" 부인이 소리를 꽥 질렀다.

앤슬리 부인의 목소리가 점점 더 또랑또랑해졌다. 너무도 놀라운 말이었다. "당연히 그 사람이 있었지. 당연히 올 수밖에…."

"거기 왔었다니? 네가 거기 있는 걸 어떻게 알고 왔단 말이야? 말도 안 돼!"

앤슬리 부인이 생각에 잠긴 듯 잠시 머뭇거렸다. "내가 편지에 답장을 했으니까. 내가 거기 가 있다고 썼거든. 그랬더니 그 사람이 왔어."

슬레이드 부인이 급히 두 손으로 얼굴을 감쌌다. "어, 세상에. 답장을 썼다니! 답장을 쓸 거라고는 꿈에도 생각을 못…"

"그 편지를 쓰면서 내가 답장할 거란 생각은 왜 못 했니?"

"그래, 내가 분노로 눈이 멀었던 거야."

앤슬리 부인이 일어서서 모피 목도리를 둘렀다. "여기 춥다. 이제 가자… 미안해." 목도리를 단단히 여미며 말했다.

예상치 못한 말에 슬레이드 부인은 뭔가에 찔린 듯 아팠다. "그래. 이제 가자." 가방과 망토를 집어 들었다. "그런데 나한테 뭐가 미안한지는 모르겠어."

앤슬리 부인이 눈길을 옮겨 땅거미 속 콜로세움의 희미한 형체를 바라보았다. "그게, 내가 그날 밤 기다리지 않아도 된 거 말이야."

슬레이드 부인이 어색하게 웃었다. "그래. 내가 졌어. 하지만 내가 너를 시샘할 필요가 없었던 것 같아. 이렇게 세월이 흐르고 보니 말이야. 그 사람은 25년 동안 내가 가졌잖아. 그런데 너한테는 그 사람이 쓰지도 않은 편지 한 통 말고는 아무것도 없잖니."

앤슬리 부인은 이번에도 말이 없었다. 그리고 마침내 테라스의 문 쪽으로 향했다. 발걸음을 떼다가 뒤돌아서서 친구를 보았다.

"난 바버라를 가졌지."라고 말한 앤슬리 부인은 계단을 향해 슬레이드 부인을 앞질러 가기 시작했다.

옮긴이의 말

·

이디스 워튼은 1862년 뉴욕에서 태어났다. 아버지의 가문이 부유했던 덕분에 유럽 각국을 여행하며 가정교사로부터 교육을 받고 아버지의 커다란 서재에서 책을 읽으며 자랐다. 하지만 책만 읽으려 하는 딸을 걱정한 어머니가 다그치고 결혼 전까지는 아예 소설 읽기를 금지했다. 결국 당시의 관습에 따라 머리를 올리고 어깨가 드러나는 옷을 입은 채 사교계에 진출했다. 1885년 결혼하여 유럽 전역을 여행하며 지냈으나 남편의 정신 질환이 심해졌고 이어서 이디스 워튼도 우울증과 불안증에 시달리다가 치유로서의 글쓰기에 몰두했다. 20여 권의 장편소설과 단편소설집, 시와 논픽션 등 많은 작품을 남겼다.

조지 프레데릭 존스의 딸, 이디스 뉴볼드 존스로 태어나 미스 존스로 살다가 에드워드 로빈스 워튼과 결혼해 워튼 부인으로 살았고 이혼했지만 이디스 워튼으로 죽었다. 작품에 남편이 죽거나 이혼한 후에도 그 남자의 '부인'으로 불리는 여성들처럼 이디스 워튼도 남편의 성을 버리지 못했다. 참정권조차 없었던 당시 여성의 지위를 생각하면 오히려 법적인 이혼이 가능했다는 것이 더 이상하게 느껴지기도 한다. 어쨌든 여성으로 태어나 대체로 여성이 주인공으로 등장하는 작품을 많이 남겼고 여성 최초의 퓰리처상 수상자로 문학사에 남아 있다.

평소 번역을 할 때, 'woman'은 망설임 없이 '여자'라고 번역하지만 'man'을 '남자'라고 해야 할지 '인간'이라고 해야 할지 고민하는 순간이 있다. 여성은 단순히 남성의 반대 성이 아닌 것이다, 아직도. 그러니까 남성 작가들은 '인간'과 사회의 문제를 고민하고 '인간'의 존재론을 탐구하고 '인간'의 소외를 묘사하지만 여성 작가들은 '여성'과 사회의 문제를 고민하고 '여성'의 존재론을 탐구하고 '여성'의 소외를 묘사한다. 여성들이 사소한 문제에 집착하고 시야가 좁아서가 아니다.

남성은 보통의 인간을 대표하고 여성은 (세계 인구의 거의 절반을 차지하는데도) 특수한 부류의 인간이기 때문이다. 여전히 여자 교수가 보통의 교수가 아닌 것처럼, 드라마 여자 주인공이 그냥 주인공이 아닌 것처럼, 동성애 연인이 그저 서로 사랑하는 사이가 아닌 것처럼, 다문화 가정이 보통의 가정이 아닌 것처럼 말이다. 특별한 이름이 붙어 있기 때문이다. 구분되고 배제되는 이름이 붙어 있는 한 구분되고 배제당할 수밖에 없기 때문이다. 하지만 언제일지 몰라도 여자가 그냥 인간이기를, 여성 작가들이 여성이라는 자의식이 없이 글을 쓸 수 있기를, 동성애를 다룬 소설이 그냥 인간의 아름다운 사랑의 소설로, 다문화 가정이 그냥 이

웃 가정으로, 여자 사장이, 여자 교수가, 여자 노동자가 그냥 사장과 교수, 노동자로 받아들여지는 희망을 버리고 싶지는 않다. 궁리출판의 이번 기획도 그 희망을 실현하려는 노력이라고 생각한다.

'man'과 같은 높이에 'woman'을 올려놓으려면 편협하고 개인적이고 즉흥적이고 깊이가 없다는 여성적인 작품들을 더 많이 드러내어야 하고 그 작품 속 인물의 입을 빌어 더 많이 떠들어야 하고 독자들이 여성 작가들과 여성 주인공들과 여성의 시각에 대해 더 시끄럽게 굴어야 할 테니까. 많이 읽고 배우고 마음껏 잘난 척하며 권위를 무시하고 까탈스럽게 굴고 결코 고분고분하지도 져주지도 않는, 「제인의 임무」의 제인처럼.

이 책에는 이디스 워튼의 단편 중 아홉 편을 골라 실었다. 역자가 전문 문학연구자가 아니기도 하고 80여 편을 다 검토할 시간과 능력이 부족하기도 해서, 평론가들과 먼저 읽은 독자들의 평가를 참조하여 뽑았다. 작가의 역량을 다 보여주기에는 턱없이 부족한 분량이지만 작가의 발전과 변화를 보여줄 수 있도록 1893년부터 1934년에 걸쳐 발표된 것들을 비교적 고루 선택하였고 「맨스티 부인의 전망」, 「어떤 여행」, 「인간의 몰락」, 「제인의 임무」, 「시대가 다르면」, 「홀바인 풍으로」는 국내에 처음 번역되는 것이다.

이 작품들은 절망적인 여성의 사회적 상황, 여성이 사회의 규범과 빚는 갈등, 이혼 여성에 대한 사회의 편견, 신구세대 간 갈등, 인간관계의 미묘한 질투 등을 잘 다루고 있으며 지적 허영심과 작가의 도덕적 타락에 대한 풍자, 특히 인물의 심리묘사가 훌륭하다는 평가를 받고 있다. 무엇보다, 2020년의 독자로서도 100년에 가까운 시간적 거리를 뛰어넘어 충분히 공감할 수 있는 작품들이라 생각한다.

그 중 「로마 열병」은 연극과 단편드라마, 오페라 등으로 제작되어 있어서 인터넷상에서 새롭게 감상할 수 있다. 그리고 상류사회를 그린 여러 작품의 배경이 된 것으로 알려진 워튼의 저택, 더 마운트(The Mount)는 일반인에게 관광지로 개방되어 있는데, 먼 곳에 있는 우리 독자들은 인터넷 동영상으로도 둘러보아도 좋겠다. 「홀바인 풍으로」를 읽고 나서는 한스 홀바인의 목판화 〈죽음의 무도〉를 찾아보길 바란다. 내친김에 김연아의 피겨스케이팅 배경 음악으로 사용된 생상스의 〈죽음의 무도〉도 들어보면 어떨까. 모쪼록 독자들이 각 작품의 마지막 행까지 긴장을 늦추지 말고 읽기를 바란다.

수록 작품의 원제명

· 맨스티 부인 방의 전망 Mrs. Manstey's View(1893)

· 어떤 여행 A Journey(1899)

· 인간의 몰락 The Descent of Man(1903)

· 제인의 임무 The Mission of Jane(1904)

· 다른 두 사람 The Other Two(1904)

· 시대가 다르면 Autres Temps(1911)

· 징구 Xingu(1916)

· 홀바인 풍으로 After Holbein(1928)

· 로마 열병 Roman Fever(1934)

이디스 워튼이 걸어온 길

1862년 1월 24일	미국 뉴욕에서 조지 프레데릭 존스와 루크레티아 스티븐스 라인랜더 사이에서 태어났다.
1866년(4세)	가족이 다함께 유럽으로 옮겨가 몇 년간 지낼 때, 워튼은 이야기를 즐겨 만들고 시와 소설을 쓰기 시작했다.
1871년(9세)	장티푸스에 걸려 거의 목숨을 잃을 뻔했다가 간신히 나았다.
1872년(10세)	프랑스, 이탈리아, 독일, 스페인 등에서 지내다 미국으로 돌아와, 겨울에는 뉴욕에서, 여름에는 로드아일랜드 뉴포트에서 지냈다. 유럽에서 지낼 때 가정교사의 교육을 받았는데, 워튼은 당시 그 나이의 소녀들이 알아야 하는 예절과 패션 등에 대해 억압적이라고 느끼며 거부감을 품었다.
1873년(11세)	단편소설을 써서 어머니에게 보여주었지만, 그녀는 딸의 글에 대해 부정적이었다.
1877년(15세)	부모님은 워튼이 작가가 되는 것을 원하지 않았기 때문에, 그녀는 몰래 「빠르고 느슨한(Fast and Loose)」이라는 소설을 완성했다. 어머니는 워튼이 결혼할 때까지 소설 읽는 것을 금지했고, 그녀는 이 지시를 따랐다.
1878년(16세)	워튼의 아버지는 딸이 20여 편의 시와 다섯 편의 번역글을 개인적으로 출판할 수 있도록 지원했다.
1879년(17세)	《뉴욕 세계》라는 잡지에 필명으로 시를 게재했다. 사교계에 정식 데뷔를 한 해이기도 하다.
1880년(18세)	《애틀랜틱 먼슬리》에 익명으로 다섯 편의 시를 소개했다.
1881년(19세)	유럽에서 지내는 아버지의 건강이 안 좋아졌다는 소식을 듣고 그곳으로 떠났다.
1881년(20세)	아버지인 조지 프레데릭 존스는 칸에서 뇌졸중으로 세상을 떠났다.

1885년(23세)	에드워드 로빈스 워튼과 결혼했다. 그는 보스턴의 중산층 가정의 자제로 다양한 스포츠에 능한 사람이었으며, 워튼과 여행을 즐겨 다녔다.
1888년(26세)	이때부터 남편이 급성 우울증을 앓았는데, 이 시기에 워튼 자신도 우울증과 천식으로 고생했다.
1891년(29세)	단편 「맨스티 부인의 전망(Mrs. Manstey's View)」을 발표했다.
1897년(35세)	가든 디자이너, 인테리어 디자이너로도 활동하던 워튼은 오그덴 코드먼과 함께 『집안 장식(The Decoration of Houses)』이라는 책을 펴냈다.
1901년(39세)	『천재인 남자(Man of Genius)』라는 희곡을 썼지만 준비만 하다 제작되지는 못했다.
1902년(40세)	워튼은 미국 매사추세츠 주 레녹스에 있는 자신의 땅에 '더 마운트(The Mount)'를 직접 디자인했는데, 그녀의 디자인 안목을 보여주는 한 사례로 남아 있다. 이곳에서 소설 몇 편을 완성했으며, 헨리 제임스 등과 함께 미국문학계의 인물들과 교류하기도 했다.
1905년(43세)	『기쁨의 집(The House of Mirth)』을 발표했다.
1907년(45세)	『나무의 열매(The Fruit of the Tree)』를 발표했다.
1908년(46세)	남편의 정신질환은 고칠 수 없는 것으로 판명되었다. 같은 해 《더 타임스》 기자인 모턴 풀러튼과 부적절한 관계를 가지기 시작했다.
1911년(49세)	『이선 프롬(Ethan Frome)』을 발표했다.
1912년(50세)	『암초(The Reef)』를 발표했다.
1913년(51세)	에드워드 로빈스 워튼과 이혼했다. 그후로는 유럽에서 지냈다.
1914년(52세)	1차 세계대전이 일어나자, 워튼은 파리에서 실업상태인 여성들을 위한 바느질 작업실을 열었다. 30명의 여성으로 시작한 일은 곧 두 배 가까이 늘어났다. 같은 해 가을 독일군이 벨기에를 침공해 파리에 벨기에 난민들이 넘쳐날 때, 워튼은 이들을 위한 미국 호스텔(the American Hostels for Refugees)을 설립하는 것을 도왔는데, 이 호스텔은 피난민을 위한 쉼터, 식사 및 옷 등을 제공했다. 또한 이곳에서는 일자리를 찾는 데 도움이 되는 고용 기관을 만들었으며, 10만 달러를 모금하기도 했다.

1915년(53세)	헨리 제임스, 조지프 콘래드, 윌리엄 딘 하웰스, 장 콕토, 윌터 게이, 토머스 하디, 윌리엄 예이츠 등 유럽과 미국 예술가들의 에세이, 예술, 시, 음악을 표현한 『집 잃은 자의 책(The Book of the Homeless)』을 편집해 판매한 뒤, 그 수익을 전쟁 난민을 위해 썼다.
1916년(54세)	헌신적인 전쟁 구호 활동에 대한 공로로 레지옹 도뇌르 훈장을 받았다.
1917년(55세)	『여름(Summer)』을 발표했다.
1920년(58세)	『순수의 시대(The Age of Innocence)』를 발표해 1921년 여성 최초로 퓰리처상을 받았다. 1927년, 1928년, 1930년에는 노벨 문학상 후보로도 올랐다.
1923년(61세)	한정한 곳에서 살고 싶다는 생각을 하며, 파리를 떠나 생브리스 수포레에 정착해 살아간다.
1934년(72세)	자서전인 『뒤돌아보며(A Backward Glance)』를 발표했다.
1937년 8월 11일(75세)	뇌졸중으로 쓰러져 세상을 떠났다.

에디션 **F 05**
이디스 워튼 단편선

제인의 임무

1판 1쇄 찍음 2020년 6월 5일
1판 1쇄 펴냄 2020년 6월 12일

지은이 이디스 워튼
옮긴이 정주연

주간 김현숙 | **편집** 변효현, 김주희
디자인 이현정, 전미혜
영업 백국현, 정강석 | **관리** 오유나

펴낸곳 궁리출판 | **펴낸이** 이갑수

등록 1999년 3월 29일 제300-2004-162호
주소 10881 경기도 파주시 회동길 325-12
전화 031-955-9818 | **팩스** 031-955-9848
홈페이지 www.kungree.com | **전자우편** kungree@kungree.com
페이스북 /kungreepress | **트위터** @kungreepress
인스타그램 /kungree_press

ⓒ 궁리출판, 2020.

ISBN 978-89-5820-670-5 04840